KB253524

약경쓴장승

전규호 지음

들어가는 말

필자는 첫 번째 수필집 《똥장군》을 1999년에 출간했으니, 벌써 12년이라는 세월이 흘렀다. 그때는 지천명(知天命)의 50대였는데, 이제는 이순(耳順)의 중반에 접어든 나이이니, 세월이 무상하고 덧없음을 말해서 무엇하랴!

소설을 조선시대에는 신변잡기에 불과하다고 하여 소설(小說)이라고 했으니, 즉 일반 소시민이 살아가는 자질구레한 말에 불과하다고 하여 붙인 이름이 지금까지 쓰이고 있는 것이다. 그렇다면 그 반대인 대설(大說)이란 무엇을 말하는가! 이는 두말할 것도 없이 수신제가치국평천하(修身齊家治國平天下)를 말한다. 즉 선비는 제일 먼저 자기를 수양하고 다음에는 집안을 잘 다스리며, 그런 다음에 나라에 나가 벼슬을 하여 사람들이 아무 걱정 없이 잘살 수 있도록 봉사를 하고, 마지막에는 천하의 사람들이 잘살 수 있는 세상을 만드는 것을 말하니, 이는 요순(堯舜)의 시대 같은 세상을 만드는 것을 목표로 삼는 것이니, 이런 세상에서는 일반백성이 제왕이 누구인지도 모르고 아무 걱정 없이 잘 사는 태평성대를 말하는 것이다.

그렇다면 수필(隨筆)은 어떠한 글인가! 이는 소설(小說)도 아니고 대설(大說)도 아닌 그저 말 나오는 대로 쓰면 되는 글이다. 그러나 여기에는 선비의 지조와 강단이 있어야 하고 언어가 정대(正大)하고 위트가 있어야 하며 깨달음이 있어야 한다. 또한 비굴함을 업신여기고 진리를 존중해야 한다.

이 수필은 대체로 동양철학에 근거한 내용들이다. 철학이란 원래 사람이 이 세상을 살아가는 노정(路程)을 살찌우고 풍부하게 한다. 사람도 결국에 보면, 자연에 속한 하나의 점에 불과하다. 그러므로 그 자연과 더불어 가느냐! 아니면 자연을 극복하고 가느냐! 인데. 필자는 자연과 더불어 살아가야만 한다고 누누이 말한 곳이 이 수필이다.

12년 동안 한 편 한 편 모은 수필이 벌써 50여 편이 넘었다. 그래서 제2집을 내는 것이다. 사실 너무 늦은 것이다. 그러나 필자는 고문(古文) 번역과 서예나 사군자에 대한 책을 집필하느라 여유가 없었다. 이제는 문학에 좀 더 시간을 할애하려고 한다. 독자 여러분의 질정(叱正)을 바라마지 않는다.

2011년 6월 15일 순성재(循性齋)에서

하담(荷潭) 전규호(全圭鎬)

차례

【은빛문진흥회 월간 회보에 연재된 글】 254

낙마(落馬) / 꽃의 역할 / 만초손겸수익(滿招損謙受益) / 서울과 한강의 옛 이름 / 의리와 실용 / 인의(仁義)에 대하여 / 착한 일의 보상 / 침(針)의 역할 / 피서(避暑) / 하루는 두 번 오지 않는다 / 학문의 3단 논법

안경 쓴
장승

아기의 울음소리

　"동양금언"에 보면, "가정에는 모름지기 세 가지의 소리가 나야 한다."고 한다. 아기의 울음소리와 베 짜는 소리, 그리고 책 읽는 소리이다. 아기의 울음소리는 자손의 번성을 의미하고, 베 짜는 소리는 가정경제의 원활함을 말하며, 그리고 책 읽는 소리는 내일에 기대를 걸고 살아가는 공부하는 가정을 말한다.

　요즘 필자는 매일매일 즐거운 생활을 한다. 직장에 나오면 남들이 할 수 없어서 나에게 맡긴 고문(古文)을 번역하여 주니, 이것이 즐거움이다. 비록 수수료를 받고 하는 일이지만, 자기들이 할 수 없는 일이므로, 번역해주면 많이 고마워한다. 그리고 남는 시간은 책을 쓴다. 필자가 요즘 쓰는 책은 《사군자 매첩(梅帖)》와 필자가 수십 년을 걸쳐서 써놓은 한시집(漢詩集)을 정리하고 있다. 한시(漢詩)라는 것은 기원은 시경(詩經)에 있을 것이다. 그러나

율시는 송지문(宋之問)과 심전기(沈佺期)가 창안했다고 한다.

필자가 지금 정리하는 시(詩)는 주로 율격이 있는 시를 말한다. 그러나 장시(長詩)도 자주 쓰는데, 이는 운자(韻字)는 넣으나, 고체시(古體詩)[1]처럼 염(簾)을 가리지 않고 비교적 자유롭게 쓰는 시이다. 그도 그럴 것이 장시(長詩)는 조선조에서는 300운(韻)을 넣어서 지는 시도 있었으니, 300운(韻)이면 600행(行)이 된다. 이렇게 방대한 시를 모두 염(簾)을 가린다는 것은 어려운 것이다. 그러나 장시(長詩)는 비교적으로 자유로워서 내가 하고 싶은 어휘를 모두 넣을 수 있는 장점이 있다. 비교적으로 율격(律格)의 속박에서 벗어나므로, 시를 쓰기가 쉽다. 더구나 우리의 말은 고저(高低)가 비교적 단조롭고, 중국어의 사성(四聲)과 다르기 때문에, 우리의 말로 읽을 때는 염(簾)을 넣은 시나, 염(簾)을 넣지 않은 시나 고저(高低)가 없이 읽어지므로, 꼭 염(簾)을 넣을 필요가 없다고 필자는 생각한다.

그리고 집에 들어가면 손녀딸이 나를 맞는다. 이 아이는 이제 돌이 지나서 아장아장 걸어 다니는 아기인데, 이 아이 때문에 항상 웃을 수가 있다. 즉 이 아이가 우리 집의 에너지원이 되는 셈이다. 아침에 출근할 때도 안아달라고 하고 저녁에 퇴근해도 안아달라고 한다. 그런데 아기를 안는다는 것이 그렇게 좋은 줄은 정말 예전에는 몰랐다. 내가 즐겁고 기쁘면 좋은 것이 아닌가!

----

1) 고체시(古體詩) : 평측이나 자수에 제한이 없어 비교적 자유로운 형식의 한시. 근체시와 상대되며, 사언 · 오언 · 칠언 · 잡언 따위가 있다.

요즘은 아기를 많이 낳지 않아서 국가에서 많은 고민을 하면서 좋은 정책을 쏟아내기도 한다. 그러나 그 아기를 하나 키우려면 정말로 많은 돈이 들어간다. 우리나라는 대학 등록금이 세계에서 두 번째로 높다고 하니, 아기를 키워야 할 부모들이 두려워할 만도 하다. 그러나 위에서도 언급한 바와 같이 집안에서 아기의 울음소리가 나는 집이 정상적인 가정이다. 미물인 초목(草木)들도 자기의 후손을 남기려고 일 년 내내 노력을 한다. 그뿐인가. 동물들도 모두 자손을 번식하기 위해서 노력하지 않는가!

이러므로 이제는 국가에서도 다양한 "아기 낳기" 프로그램을 개발해야 한다. 가임여성 1명이 평생 낳는 합계 출산율은 적어도 2.1명이 되어야 국가의 유지가 가능하다. 그렇지만 우리나라는 어떤가? 지난해에 1.19명으로 더 떨어졌다. 위기다. 세계 평균 2.54명, 선진국 수준 1.64명에 비교할 바가 못 된다. 그러나 희망은 있다. 프랑스는 "아기 낳기" 프로그램을 잘 활용하여 가임여성 1명당 평균 2.1명의 아기를 낳는다고 하니, 우리도 이를 잘 연구하고 지원을 확대하여 평균 프랑스 정도인 2.1명은 낳게 해야 하지 않겠는가!

우리가 살아가는 공간은 하늘이 있고 땅이 있으며, 산이 있고, 강이 있다. 그 사이에서 새들은 하늘을 날고 물고기는 물속에서 유영을 한다. 또한 산짐승들도 떼를 지어서 살아간다. 대지(大地)에는 초목이 자리를 잡고 살아가며, 그 사이에 벌레들도 살아간다. 이들 모두가 이 지구에 필요한 존재들이다. 이렇게 초목도 이 세상에 필요하고, 동물도 이 세상에 필요한 것이며, 사람도 매한

가지이다. 계속적으로 지구에 남아있어서 좋은 세상을 만들어야 하지 않겠는가! 그러므로 이제는 출산이 효도이고 충성이다. 나라에 가장 충성하는 자는 출산을 많이 하는 사람이다. 아기 울음 소리가 즐겁지 않은가!

이 세상의 주인은 누구인가!

우리들이 세상을 살아보면 알게 되듯이, 이 세상이 그렇게 호락호락하지가 않다. 우선 대학을 들어갈 때에 보면, 너나없이 서로 좋은 대학에 들어가려고 아우성이니, 좋은 대학에 들어가기가 어찌 쉽겠는가! 대학을 졸업하고 나면 직장을 잡아야 하는데, 이것도 만만하지가 않다. 어제 방송의 보도를 듣건대, 장맛비가 주룩주룩 내리는데, 어느 청춘남녀 5인이 임진강에 뛰어내려서 한 명은 구조하고 나머지는 시신조차 찾을 길이 없다고 하니, 이는 대학을 나와도 변변한 직장을 잡지 못하여 고민하다가 염세(厭世)주의자가 되어서 죽음을 선택한 것으로 추측된다. 타인인 우리가 생각해도 측은하기 짝이 없는데, 그들의 부모가 이를 안다면 얼마나 복통이 터지겠는가! 이렇듯 이 세상은 잘나가는 사람들도 있지만, 그렇지 못한 사람이 훨씬 많다는 것을 우리들은 알아야 한다.

사람이 이 세상에 살면서 어느 곳에 집을 짓고 발을 붙이고 사는가가 매우 중요하다. 현재에 사는 우리들이 잘 아는 일이지만, 강남에 터를 잡고 산 사람은 별안간 집값이 천정부지로 올라서 집 한 채 값만 해도 십수억 원이 넘는가 하면, 강북에 자리 잡은 사람들은 집값이 뛰지 않아서 똑같은 평수의 집을 갖고도 갑자기 상대적 빈곤자가 되었다. 이렇듯이 어디에 터를 잡느냐가 매우 중요한 것이다.

초목의 삶을 보아도, 어떤 나무는 옥토(沃土)에 터를 잡아서 쑥쑥 잘도 크지만, 어떤 나무는 자갈밭이나 아님 바위 틈바귀에 터를 잡아서 평생을 고생하는 것을 볼 수가 있다. 또한 키가 큰 나무는 쑥쑥 자라서 햇볕을 바라보고 있지만, 그보다 키가 작은 나무는 큰 나무의 밑에서 자리를 잡고 살아가며, 또 그 작은 나무 밑에서는 작은 풀들이 자리를 잡고 살아가는 것을 보면, 사람들의 빈부와 귀천도 이와 같지 않은가 하고 생각하게 한다.

그런데 우리들 사람들은 명석한 머리를 가지고 살아가므로, 넓은 집에서 살면서 온갖 동물과 물고기를 잡아먹고 살아간다. 그리고 곡식을 재배하여 그 씨앗으로 식량을 삼고, 이를 비축하여 먹고 살면서, 우리가 이 세상의 주인이라고 자처하면서 살아간다. 그러나 이는 언어도단이다. 왜냐면 이 지구상에는 오만 생물이 살아가면서 모두 자기가 주인이라 생각할 것이다. 왜냐면 일례로 우리들이 벌집을 건드리면, 그 벌들은 나와서 사정없이 쏘아댄다. 왜냐면 자기가 주인인 자기의 집을 건드렸기 때문이다.

또한 개미들을 보아도 알 수가 있다. 어제 감자밭에서 감자를 캐는데, 그곳에 개미집이 있었다. 감자를 캐려니까 어차피 그 개미집을 파야 하는데, 개미들은 왜 나의 집을 파괴하느냐며 마구잡이로 나에게 대드는 것을 보았다. 개미는 그곳이 자기들의 집이고 자기들의 나라이다. 이를 지키기 위해서는 어느 누구와도 싸울 준비가 되어있는 것이다.

그렇다면 움직이지 못하는 초목은 어떤가! 이들도 매년 씨를 생산하여 계속적으로 땅에 뿌려댄다. 조그만 땅이라도 공간이 있으면 그곳에 싹을 띠우고 자리를 잡는다. 이러므로 인간이 살지 않는 곳의 모든 땅은 모두 초목이 차지하고 살아간다. 이러므로 살아가는 지면(地面)의 넓이로 따진다면, 사람은 초목이 살아가는 땅의 몇 %가 되지 못한다. 이러한 기준으로 이야기 하면, 사람이 초목을 이기고 사는 것이 아니라, 초목이 이기고 있는 것이다. 이렇게 생각하면 초목이 주인이 아닌가!

그러나 이는 꼭 그렇다고는 생각할 수가 없다. 왜냐면 이 세상을 유지보전하려면 초목이 그만큼 많아야 하는 것이 우주공간의 법칙이다. 만약 사람이나 짐승이 그렇게 많다고 가정한다면 이는 상상할 수 없는 큰 재앙이다. 그러므로 천지자연의 운영능력은 그 누구보다도 탁월하다. 이 세상의 운영에 아주 미세한 차질이 생겨도, 거기서 파생하는 재앙은 헤아릴 수 없을 정도로 큰 것이다. 일례로 이 지구의 온도가 조금만 올라가도, 북극의 빙하가 해빙을 하여 해수의 수면이 그만큼 올라가므로, 육지의 얕은 곳은 물에 잠기게 되는 것이다. 그 잠기게 되는 곳에 사는 사람과 동식물에게는 얼마나 큰 재앙이 되겠는가! 그러므로 사람이 너무 욕심을 부리면서 산의 나무를 너무 베어내도 안 되고, 곡식을 재배하면서 농약을 너무 많이 뿌려도 안 되는 것이다. 요즘 농촌에 가면 농약을 뿌린 덕분에 들에서 메뚜기를 볼 수가 없고 뱀도 볼 수가 없다. 고로 인간의 지나친 욕심은 자연을 파괴하게 되고, 파괴된 자연은 다시 인간을 파멸로 내몰게 되는 것이다.

우리들 인간의 사회도 매한 가지이다. 사람은 생각하는 두뇌가 있고, 그리고 더불어 살아가는 사회성이 있으므로, 법과 제도를 만들고 그 제도 안에서 살아가야만 하는 것이다. 그리고 법을 따지기 전에 예부터 내려오는 관습이 있다. 일례로 조선조에서는 계급사회였으므로, 양반이 상민(常民)의 직업을 넘보지 않았고, 그러므로 상민(常民)은 양반을 공경하고 따랐던 것이다. 일례로 직업의 귀천이 있어서 선비는 책을 읽고, 백정은 칼을 들고 푸줏간을 운영한다. 이때에 푸줏간이 돈을 잘 번다고 해서 양반이 푸줏간을 열면 난리가 났다. 왜냐면 백정(白丁)이 하는 영역을 양반이 침범하였으므로, 백정이 자기의 영역을 침범했다고 데모를 한 것이 아니고, 양반의 일가친척들이 들고 일어나서 자기들 가문의 영예를 추락시켰다고 해서 야단이었으니, 이러므로 아무리 돈을 많이 번다고 해도 침범하지를 못했던 것이다. 이것이 사람이 살아가는 관습이고 도리였던 것이다.

그런데 요즘 신문의 지면(紙面)을 보면 재벌들의 자식들이 종종 등장한다. 물론 좋은 뜻으로 나온다면 얼마나 좋겠냐마는 그것이 그렇지가 않다. 우리나라도 이제는 세계 10위 안에 드는 경제대

국이 되었고, 이를 이룬 사람은 물론 우리 국민 모두의 노력이다. 우리나라의 대기업들도 이제는 선진국의 대기업과 어깨를 견주면서 많은 이익을 남긴다. 대기업에 다니는 우리 국민의 수를 합하면 아마도 수십만 명은 될 것이고 그 부양가족까지 합하면 수백만 명에 이르게 될 것이므로, 대기업이 참으로 많은 사람을 먹여 살리는 곳이 되었다.

그런데 요즘은 대기업에서 소상인이 운영해서 살아가는 업종을 침범하여 돈을 벌려고 한다. 예컨대 빵 같은 업종은 조그만 가게이므로, 응당 소상인이 가게를 열고 그곳에서 이득을 얻어서 생활을 해야 하지만, 이제는 대기업에서 막대한 자금력을 가지고 그 작은 빵집 옆에 커다란 가게를 차리고, 그리고 그곳을 옆의 구멍가게보다 훨씬 현란하게 꾸미고 장사를 한다니, 그 옆의 소상인이 어떻게 버티겠는가! 일전에 롯데그룹에서 일명 "통 큰 치킨"이라고 해서, 이 제품을 롯데마트에서 내놓으니까, 옆에 있는 닭고기 치킨 집에 비상이 걸린 일이 있다. 그도 그럴 것이 롯데마트는 제품이 여러 가지이니까 비록 치킨에서 이익을 남기지 못한다 하더라도 다른 제품에서 이익을 얻으면 되지만, 소시민이 운영하는 치킨 집은 자금력이 부족하니까 은행에서 융자를 받아서 운영을 하는데, 손님이 몽땅 값싼 "통 큰 치킨"으로 가면, 소시민의 치킨 집은 돈을 벌기는커녕 빚더미에 앉게 되는 것이다. 그렇게 되면 전국에서 운영하는 치킨 집의 소시민은 모두 망하게 될 것은 불을 보듯 자명한 일이다. 결국 여론에 밀려서 롯데에서 "통 큰 치킨"을 취소하였으니, 이 얼마나 다행한 일인가! 대기업에서 소상인의 업종을 침범하는 예가 수없이 많다고 하니, 이는 예삿일이 아니다. 국민의 재산과 생명을 보장한다는 정부에서는 현미경을 들이대고 이를 철저히 관찰을 하여, 우리들 소시민도 잘 사는 나라로 만들어야 할 것이다. 결국 이 세상의 주인은 너도 아니고 나도 아니고 우리 모두가 되는 것이니, 너도 잘살고 나도 잘사는 아름다운 나라가 되어야 한다. 누구의 땅이 많은 것이 중요한 것이 아니고, 서로 자연을 아끼는 것이 더욱 중요한 것이다.

공자가 주장한
인(仁)은 씨앗이다

　우리 동양에서는 인(仁)을 '인자하다, 자비(慈悲)하다, 사랑하다.' 등으로 해석한다. 사람은 인자한 마음을 가져야 하고, 정치는 인정(仁政)을 펴야 하며, 이웃에게는 인정(人情)이 있어야 하니, 인정(人情)이란 이웃을 사랑하는 인정(仁情)을 말한다. 그렇다면 인(仁)자를 설문(說文)으로 해석해보자. 亻과 二의 합자니, 두 사람 이상이 사회생활을 하는데 필요한 진리를 인(仁)이라 말한다. 그렇다면 인(仁)은 사람들이 사회생활을 하는데 있어서 꼭 필요한 하나의 규범이다. 이것이 공자의 중심사상이니, 인(仁)에서 의(義)가 나오며, 예(禮)도 되고 악(樂)도 되는 것이다.

　그리고 씨[仁]에는 생명이 숨어있다. 생명을 불어넣는 인자함을 말하는 것이다. 인(仁)자는 '어질다'로 쓰이기도 하나, '씨'라 하여 종자의 이름으로 쓰이기도 하니, 행인(杏仁, 살구 씨), 도인

(桃仁, 복숭아 씨), 마자인(麻子仁, 삼씨) 등 씨앗의 이름 중에 인(仁)자가 들어가는 이름이 상당히 많은 것을 볼 수가 있다. 그렇다면 씨란 무엇인가. 이는 앞으로 세상에 계속적으로 번식하면서 세상을 유익하게 만드는 종자(種子)인 것이다. 우리가 흔히 볼 수 있는 콩을 한번 관찰해 보면, 둥근(○) 것이 우주의 모습인데, 그것이 반으로 나뉜다. 이는 음양이 동시에 들어있다는 것을 말하고 그 가운데에 씨가 되는 눈이 있다. 살구 씨, 복숭아 씨, 자두 씨 등이 모두 둥글고 반으로 갈라진다. 이러한 모습은 천지의 사이에서 천지의 기운을 받아 만들어진 씨앗이기에, 그 속에 천지가 들어있고 음양이 들어있는 것이며, 천지의 사이에서 분출되는 생명이 있는 것이다.

그러므로 인(仁)은 생명이고 활력이다. 이 세상을 유지 발전시키는 자원인 것이다. 그래서 인정(仁政)에는 백성을 살리는 활력이 있어야 하고, 인정(仁情)에는 이웃을 살리는 사랑이 있어야 하는 것이다. 옛말에 "살신성인(殺身成仁)"이라는 말이 있다. 이는 자신의 몸을 던져 남을 살리는 것을 말한다. 씨앗이 땅에 묻히면 싹을 틔우는데, 결국 자신의 몸을 썩혀서, 자신의 자식인 종자의 밑거름이 되어 씨의 역할을 다 이루는 것과 같은 이치이다.

위에서 잠깐 언급한 바, 인(仁)은 두 사람 이상이 모인 사회생활에서의 진리가 되는 하나의 규범인데, 그곳에는 의리 즉 의(義)가 있어야 하며, 또한 여러 사람과의 관계에서는 예(禮)가 있어야 하고, 그리고 그곳에는 음악이 있어야 한다. 만약 인간관계에서 의리가 없고 예의가 없으면, 금수와 같아서 인간의 존엄이 무너지

고 만다. 그리고 그곳에 음악이 없으면 너무 딱딱하고 삭막하여
숨 막히는 세상이 된다. 그러므로 여기에서는 음악이 생명(仁)의
역할을 하는 활력요소이다.

공자(孔子)

별벽혜경(別闢蹊徑)[2]

별벽혜경(別闢蹊徑)이라는 말은 일반인에게는 전혀 새로운 말이나, 문학이나 예술계에서는 예전부터 인구에 회자되던 사자성어(四字成語)이다. 우리가 배우는 공부는 선인들이 먼저 깨달은 것이나, 써 놓은 역사 같은 것을 배우는 것이다. 그러므로 지금도 사법고시나 행정고시 등에 나오는 시험문제를 보면 모두 선인들이 이미 써놓은 역사나 학문 중에서 문제가 나오는 것을 볼 수가 있다. 이러한 것이 소위 우리들이 말하는 지식이라고 하는 것이다.

그러나 특히 예술에서는 전 사람이 하던 대로만 하면 끝내 아류(亞流) 밖에 되지 못한다. 왜냐면 전에 어떤 사람이 이미 발표한

---

2) 별벽혜경(別闢蹊徑) : 서예나 미술, 음악이나 시 등에서 기존의 형태를 벗어나 전혀 새로운 길을 열어 나간다는 말.

것이기 때문에, 내가 아무리 그보다 더 아름답고 멋지게 그리거나 쓴다고 해서 세상에서 훌륭하다고 알아주는 것은 아니다. 그렇다면 어떻게 해야 한다는 것인가! 그것은 두말할 것 없이 지금까지 이 세상에 한 번도 발표되지 않은 전혀 새로운 것을 내놓아야 한다. 예를 든다면 백남준의 "비디오아트" 같은 것이 하나의 예이다.

우리가 잘 아는 추사체라는 것이 왜 유명하냐 하면, 예전에는 그와 같은 작품이 전혀 보이지 않았는데, 갑자기 추사라는 사람이 나와서 하나의 서(書)예술의 독특한 세계를 열었기 때문에 유명한 것이다. 아래에 실은 추사의 대팽고회(大烹高會)라는 작품을 보면 독자들도 이해가 가리라 믿는다.

우측에 보이는 작품을 다 설명하려면 너무나 많은 지면이 필요하다. 그러므로 그 중에서 아(兒)자 한 자만 뽑아서 설명

추사작품 『대팽고회(大烹高會)』

하겠다. 우선 '臼'에서 좌측은 굵게 쓰고 오른쪽은 가늘게 썼으며, 또한 '儿'을 좌측은 좌획에 닿게 쓰고 오른쪽은 우획에 닿지 않게 썼으며, 또 좌는 가는 획에 갈필을 쓰고 오른쪽은 진하면서도 굵게 썼으니, 이는 대소(大小)의 음양과 농갈(濃渴)의 음양을 넣어서 이중의 음양이 되었다. 음양을 넣었다는 것은, 즉 천리(天理)에 맞추었다는 것이다. 나머지 글자도 모두 이러한 방법으로 보면 이해할 수 있다.

다음은 이응로 화백의 "군상"이다. 한지에 수묵담채로 그린 작품인데, 전체를 모아서 봐도, 하나하나 떼어서 봐도 작품이 된다. 수묵화이기 때문에 음양이 뚜렷하게 나왔다. 이러한 작품을 별벽혜경이라고 하는 것이다.

이응로 작품 『군상도』

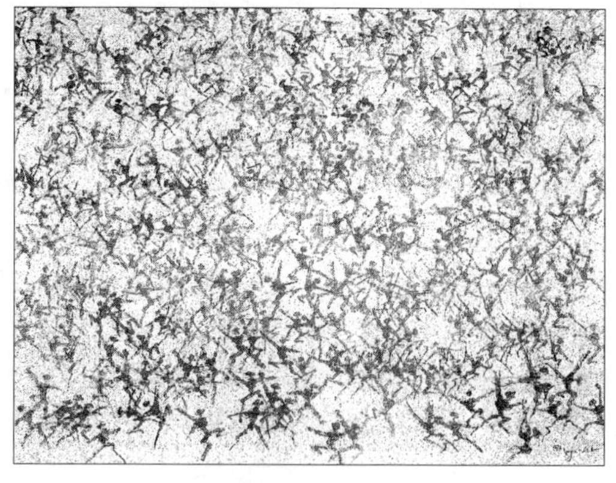

다음은 필자와 아주 친한 현대 시인인 상희구의 시, 펨토사(femto秒)이다. 이는 시간의 단위를 나열하여 마치 새의 날개와 같은 그림이 되게 한 작품이다. 필자는 많은 현대시를 보아왔어도 아직 이런 시를 본적이 없다. 어제 상선생이 나를 찾아와서 보여주기에, "이 시가 별벽혜경(別鬪蹊徑)에 딱 맞는 작품입니다."고 하고, 여기에 싣게 된 것이다.

펨토(femto)秒[3]

"嚇"! 꿱

1 000 000 000 000 000 000 000 000 = 10^{24}	요타(yotta)	Y	秭
1 000 000 000 000 000 000 000 = 10^{21}	제타(zetta)	Z	十垓
1 000 000 000 000 000 000 = 10^{18}	엑사(exa)	E	百京
1 000 000 000 000 000 = 10^{15}	페타(peta)	P	千兆
1 000 000 000 000 = 10^{12}	테라(tera)	T	兆
1 000 000 000 = 10^{9}	기가(giga)	G	十億
1 000 000 = 10^{6}	메카(mega)	M	百萬
1 000 = 10^{3}	킬로(kilo)	K	千
100 = 10^{2}	헥토(hecto)	H	百
10 = 10^{1}	데카(deka)	DA	十
1 = 1			一
0.1 = 10^{-1}	데시(deci)	D	十分의一
0.01 = 10^{-2}	센티(centi)	C	百分의一
0.001 = 10^{-3}	밀리(mili)	M	千分의一
0 000 001 = 10^{-6}	마이크로(micro)	U	百萬分의一
0 000 000 001 = 10^{-9}	나노(nano)	N	十億分의一
0 000 000 000 001 = 10^{-12}	피코(pico)	Q	一兆分의一
0 000 000 000 000 001 = 10^{-15}	펨토(femto)	F	千兆分의一
0 000 000 000 000 000 001 = 10^{-18}	아토(atto)	A	百京分의一
0 000 000 000 000 000 000 001 = 10^{-21}	젭토(zepto)	Z	十垓分의一
0 000 000 000 000 000 000 000 001 = 10^{-24}	욕토(yocto)	Y	一秭分의一

3) 펨토秒 : 최근 펨토秒라는 기가 막힐 숫자의 단위를 접한 적이 있었다. 펨토秒(femto秒)는 1초를 무려 1000兆 분의 1로 쪼갠 어마어마한 시간의 단위를 말한다. 위의 "꿱"이라는 본문은 梁武帝의 장자로 太子가 되었으나, 즉위하지 못하고 31세로 죽은 사람으로, 蕭統의 陶淵明集序에 나오는 말인데, 도연명의 無爲思想을 상상의 새인 원추에다 비유하기를 〈莊子. 秋水〉에서 "남방에 새가 있어 그 이름이 鵷雛인데, 그대는 알고 있는가? 鵷雛는 남해에서 출발해 북해로 날아가는데 오동나무가 아니면 깃들지 않고, 먹구슬 나무 열매가 아니면 먹지 않으며, 단 샘물이 아니면 마시지 않네. 이때

이상에서 보이는 바와 같이 문학이나 예술은 남이 가던 길을 그대로 좇아가면 반드시 아류에 머물고 만다. 이상의 세 사람과 같이 이 세상에 한 번도 나오지 않은 작품을 낼 수 있어야 창작이 되는 것이고, 길이 남을 진정한 작가가 되는 것이다.

소리개가 썩은 쥐를 얻었는데, 鵷雛가 지나가자 올려다보면서 "꿱" 하며 울었네"라고 하면서 이런 鵷雛가 어찌 소리개의 고기를 다투겠느냐 탄식하였는데, 끝없는 無爲自然의 경지라 할 수 있겠다. 원문은 다음과 같다. 南方有鳥, 其名鵷雛, 子知之乎? 夫鵷雛, 發於南海而飛於北海. 非梧桐不止, 非練實不食, 非醴泉不飮, 於是鳥得腐鼠, 鵷雛過之, 仰而視之曰, "嚇". 李成鎬님의 역서에는 "꿱"이라고 표기되어 있으나 중국식 발음인 듯하여 "꿱"으로 옮겨 썼다. 銀河系만큼이나 광대한 極限의 數値가 종국에는 無爲自然에 맞닿는 것은 아닐까 하고 시로 형상화해본 글이다. 出典 : 〈문자향〉 발행, 李成鎬 譯, 陶淵明全集.

400여 년 전에 진 조상의 빚

조선조에는 인물을 추천하는 추천제도가 있었으니, 시골에 묻혀 살더라도 학식이 풍부하고 행실이 남의 표본이 될 만한 인물이 있으면, 그 고을의 원은 도의 감사에게 추천을 하였고, 각 도(道)의 감사(監司)나 정부의 고위관료는 임금께 추천하여 벼슬을 주었던 제도를 말한다. 이러한 제도가 있었기에 조선에서는 효도를 특별하게 하였거나, 학문이 높고 행실이 좋은 사람은 추천에 의해서 출사(出仕)하는 사람도 꽤 많았다. 그리고 또 제주의 만덕(萬德)[4]

4) 만덕(萬德) : 만덕은 원래 제주도의 양갓집 딸로 성은 김이다. 어려서 고아가 되어 기녀가 되었으나, 스무 살이 되자 집으로 돌아왔다. 그러나 시집 갈 생각은 않고 재산 모으기에만 급급하였는데, 정조(正祖) 19년 제주에 큰 흉년이 들어 모두 굶어 죽게 되자 그녀는 재산을 털어 구제하였다. 이 소식이 조정에 알려져 김만덕은 크게 칭찬을 받고, 그 상으로 서울과 금강산 구경을 하였다는 이야기로 유명하다.

같은 사람은 여성임에도 불구하고 남보다 봉사를 뛰어나게 해서 임금의 부름을 받아서 벼슬을 하기도 하였다.

　조선의 이러한 제도는 현재의 제도보다도 훨씬 우수한 제도라고 생각한다. 왜냐면 오늘날은 학연, 지연, 혈연이 없으면 도대체 추천을 받을 수가 없다. 세상이 각박해져서 그런지는 몰라도 조그만 이익이 있는 곳이면, 어김없이 자기의 편을 찾아서 혜택을 주는 세상이 되었으니 말이다.

　신암(新菴) 이준민(李俊民)[5] 선생은 조선 선조조에 병조판서를 역임한 분으로, 정사(政事)와 효도(孝道) 등, 모든 면에서 모범을 보인 훌륭한 선생이다. 선생께서 판서에 재직할 적에(1575-1590의 사이) 충청도 옥천에 살고 있는 필자의 14대조인 인봉(仁峰) 전승업(全承業)[6] 선생을 추천하여, 단번에 사재감첨정(司宰監僉正)에 제수되었다. 물론 당시 인봉(仁峰)선생은 벼슬에 뜻이 없어

---

5) 이준민(李俊民) : 1524~1590. 본관은 전의(全義), 자는 자수(子修), 호는 신암(新菴), 시호는 효익(孝翼)이다. 조식(曺植)이 그의 외숙이다. 경기도 관찰사, 공조 참판을 역임하고, 1575년 평안도 관찰사로 나아가 북변을 잘 다스렸다. 내직으로 옮겨 병조판서, 의정부 좌참찬을 지냈는데, 특히 국방 문제에 관심이 많았으며, 조정의 공론이 분열하던 당시에 당론을 조정하려던 이이(李珥)를 존경하였다. 진주의 임천서원(臨川書院)에 제향되었다.

6) 전승업(全承業) : 사재감첨정(司宰監僉正). 중봉(重峯)의 문인. 자는 효선(孝先), 호는 인봉(仁峰). 참판 팽령(彭齡)의 손자. 항의신편(抗義新編)과 순의비(殉義碑)에 의하면, 중봉과 함께 가장 먼저 창의(倡義)하고 중봉의 밑에서 군수물자를 담당하는 막료로 활약하였으며, 중봉이 쓴 상소문을 가지고 의주로 가던 도중 당진에서 중봉이 이끄는 7백 명의 군사가 전멸하였다는 소식을 접하고, 상소문은 부관 곽현에게 맡기고 금산으로 돌아와 벗 박정량과 같이 중봉의 시신을 수습하여 장례를 치르고, 나머지 7백 의사는 시신을 한 곳에 묻었음. 뒤에 사헌부장령(司憲府掌令)에 추증되었다. 《인봉집(仁峰集)》이 있고, 후율서원(後栗書院)에 배향됨.

서 출사(出仕)하지는 않았지만, 당시 조정에서 사재감첨정에 제수를 했으므로, 오늘날 선생을 사재감첨정을 지낸 경력으로 기록한다. 물론 인봉선생은 이보다 더 훌륭한 일, 즉 임란(壬亂)에 조헌(趙憲)[7]선생과 창의(倡義)를 주도하고 청주를 탈환하는 전공(戰功)을 올렸으며, 금산에서 조헌의 군사 700명과 영규(靈圭)[8]의 승군(僧軍) 300명이 모두 순절(殉節)하였을 적에, 조헌선생의 시신을 거두어 장례를 치루고 700의총(義塚)을 쓴 업적을 가지고 있다.

　필자는 요즘 고문(古文)을 번역하는 일을 하는데, 어느 날 이한국(李漢國)이라는 노옹(老翁)이 찾아와서 신암집(新菴集)을 번역하여 달라고 하였다. 그래서 한참 번역을 하는데, 이준민(李俊民)이라는 이름이 있기에 의아해 하면서, "어! 우리 14대조를 추천한 이준민(李俊民)이라는 분과 이름이 똑같네, 혹 같은 사람이 아닌가!" 생각하고 필자가 국역한 《인봉 전승업선생 문집》을 펴보니, 과연 한문 글자가 한 자도 틀리지 않는 그분이었다. 그래서 필자는 흥분이 되어서 곧장 이한국(李漢國) 선생께 전화를 하여, "저의 14대조를 임금께 추천하여 사재감첨정에 제수되게 한 분이 바

---

7) 조헌(趙憲) : 조선 선조 때의 문신·의병장·학자(1544~1592). 자는 여식(汝式). 호는 중봉(重峯)·도원(陶原)·후율(後栗). 이이의 문인으로 기발이승일도설(氣發理乘一途說)을 지지하여 스승의 학문을 계승·발전시켰다. 임진왜란 때 옥천, 홍성 등지에서 의병을 일으켜 활약하였으나 금산에서 7백 의병과 함께 전사하였다. 저서에 《중봉집》이 있으며, 《청구영언》에 시조 세 수가 전한다.

8) 영규(靈圭) : 조선 선조 때의 승병장(?~1592). 속성은 박(朴). 호는 기허(騎虛). 임진왜란이 일어나자 승병을 모아 청주를 수복하고, 금산에서 왜군과 격전 끝에 전사하였다.

로 선생의 조상이신 이준민 선생이십니다."라고 하였더니, 이한
국 선생도 좋아하시면서 "400년 전의 세의(世誼)가 오늘까지 이
어지는구려!"라고 하면서 좋아하였다.

여기에 신암(新菴) 선생의 일화 한 편을 소개한다.

"최여림이 일찍이 제주목사로 있으면서 말 한 필을 공에게 보냈
다. 공은 그것을 받아서 길렀다. 최여림이 과만(瓜滿)[9]으로 교체
되어 와서 공을 뵈니, 공이 사람을 시켜서 타고 온 말을 끌고 오
게 하니, 바로 조랑말이었다. 공이 말하기를,

'무장(武將)은 이와 같은 말을 타서는 안 되네, 나에게 무사(武
士)에게 합당한 말이 있네.' 하고, 즉시 교환하여 주었다. 최가 후
일에 그 말이 자신이 전에 보낸 말임을 알고 깊이 공의 덕량(德
量)에 감복하였다."고 하였다.

그 뒤에 신숙주(申叔舟)[10] 선생의 후손 신경식(申慶植) 씨와 최
만리(崔萬理)[11] 선생의 후손 최영길(崔永吉), 최재만(崔在晚) 씨 등

___

9) 과만(瓜滿) : 지방관원의 임기가 차는 것이다.

10) 신숙주(申叔舟) : 조선 세조 때의 문신(1417~1475). 자는 범옹(泛翁). 호
는 보한재(保閑齋) · 희현당(希賢堂). 훈민정음 창제에 공을 세웠으며,
《세조실록》의 편찬에 참여하고 《동국통감》 · 《오례의》를 편찬하였다.

11) 최만리(崔萬理) : 본관 해주(海州), 자 자명(子明), 호 강호산인(江湖散人)
이다. 1419년(세종 1) 생원으로 증광문과(增廣文科)에 급제하였고, 이듬
해 집현전(集賢殿)의 정7품 박사(博士)에 임명되었다. 1427년 교리(校理)
로서 문과중시(文科重試)에 급제, 1437년 집현전 직제학(直提學)을 거쳐
이듬해 부제학(副提學)에 승진하고 1439년 강원도 관찰사가 되었다. 훈민
정음이 창제된 뒤, 1444년 6조목의 이유를 들어 이를 반대하는 상소를 올
려, 한때 세종의 노여움을 사기도 했다. 또한 환관(宦官)의 사모착용(紗帽
着用)이 고제(古制)에 어긋남을 지적, 중국의 제도에 따르도록 주장하여
이를 시행하게도 했다. 조선시대의 청백리로 꼽히는 인물이다.

몇 사람이 만나서 소주잔을 수작(酬酌)하면서 이야기하는 중에 신암(新菴)공과 인봉(仁峰)공의 이야기를 하니, 신경식(申慶植)씨와 최영길(崔永吉) 씨 모두 "조상의 빛을 갚게 하려고 그렇게 되었나 봅니다."라고 하였다.

　잠깐 위에 열거한 네 사람을 소개하면, 즉 이한국(李漢國) 선생과 신경식(申慶植) 씨, 그리고 최영길(崔永吉), 최재만(崔在晚) 씨 등은 종사(宗事) 일을 함에 있어서는 타의 추종을 불허한다. 이한국(李漢國) 선생은 문교부 편수관 출신으로 조선왕조실록, 승정원일기, 한국문집총람 등의 책을 열람하고 발췌하여 자신의 사비(私費)를 들여서 조상의 문집을 만들고, 신경식 씨는 조상의 문집이 일본의 존경각문고(尊經閣文庫)에 있는데, 우리나라에서 그 책을 복사를 해 달라고 하니 못해준다고 해서, 미국에 사는 지인을 통해서 미국인이 복사를 하는 것처럼 해서 복사를 하여, 미국을 거쳐서 우회적으로 일을 완성하는 등의 열성을 보였다. 물론 자기의 사재를 써서 일을 하기까지 하였고, 최영길(崔永吉), 최재만(崔在晚) 씨는 미국의 하버드대학교 도서관에 있는 조상의 문서를 열람하여 구득하는 등의 열성을 보인 사람들이니, 모두 다 이 세상에 없어서는 안 될 훌륭한 사람들이다.

　물론 조선조에서 추천하는 사람과 추천을 받는 사람 모두 누구의 부탁을 받아서 한 것으로 생각하지는 않는다. 필자의 14대조 인봉(仁峰)선생 역시 사재감첨정에 제수되어서도 출사하지 않았으니, 이것으로 부탁하지 않았다는 것이 증명이 된다. 신암(新菴)선생 역시 누구의 부탁으로 추천을 한 것이 아니고 덕망이 있는 자는 국가에서 들어서 써야 국가에 이익이라는 순수한 충정에서 그렇게 했을 것이니, 이를 빚이라고 하면 안 될 것이다. 그러나 이치상으로 보면 그렇다는 이야기이다.

신숙주

63세에 대학원에 입학하다

나는 대학을 40대 초반에 졸업한 만학도이다. 대학을 졸업한 다음 대학원에 진학하려고 하였지만, 경제적으로 허용이 되지 않아서 뒤로 미루는 수밖에 없었다. 그 당시는 두 아들들이 한창 학교에 다니는 때였으므로, 아내는 한사코 나의 대학원 입학을 반대하였다.

그 당시는 서예한문학원을 운영하던 때였으므로, 나는 생각하기를,

"예술가는 예술로 말하는 것이지, 예술가가 석사가 되면 무엇하고 박사가 되면 무엇 하느냐!"

고 하였었다.

세월은 흘러서 아들들이 대학을 졸업하고 군복무도 모두 마쳤으며, 결혼을 해서 모두 살림을 내고 보니, 집에는 아내와 필자

두 사람뿐이다. 그래서 이제는 대학원에 들어가서 못다한 공부를 해야겠다고 생각하고 아내에게 말하니, 좋다고 순순히 말하는 것이 아닌가! 그래서 63세의 나이에 성균관대학교 유학대학원 유경(儒經)·예학(禮學)과에 원서를 넣었다.

원서를 넣고 보니 이제는 합격이 문제였다. 필자같이 나이가 많은 사람도 합격을 시켜주느냐가 문제였다. 유경·예학과는 한문과 동양고전을 공부하는 곳이므로, 전에는 입학생이 없어서 폐강 위기에 놓였던 과인데, 지금은 세상이 변해서 많은 사람들이 그것도 유명 인사들이 앞다퉈 이곳에 들어온다고 한다.

어떻든 면접을 보고 난 다음에 합격통지서가 집으로 날아왔다. 얼마나 기분이 좋았던지, 하늘을 나는 듯한 기분이었다. 필자는 초등학교는 정상적으로 학교를 다녔지만, 중학교와 고등학교는 검정고시를 통하여 합격하였고, 대학교는 한국방송통신대학교를 다녔기에 정상적으로 학교에 다녔던 학교는 초등학교와 대학원이다. 그 감개무량함이 어떠했겠는가!

나는 개강을 하고 신입생 환영회에서 더욱 놀란 것이 있으니, 63세의 학생으로 나보다 더 늙은 학생은 없으려니 했는데, 이게 웬일인가! 필자보다 나이가 많은 학생이 여러 명이었다. 그리고 더욱 놀란 것은 사회적으로 지위가 높은 사람이 작년에도 여러 명이 들어왔고, 올해도 대회사의 CEO급이 7명이나 되었다.

대략 그 인사들을 말한다면 ○○○ 전 감사원장, ○○○ 대학교 총장, ○○○ 현 국회의원, ○○○ 삼성 CEO 여러 명, ○○○ 엘지 CEO 등 이름만 대면 금방 알 수 있는 사람들이었다. 이런 분들과

한 반에서 같이 공부한다는 것은 대단한 행운이다. 필자도 서예계에서는 알만은 사람은 다 알고 있고, 그리고 책을 25권 이상 집필한 경력이 있기 때문에 속마음으로는,

"나 같은 사람을 학교의 동문으로 만든 성균관대학교는 행운이다."

고 하면서, 건방진 마음을 품기도 하였지만, 위에 열거한 인사들은 모두 필자보다 몇 배 성공한 인사임에는 틀림없다.

강의를 들어보니 잘하는 교수님도 계시고, 자신만 마음껏 뽐내는 교수님도 계시며, 겸손하기 짝이 없는 착한 교수도 계셨다. 학생들의 나이는 천차만별이어서 밖에 나가서는 종내 어울릴 수 없는 나이였으나, 학문을 배우는 곳에서는 모두 한마음이었으니 너무 다행한 일이다. 이러한 사람들이 기탄없이 공부할 수 있는 곳, 이곳은 천국보다도 훨씬 좋은 곳이다. 공자님은 "안연(顔淵) 말고는 호학(好學)하는 사람을 보지 못했노라"고 하였는데, 공자님이 이곳 유경 · 예학과에 오셔서 보신다면 아마도 "호학(好學)하는 학생들이다."

라고 하셨을 것이다. 짐작컨대….

학이시습(學而時習)

인류의 위대한 스승 공자의 언행을 기록한 책 《논어(論語)》 학이편(學而篇)의 첫머리를 보면 "子曰 學而時習之 不亦說乎. 有朋而自遠方來 不亦樂乎 人不知 而不慍 不亦君子乎"라는 말씀이 나온다.

이를 해석해 보면 공자 말씀하시기를, '배우고 때때로 익히면, 또한 기쁘지 않은가! 벗이 먼 곳으로부터 오니, 또한 즐겁지 않은가! 남들은 나를 알아주지 않으나 나는 화내지 않으니, 이 또한 군자가 아닌가!' 하였으니, 이는 군자가 되는 과정을 3단 논법으로 설명한 말씀이다.

즉 처음에는 "배우고 때때로 익히면 기쁘지 않은가!"라고 하여, 사람이 이 세상에 태어나면 공부를 해야 함을 말하고, 그리고 그렇게 공부하니 즐겁지 않느냐고 하여, 학문의 즐거움을 설파한 말씀이다.

두 번째는 "벗이 먼 곳으로부터 오니, 또한 즐겁지 않은가!"라고 하여, 내가 공부를 하여 많은 지식을 가지고 있으니, 먼 곳에 사는 지식인이 즐거운 학문에 대해 논의하기 위해, 천 리를 멀다 하지 않고 찾아오니, 이 얼마나 즐거운 일이냐는 것이다.

세 번째는 "나는 공부를 많이 하여 지식과 덕을 많이 쌓았는데, 남들은 나를 알아주지 않는다. 그래도 나는 화내지 않으니, 이 또한 군자가 아닌가!"라고 하여, 지식도 많고 덕도 많은 군자는 남의 이런 저런 이야기에 좌우되지 않고, 오직 나의 수양만을 위하여 힘쓴다는 말씀으로, 가장 마지막 단계로 최고 지성의 경지이고, 학문의 마지막 단계라는 것을 말씀한 것이다.

이상의 말씀을 《논어(論語)》의 첫머리에 넣어 공자의 학문의 기본이 됨을 보여주었고, 또한 이 말씀이 《논어(論語)》 전체의 대강령이 됨을 보여준 것이다.

공자는 제자들과 문답하면서, 제자들이 하나의 주제를 가지고 문의해도 대답은 모두 각각이었으니, 그것은 그 제자의 부족한 부분을 들어 말씀하였기 때문이다. 예를 들어 효(孝)라는 주제를 가지고 물어도 '민자건'에게 다르고 '증자'에게 달랐으며, '자로'에게 다르게 대답해서, 각기 그들이 부모님을 섬기는 효도에 대한 부족한 점을 들어서 그 부분을 더 잘하라고 말씀해준 것이니, 공자는 제자 한 사람 한 사람의 실력과 품행을 모두 알고 있었다는 말이 된다.

그리고 공자 학문의 기본은 군자(君子)이다. 《주역(周易)》에서

“군자이자강불식(君子以自彊不息)”이라 해서, 군자는 해가 아침에 떠오르면 저녁에 서쪽으로 떨어질 때까지 한시도 쉬지 않는 것처럼, 그렇게 늘 마음을 경성(警醒)하면서 갈고 닦아야 함을 가르쳤던 것이니, 그래서 유가(儒家)의 기본 입장이 군자(君子)의 학문이고 군자의 행위였던 것이다. 그래서 우리들은 늘 깨어있으면서 혹시 어떤 유혹이 우리를 침범하여 넘어뜨리려 할지를 경계하고 또 경계해서, 나와 내 마음을 지키려고 노력해야 하는 것이다.

창의세가(倡義世家)

　창의세가(倡義世家)라는 말의 뜻은, 국가가 외세의 침입을 받았을 때에 가문 대대로 의병을 일으켜 국가를 위해 싸웠다는 뜻이다. 필자의 14대조인 인봉(仁峰) 전승업(全承業) 선생과 그의 세 아들 급(汲)과 징(澂)과 익(瀷)공 등이 모두 임진란(壬辰亂)과 병자호란에 창의(倡義) 하였으므로, 나는 어느 날 "창의세가(倡義世家)"라는 어휘(語彙)를 생각하고 이 어휘가 필자의 가문에 딱 들어맞는 용어라 생각하고 먹을 갈고 화선지를 펴서 예서로 잘 써서 표구를 하여 나의 서재에 걸었다.

　임진 난리가 일어나자 선조는 부랴부랴 의주를 향해 몽진을 떠났다. 옥천(沃川)의 인봉정사(仁峰精舍)에서 난리를 관망하고 있던 인봉(仁峰) 전승업(全承業) 선생은 국가가 일병(日兵)에 유린당하는 것에 의분을 참지 못하고 장자 급(汲)을 시켜 중봉(重峯) 조헌선생을 모셔오도록 명하였다. 이에 중봉선생과 함께 창의(倡義)하기로 합의하였다.

인봉선생은 임진란이 일어날 것을 미리 알고 의병으로 쓸 노복(奴僕)으로 장정 100명, 군복 100벌, 곡식 100섬을 비축하여 두었다가 이를 의병에 쓰도록 내어놓았고, 또 의병을 모집한다는 격문(檄文)을 옥천과 청산, 영동지방에 붙이고 중봉을 의병장으로 추대하였으며, 선생은 막료(幕僚)의 소임을 맡아 일에 따라 주선하였으며 충성과 정성을 다하기로 하였다.

1592년 음 5월 초4일에 의병을 모집하니, 장정 230인이 모집되었다. 이에 곧바로 보은의 경계인 차령(車嶺)에 있는 적의 예봉을 차단하였고, 또한 막하의 임원인 김경백(金敬白) · 이우(李瑀) · 김절(金節)[12] · 전충남(全忠男)[13]과 더불어 격문(檄文)을 팔도에 보내었고, 이미 창의(倡義)의 호령을 세우니 의병이 날로 모여들었다.

충청도의 관찰사 윤선각(尹先覺)이 각 골의 수령으로 더불어 생각하기를,

"병정(兵丁)이 될 만한 장정이 의병에 많이 들어가니, 관군에 불리하다."

고 하여, 백방으로 저지하였다. 이에 선생이 윤선각에게 서찰을 보냈으니, 간략하게 말한다면,

"교활한 왜병이 종묘사직에 큰 화(禍)를 입혔으면, 비록 일개

---

12) 김절(金節) : 자는 정숙(正叔). 호는 월곡(月谷). 개성 사람. 중봉의 문인. 시호는 충장(忠壯).
13) 전충남(全忠男) : 중봉(重峰)의 문인, 임란(壬亂) 때 의병에 참여함.

필부라도 오히려 죽음으로 국가에 보답하려는 마음이 있거든, 하물며 일도(一道)의 병마(兵馬)를 통솔하면서 편안하게 좌시(坐視)하고 있으니, 이는 나라가 위급한 때에 성은(聖恩)을 잊음이라. 군병을 사사롭게 그대를 위해 취용(取用)하지 말라."

고 하였다.

6월에 선생은 홀로 중봉의 지시에 따라 서쪽의 행재소(行在所)[14]에 가서 윤선각의 불충한 죄를 주달(奏達)하려고 하여 지나가다가 금산의 감영(監營)에서 윤선각을 보고 군신의 대의(大義)를 역설하니, 선각이 스스로 자기의 잘못을 깨닫고 선생의 말씀에 크게 공감하고 감복(感服)하여 함께 일할 것을 청하거늘, 선생은 중봉으로 더불어 공주에 머무르면서 의기(義旗)를 세우고 군중을 초모(招募)하니, 며칠 사이에 의병에 응한 자가 900여 인이었다.

안세헌(安世獻)이란 자가 선각에게 아첨하여 말하기를,

"공은 한 도의 병마(兵馬)를 가지고도 일찍이 조그만 공도 세우지 못했는데, 이제 조모(趙某, 조헌)와 전모(全某, 전승업) 등은 버려져 있는 중에도 분기(奮起)하여 저와 같이 의병을 일으켰으니, 이는 반드시 공의 아무 공(功)도 없이 허송(虛送)한 죄를 다스릴 것이니, 지금 손을 끊는 이만 못하다."

고 하니, 선각이 그렇게 여기고, 관내 각 읍에 공문을 보내어 의병의 부모와 처자를 옥에 가두어 의병으로 하여금 진(陣)에 나가

---

14) 행재소(行在所) : 임금이 거동하여 임시로 머물러 있는 곳.

지 못하게 하였다.

이에 선생과 중봉이 3일을 통곡하다가 마음을 결단하고 호우(湖右)[15]로 가서 참봉 이광윤(李光輪) · 유학(幼學) 장덕개(張德盖) · 신난수(申蘭秀) · 고경우(高擎宇) · 진사 노응탁(盧應晫) 등과 더불어 다시 의병을 모집하였는데, 관군에 연계(連係)가 없는 자 1,500여 명을 모집하여 의기(義旗)를 세우고 본부를 분리하였으며, 대의(大義)로서 각 읍을 순무(巡撫)하였다.

8월 1일에 곧바로 청주성의 서문 밖에 이르러 크게 싸워 적군을 대첩(大捷)하였고, 이어 흩어진 병졸들을 수습하였다. 이어서 13일에는 군사를 금산으로 이동하였고, 이미 청주적(淸州賊)을 격퇴한 전공을 행재소에 주달(奏達)하려고 하였는데, 대가(大駕)는 이미 의주(義州)에 파천(播遷)하였으므로, 먼 곳으로 가는 행색(行色)이 실로 어려울 것을 고려하여 선생이 드디어 그 임무를 맡고 중봉의 상소를 받들어 바닷길을 향하여 출발하였다. 이에 안세헌(安世獻)이 윤선각을 설득하여 말하기를,

"전모(全某, 전승업)의 상소 가운데는 영공(슈公, 윤선각)을 비방한 글이 많다 들리니, 이 상소가 만약 주달(奏達)되면 공은 반드시 죄를 얻을 것이다."

고 하니, 윤선각이 그렇게 여기고 바로 심복의 관원을 보내어 뱃사공을 검사하라 독촉하여, 상소문을 받들고 가는 사람으로 하여금 바다를 건너지 못하게 하였다.

15) 호우(湖右) : 충청도에서 금강의 우측을 말함.

이때 유학 김지남(金止男)이 상소를 올려, 윤선각을 폄척(貶斥)하면서,

"병사들로 자신을 편안히 옹위(擁衛)하게 하고 적군을 토벌할 의사가 없었다."고 하는 실상을 상소문에 지적하였다.

선생은 그 실상을 탐지하여 중봉의 상소문을 내어 보이고 곧바로 배에 올라 그 날 당진에 당도하였는데, 중봉이 금산의 적을 토벌하려다가 전군(全軍)이 모두 전사하였다는 소식을 듣고 상소문을 종관(從官)인 곽현(郭賢)에게 주어 행재소에 주달(奏達)하게 하고, 선생은 곧바로 금산의 전장(戰場)에 돌아와 동지 박정량(朴廷亮)과 같이 700명 의병의 시신(屍身)과 승군(僧軍) 300명의 시신을 수습하여 일기(一基)의 큰 무덤을 만들고 제사를 지냈다. 그리고 중봉의 체백(體魄)을 수습하여 돌아와 옥천에 장례를 모시었고, 또한 중봉의 간초(諫草)[16] 및 잡저(雜著)를 모아 모두 합하여 유집(遺集)을 만들었으며, 중봉의 모부인(母夫人)과 아들을 인봉초당(仁峰草堂)에 모셔 와서 함께 거처하게 하였고, 자식처럼 인봉초당에서 진심으로 슬퍼하며 구휼하였다.

충청도 감사로 재직하면서 윤선각은 의병의 부모와 처자를 옥에 가두는 등 갖은 만행을 저질렀고, 별다른 업적이 없는데도 불구하고 나중에 전쟁이 끝나고 논공행상에서는 공신에 등록이 되었으니, 이것이 당시의 행정이었던 것이다. 선조의 무능함을 여기에서도 볼 수가 있다.

---

16) 간초(諫草) : 조정에 간(諫)한 초고(草稿).

선생은 본디 오래된 질병이 있었는데, 난리를 격은 뒤로부터는 더욱 중증(重症)으로 전이되어서 날마다 약을 복용하였으며, 금산(錦山)에서 함께 순절하지 못함을 한하였고, 또 왜적의 괴수(魁首)를 섬멸(殲滅)치 못하였음을 한하였으며, 만약 적병이 왕왕 침입하여 약탈하였다는 소문을 들으면 칼로 상을 치며 꼭 복수할 것을 다짐하면서 끓어오르는 울분을 견디지 못하였다.

그 뒤에 다시 동지 김칠송(金七松, 경백)과 이서계(李西溪, 덕윤) 등 제현으로 더불어 한계(寒溪)를 점거(占據)할 것을 논의하였는데, 그러나 칠송(七松, 김경백)이 먼저 서거(逝去)하였으므로, 이로 인하여 일은 이루어지지 못하였다.

을미(乙未)년에 의병장 이산겸(李山謙)[17]이 지나다가 가산정사(佳山精舍)에 들러 인사를 올리니, 선생은 왜병을 섬멸하는 계략을 가르쳐 주었다.

병신(丙申)년 3월 15일에 갑자기 정사(精舍)에서 운명하니, 향년이 50이었다. 원근의 사림(士林)에서 슬퍼하지 않음이 없었고, 5월에 군(郡)의 동쪽 고라산(古羅山)의 선영의 아래 건좌(乾坐)의 언덕에 장례를 하였다.

선생의 차자(次子) 전징(全澂)은 문헌과 족보에도 창의(倡義)했다는 기록이 없었다. 그런데 1973년 4월 17일 충북 진천에 있는 묘소를 이장하기 위하여 11대손 전재철이 그 묘를 파니, 시신이 썩지 않은 미라가 나오고 옥관자 등 여러 가지 부장품과 일기첩

17) 이산겸(李山謙) : 의병장. 이토정(李土亭)의 서자(庶子)이다.

이 나왔다. 그 일기첩을 열어보니 "○월 ○일 홍성에서 일박(一泊)하고 ○○로 옮겨 주둔하였다"고 하는 등 의병활동에 대한 기록이 빼곡히 적혀 있었다고 한다. 그래서 동아일보를 위시하여 조선일보 등 대한민국의 모든 신문에 대서특필된 것을 필자도 직접 읽어보았고, 그리고 진천군의 공보실에서 유품을 보관 중이라고 하였다.

그리하여 우리 옥천 전씨 족보에는 기록하기를, "목숨을 바쳐 창의를 했는데도 국가에서 아무런 포상을 받지 못하였으니, 죽은 시신조차 썩지 못하고 미이라로 남아 있었다"고 적어놓았다. 그런데 그 뒤 30여 년이 지난 어느 날 묘지를 이장한 전재철을 만나 그 부장품은 지금 어디에 있느냐고 물었더니 말하기를, "어느 날 경희대학교에서 왔다는 사람이 그때 나온 부장품을 찾으면서 '우리 경희대의 박물관에 기증을 하면 잘 보관하겠다.'고 하기에 선뜻 그 부장품을 내어주었는데, 그 뒤로는 아무런 연락이 없었다."고 하면서 "아마도 사기꾼에게 속아 넘겨준 모양이다"라고 하였다.

그래서 필자는 이렇게 말하였다. "다른 부장품은 몰라도 창의군이 활동한 일기첩은 그 자손들만의 중요한 것이고 타인들은 아무런 값어치가 없는 물건인데, 왜 그것까지 사기를 치면서 가져갔단 말인가." 하고 탄식하여 마지않았다.

식물은 계절을 알아
꽃을 피운다

예부터 "농자(農者)는 천하지대본(天下之大本)"이라 했다. 즉 농사가 천하에서 제일 으뜸가는 근본이 된다는 말이다. 옛날에는 농업을 근간으로 하여 국가를 운영했다고 봐야 한다. 우리나라는 농업국가에서 공업국가로 바뀐 것이 불과 몇십 년에 불과하다. 그러므로 우리의 부모님들은 거의 농부의 자식이라고 보면 된다. 우리 부모님들은 어렵게 농사를 지어 우리를 가르쳐서 공무원도 만들고 산업체의 직원도 만들어 일하기 어려운 농사를 탈피하게 만들었다. 그래서 그런지는 몰라도 지금 농촌에 가면 젊은이가 없고 모두 늙은 어른들이 농사를 지으며 살고 있다.

나 역시 농부의 아들로 태어났다. 그 어려운 농사도 지어보았고, 산에 가서 나무도 해서 지게에 지고 집으로 오기도 하였다. 그 나무로 불을 지펴 밥도 짓고 물을 데우고 방도 따뜻하게 만들어 그 따뜻한 구들장을 지고 잠을 자곤 했다. 그래서 그런지는 몰라도 나는 도회지에서 살면서도 그 주위에 조그만 공터가 있으면, 그곳을 파고 상추도 심고 배추, 무, 호박, 아욱, 토마토, 수수, 옥수수, 고구마, 감자 등 많은 식물을 심고 가꾸길 좋아한다.

수년 전의 일이다. 그 해는 봄에 날이 가물어서 습기가 없는 관계로 뿌린 씨앗이 싹을 틔우지 못했다. 그래서 또 씨 뿌리기를 되풀이 하여 겨우 싹을 틔워서 모종을 하였는데, 먼저 싹을 틔워 자란 종자는 키가 크게 자랐는데, 뒤늦게 싹을 틔운 종자는 아직 조그마한 어린 묘(苗)였다. 자연히 어른과 어린 아이가 같이 서있는 모습과 똑같게 되었다. 그래서 비료도 주고 해서 키가 작은 모종을 빨리 키우려고 애를 썼지만, 세월은 이미 많이 흘러 키가 큰 곡식은 꽃을 피우기 시작했다. 그러나 키가 작은 곡식은 아직 어리기 때문에 꽃을 피우려면 아직 15일은 더 있어야 됐다. 그러나 이 키가 작은 종자도 꽃을 피우는 것이 아닌가! 그렇지만 키가 작고 덜 자란 꽃을 피웠기 때문에 열매를 맺는 데는 실패하는 것을 보았다.

나는 여기서 매우 유익한 교훈을 얻는데 성공했다. 그렇다. 이런 현상은 계절로 설명을 해야 가능하다. 아직 어린 곡식이어서 사람의 눈으로 봐서는 꽃을 피우면 안 되는 시기였지만, 그러나 그 작은 곡식은 계절을 알아 꼭 이때에 꽃을 피워야만 열매를 맺는다는 것을 알았기 때문에 꽃을 피운 것이었다.

이렇듯 미물(微物)이라고 생각하는 작은 식물들도 자기가 싹을 틔우고 꽃을 피우는 시기를 잘 알고 처신을 한다. 비록 자신이 아직 어려서 부실한 식물이었지만, 그래도 이왕 이 세상에 나와 뿌리를 박고 사는 식물이 되었으니, 열매를 맺어 씨(자식)를 남겨야 한다는 이 세상의 절제절명의 운명을 받아들이고 꽃을 피웠던 것이다. 그래서 나는 이것이 이 지구에 사는 동·식물들의 운명이라는 것을 깨달았다.

우리 인간들은 이러한 자연의 법칙을 어기는 사람이 얼마나 많은가! 그래서 나는 공자님께서 말씀한

"천리를 따르는 자는 살고, 천리를 어기는 자는 죽는다.(順天者存逆天者亡)"

고 한 이 말씀을 곰곰이 생각해 봤다.

씨앗은 얼음 속에서
봄을 준비한다

음력으로 말해서, 1월, 2월, 3월은 봄이고, 4월, 5월, 6월은 여름이고, 7월, 8월, 9월은 가을이고 10월, 11월, 12월은 겨울로 구분한다. 이를 절기(節氣)로 말하면 입춘(立春)에서 청명(淸明)까지는 봄이고, 입하(立夏)에서부터 소서(小暑)까지는 여름이고, 입추(立秋)에서부터 한로(寒露)까지는 가을이고, 입동(立冬)부터 소한(小寒)까지는 겨울이다.

오늘은 3월 1일이니 입춘이 지난 지도 23일이 지났다. 그렇다면 봄이 시작한 지도 어언 23일이 되었건만, 날씨는 눈이 와서 온 산천은 모두 하얗다. 그리고 땅은 얼어붙어 그 속에서 도대체 싹이 틀 것 같지 않다. 그러나 보리밭은 벌써 파랗게 자랐고, 그 이랑 사이로 뾰족 뾰족 달래가 솟아나온다. 달래를 깨보면 땅속에 묻혀있는 많은 새싹들이 하얗게 올라오는 것을 볼 수가 있다.

그렇다면 이 새싹들은 언제 이렇게 자랐을까! 바람은 세차고 차가운 날씨인데도---, 그렇다. 새싹들은 날씨를 생각하지 않고 봄이 오면 무조건 솟아나오는 활력이 있는 것이다. 아니 계절이 오면 자연히 생명에 활력을 주어 날씨의 추위를 생각하지 않고 싹이 자란다고 해야 할 것이다.

내가 어렸을 적의 일이다. 그때는 1950~1960년대로 우리나라가 일제식민통치를 벗어나고 6·25 남북전쟁을 치룬 뒤여서, 말 그대로 초근목피(草根木皮)로 겨우 연명을 하고 살던 시절이다. 가을에 농사를 갈무리하면 뒷방에 고구마 퉁가리를 만들어놓고 그 안에 고구마를 저장하였으며, 밤은 제사상에 올리는 아주 중요한 과일이었으므로, 비교적으로 따뜻한 곳인 부엌의 어느 한 구석을 파고 묻어두었다가 제삿날이 되면 파내어 제상(祭床)에 올렸는데, 위에서 열거한 '고구마와 밤'이 봄이 오면 자연적으로 싹을 틔우는 것을 볼 수가 있었다. 방 안에 있는 고구마는 방 안의 온기로 말미암아 몸체의 물기가 빠질 대로 빠져있는 상태인데, 그 말라빠진 몸에서 싹을 틔우면서 봄이 오는 소식을 전함은 물론, 자신을 빨리 밭에 묻어주어 새 생명을 만들 수 있도록 해 달라는 무언의 말을 하고 있는 것이었다. 그리고 부엌의 한편에 묻어둔 밤을 1월 중에 파내서 쓰려고 하면 언제 나왔는지도 모르는 새싹이 밤톨의 뾰족한 끝에서 쑥 솟아나온 것을 볼 수가 있으니, 이는 밤이 땅속에 있으면서도 세월이 흐르고 날씨가 변하는 것을 알고 있다는 뜻이다. 이 얼마나 신기한 일인가!

그러므로 생명은 천지자연에서 제공한다는 것을 알 수가 있다.

무조건 그 계절, 즉 생명이 탄생하는 계절 봄이 오면, 자연은 모두 생명을 탄생하려 야단법석인 것이다. 하늘에 있는 햇살은 따뜻함으로 변하고 땅은 얼음을 녹이고 푸근해지며 냇물은 졸졸졸 봄을 노래하며 흐른다. 이러한 환경에서 새들은 알을 낳아 부화하여 새끼를 기르고, 초목(草木)은 싹을 틔우고 잎을 피운다. 우리 인간들도 이러한 자연을 본받아 봄이 오면 생명 탄생에 일조를 해야 할 듯하다.

물의 역할

물은 이 지구상에서 없어서는 안 될 필수불가결한 요소이다. 물의 가장 중요한 요소는 이 지구상에 습기를 공급하는 요소이다. 지구상의 모든 물체는 물이 없으면 말라서 죽고 만다. 그리고 물은 정화하는 능력이 있어서 우리들이 몸을 씻을 때나 집안을 청소할 때에도 물을 사용하여 청소를 한다. 그러므로 물은 불보다도 더 많이 사용해야 하는 아주 귀중한 보배라 할 수 있다.

위에서 열거한 것은 우리의 눈에 보이는 현상을 말한 것이나, 우리의 눈에 안 보이는 곳도 정화하는 것이 물이다. 기독교에서 말하는 세례(洗禮)는 물로 더러워진 마음을 씻는다는 의미가 있다. 그렇기에 졸졸졸 흐르는 물소리를 들으면 마음이 편안해지고 깨끗해짐을 느낄 수가 있다. 전라도 장흥군 관산의 천관산에 가면 "장천재(長川齋)"라는 지방문화재가 있다. 이 집은 조선조 후

기에 위백규(魏伯奎)[18]라는 선비가 후학을 가르치던 집인데, 이
집 앞에는 길게 흐르는 시내가 있다. 깊은 천관산에서 흐르는 물
은 한시도 그치지 않고 소리를 내며 흐른다. 이렇게 흐르는 소리
를 들으며 선생은 마음을 씻었을 것으로 생각되며, 그러므로 당
호(堂號)를 "장천재(長川齋)"라 했을 것이다.

　청소란 깨끗하게 쓸고 닦는 것을 말한다. 사람이 이 세상을 살
아가면서 자기의 주변을 깨끗하게 쓸고 닦아 쾌적한 환경을 만들
어놓아야 건강하게 살 수도 있고 일할 의욕도 생기는 법이다. 그
러나 사람마다 청소하는 습성도 다르니, 필자의 경우는 게을러서
청소를 많이 않는 편이다. 우리 집은 안식구가 평생 청소를 담당
하고 산다. 몸도 약한 편인데, 매주 한 번씩 집안을 쓸고 닦느라
고생이 많다.

　그리고 청소는 사람만 하는 것인 줄 알았는데, 어느 날 나는
"하늘도 청소를 한다는 것을 알았다." 간밤에 비가 많이 내린 날,
나는 아침 일찍 산에 올랐는데, 아침 해가 뜨면서 줄지어 서있는
아파트들이 모두 화장을 한 신부처럼 깨끗한 차림으로 서있는 것
을 보면서, "아! 하늘도 청소를 하는구나!"라고 생각한 적이 있다.
그뿐인가. 비가 내리면 거리의 길과 구석에 있는 더러운 오물과
산천에 널려있는 온갖 더러운 오물들이 모두 씻겨나가 청결하고
상쾌한 산천이 되는 것을 볼 수가 있다.

---

18) 위백규(魏伯奎) : 천문(天文)·지리·율력(律曆)·복서(卜筮)·산수 등에
　　통달하고, 특히 역(易)에 정통하였던 조선 후기 학자. 문집에 《존재집》,
　　저서에 《지제지(支提志)》 등이 있다

필자는 가끔 욕실에서 물의 고마움을 생각하는 버릇이 있다. 지금은 생활여건이 좋아져서 강물을 정수하여 높은 고층 아파트에까지 끌어올리고, 그 물로 밥도 짓고 반찬도 만들며 몸도 씻고 대소변도 해결하니, 참 편리한 세상이 된 것이다.

옛날 어렸을 적에 한문을 배우는데 선생님께서 어떤 문제를 내었다.

"아침에 일어나 보니 눈이 내려 있었다. 그러면 어디를 제일 먼저 쓸겠느냐!"

고 하는 것이었다. 그래서 나는

"샘 길을 제일 먼저 쓸겠습니다."

고 하니, 선생님께서는

"샘물이 계속 흘러나오듯이 돈이 계속 나와 걱정 없이 세상을 살겠다."

고 하신 말씀이 생각난다. 이렇게 옛적 필자가 어렸을 때는 수도(水道)가 없어서 매일 물을 샘에서 길러다 먹었으므로, 아침에 일어나면 물을 길러오는 것이 생활의 일부분이었다.

필자가 어려서는 우리나라가 농업국가여서 농사를 지으려면 물과 밀접한 관계가 있었다. 비가 장기간 오지 않아서 한발(旱魃)이 계속되면, 논에는 물이 마르고 밭에는 곡식이 말라죽는 현상이 일어난다. 그때는 저수지가 없어서 냇물에 물이 마르면 물을 댈 수가 없었고, 전기가 들어오지 않아 보(湺)나 연못에서 물을 끌어올릴 수가 없었다. 그래서 할 수 있는 일이 기우제(祈雨祭)였다.

마을 사람들이 풍물을 치고 산에 올라가 정성껏 제사를 올리는 수밖에 없었으니, 지금 생각하면 조금은 황당한 일이 아니었나 생각한다. 그러나 그때는 국가에서도 한발에 대응하는 수단이라야 고작 국왕이 직접 기우제를 올리는 것 외에 다른 방법은 없었다. 그러나 지금은 수십 미터의 샘을 파고 그 속에 호스를 박고 전기를 이용하여 물을 끌어올리는 등 다양한 방법으로 물을 이용한다. 심지어 도심지 주변의 주말농장도 그 농장에 물을 댈 수 있는 샘이 있어야만 주말농장을 분양할 수 있다. 그러므로 지금은 한 필지의 밭마다 모두 샘을 파서 그 물로 농사를 지으니, 약간의 한발(旱魃)이 와도 아무런 걱정이 없는 시대가 되었다. 이처럼 물은 마음을 씻는 기능도 있는 반면에, 생물에 습기를 제공하여 초목을 키우며 그 물을 이용하여 씻고, 닦고, 빨고, 먹는 등 실로 다양하게 쓰이는 필수불가결한 물체라 할 것이다.

불의 역할

불(火)은 밝고 따뜻하다. 그러므로 태양은 불의 대표적 표상이고 양기(陽氣)의 상징이 된다. 불이 없으면 이 세상은 추위에 얼어붙어 생명을 잃는다. 태고에서부터 지금까지 우리 인간들은 부단히 노력하여 실로 헤아릴 수 없는 많은 발명을 하였으나, 그 중에서 가장 위대한 발명품은 우리 생활에서 불을 이용한 것이고 그리고 세상에서 제일 큰 사건이라고 한다. 그러니까 불을 사용하기 전까지는 산야에 있는 짐승이나 새들처럼 날것으로 먹고 살았는데, 어느 날 불을 이용할 줄 알면서부터는 식생활이 화식(火食)으로 변하였고, 잠을 잘 때도 불을 피우거나 온돌에 불을 피워 따뜻하게 할 수가 있다.

전기(電氣)도 하나의 불이다. 그 전기를 이용하여 밤에 불을 밝히고, 밤도 낮처럼 환하게 불을 켜고 공부도 하고 일도 할 수가 있다. 지금 우리나라는 아파트를 많이 지어 주택난을 해결하고 있다. 25층도 짓고 30층도 지으며 어떤 곳은 70층도 짓는다고 한다. 똑같은 대지 위에 25층 집을 지으면 단층보다는 25배를 더 지은 것이고 70층 집은 70배를 더 지은 것이니, 매우 실용성이 높은 주택공급 정책이다. 그러나 이러한 아파트와 빌딩은 모두 전기(불)의 힘으로 작동을 한다. 만일 전기가 멈춘다면 그 집은 무용지물이 되니, 불의 힘은 참으로 대단하다.

그리고 불은 습기(濕氣)를 말리는 역할을 한다. 여름 장마철에 연일 계속 비가 오다가 어느 날 해가 바짝 나면, 그렇게도 습하고 축축하던 곳이 어느새 고실고실하게 말라붙어 상쾌함을 주니, 불은 우리생활에서 없어서는 안 될 매우 고마운 존재이다. 그러나 우리에게 편리함을 주는 만큼 불은 매우 무서운 존재이기도 하다.

만일에 집에 불이 나면 그 집은 순식간에 타 없어진다. 그 속에 사람이 있으면 그 사람까지도 없어진다. 불은 사람의 오장(五臟)에서 심장에 해당한다. 그러므로 심장병은 순식간에 죽는 병이다. 간밤에 심장병이 발생했다면, 자다가 그냥 죽는 병이 심장병(火)이니, 가장 경계해야 할 병이다.

불은 오행(五行)으로 4계절 중에서 여름에 해당한다. 여름의 햇볕이 강렬하게 쬐면, 어느새 산천에 있는 초목(草木)은 무성하여 녹음을 만든다. 논밭에서 자라는 곡식들도 무럭무럭 자라서 꽃을 피우고 열매를 맺을 준비를 한다. 그러나 장마가 길어져서 여름 내내 비만 내리면 햇볕을 충분히 받지 못하여 곡식은 열매를 튼실하게 갈무리하지 못한다. 이렇듯 햇볕은 곡식이 자라고 열매를 맺는데 지대한 역할을 한다.

옛날 사람들은 산에서 나무를 해다가 부모님이 계신 방에 불을 때서 부모님이 밤낮으로 따뜻하게 사시게 하는 것이 효도하는 하나의 과정이었다. 아침에 일어나서 부모님께 문안하는 것도, 결론은 간밤에 따뜻하게 잘 지내셨느냐는 인사이다.

이렇게 불은 우리들 생활에 없어서는 안 될 필수품이 되었다. 그러나 화기가 없는 불도 있으니, 반딧불이라는 곤충이 있다. 한여름이 되면 몸에 불을 킨 반딧불들은 공중을 훨훨 날아 돌아다닌다. 밤하늘에는 수많은 별들이 반짝이면 모닥불을 지펴 모기를 쫓으면서 동무와 함께 이야기꽃을 피던 계절이 있었다. 그것은 정말 낭만 중의 낭만이다. 요즘은 도회지에서 생활하므로 별도 잘 보이지 않고 반딧불도 보이지 않는다.

요즘 자라는 어린이들에게도 새까만 밤에 빛나는 별과 둥실둥실 날아다니는 반딧불을 체험하는 과정이 있었으면 좋겠다는 생각을 가끔씩 한다. 그리고 불의 종류에 도깨비불도 있다. 도깨비불은 꼭 밤에만 나타나는 불인데, 갑자기 나타나 훨훨 타다가 갑자기 없어지는 불이다. 이 불은 타는 불처럼 보이기는 하나 실제로는 탄 것이 없는 환상의 불인데, 날씨가 궂으려고 구름이 끼고 비가 오려고 할 때에 나타나는 불이다. 곧 도깨비들이 장난하며 노는 불이니, 필자도 어렸을 적에는 우리 동네 들판에서 도깨비불이 활활 타다가 없어지고 또 타오르는 것을 본 일이 있다. 요즘처럼 밤에도 전깃불이 환히 비취는 곳에서는 좀처럼 구경하기가 어렵다.

　같은 불이지만 화기가 있는 불은 우리들의 생활에 커다란 도움을 주고 곡식이 자라는데 지대한 공로가 있지만, 화기가 없는 불은 우리들에게 커다란 도움을 주지는 않는다. 도깨비불 같은 것은 전혀 무익한 불이다.

바람

　바람의 주요 기능은 물과 같이 정화(淨化)의 기능으로 봐야 한다. 물은 땅을 정화시키고 바람은 공기를 정화시킨다. 물은 보이는 물체이지만, 바람은 반대로 보이지 않고 느낄 따름이다. 그러므로 이 세상은 바람이 없으면 살 수가 없다. 우리들이 생활하면서 내뿜은 더러운 기운은 바람이 불면 공기가 이동하면서 정화가 되어 깨끗한 공기로 만든다. 풍(風)자를 설문(說文)으로 풀어보면 범(凡)과 충(虫)의 합자니, 모든(凡) 생물(虫)이 숨 쉬고 사는데 필요한 유동하는 공기, 즉 바람이다.

　바람 중에는 태풍(颱風)이라는 바람이 있는데, 이 바람은 거대한 바람으로 여름에만 나타나는 바람이다. 태풍이 불면 바다가 춤을 추며 요동을 친다. 왜 이렇게 바다를 뒤집으려는 듯 요동을 칠까! 그것은 바다를 정화하려는 속뜻이 있음을 알게 된 것은 그리 오래되지 않았다. 요즘은 각종 산업이 발전해서 하늘과 땅을 더럽히는데, 이러한 더러운 오물이 육지에서 대량으로 유입되면서부터 바닷물은 더러워진다. 바닷물이 더러워지면 산소가 부족해져서 물고기들이 살 수가 없게 된다. 이러한 때에 태풍이 휘몰아쳐 바닷속을 뒤집으면 곧바로 바닷물은 정화가 되어 바닷속의 생물과 고기들은 활력을 얻어 살게 되는 것이다. 그러나 그 태풍이 육지를 강타하면 어느새 재앙으로 변한다. 나무의 과실은 다 떨어지고 가로수는 뽑히며 가벼운 집은 날아간다.

여름에는 더우니까 사람들은 모두 문을 활짝 열어놓고 잠을 잔다. 더우니까 시원한 바람을 맞아야 잠이 잘 오니, 이러한 바람은 보약과도 같은 바람이다. 그러나 비가 추적추적 올 때는 절대로 양쪽 문을 열어놓으면 안 된다. 왜냐하면 사람이 잠을 잘 때는 몸을 방어하는 위기(衛氣)가 몸속 깊이 들어가 휴식을 취한다. 그러므로 외부에서 조그마한 풍한(風寒)이 불어와도 우리의 몸은 버티지를 못하고 그 풍한의 침입을 받고 만다. 그러면 상한(傷寒)이 되어 몸살을 앓게 되고 감기에 걸리게 된다. 문명의 이기(利器)인 에어컨은 그 기계에서 나오는 찬바람을 이겨낼 수 있는 건강한 사람에게만 문명의 이기가 되는 것이다. 만약 몸이 약한 사람이 에어컨의 바람을 오래 받으면 반드시 병을 얻는다. 이러한 병을 한병(寒病)이라 하고, 더위에 상하는 것을 더위를 먹었다 하는 것이니, 우리는 문명의 이기(利器)를 자신의 몸에 잘 맞도록 이용할 줄을 알아야 한다.

요즘은 젊은 사람도 입이 돌아가는 '구안와사(口眼喎斜)'의 병

에 걸려 입이 삐뚤어진 사람을 볼 수가 있는데, 이는 돌을 베고
자거나 세면바닥에 누워서 자면, 그 돌베개나 세면에서 바람이
나와 안면을 침입하므로 안면이 마비되어 생긴 병이다. 한 번 삐
뚤어지면 정상으로 돌아와도 웃을 때나 말을 할 때는 입이 약간
삐뚤어지게 보이는 것이니 각별히 조심해야 한다. 이렇듯 바람은
우리에게 참으로 유익한 물체이나, 이를 잘못 사용하면 잠깐사이
에 병이 되는 것이다.

산

산은 항상 우뚝 솟아 있으니, 훌륭한 사람과 지위가 높은 사람
에 비유한다. 산은 많은 것을 포용하고 있다. 바위도 많고 나무도
많으며 풀과 숲이 많고 새들도 많으며 짐승들도 많다. 많은 동·
식물들이 이곳에서 생명을 유지하며 살아간다. 그러나 다투는 경
우는 없고 늘 사랑으로 포용하고 감싸며 평화를 유지한다. 그리
고 이곳은 물의 발원지가 되기도 하며, 물의 어머니가 되기도 한
다. 꽃도 피고 열매를 맺는 아주 평화로운 곳이다.

산은 건강을 수련하는 도장이다. 요즘 같은 문명사회에서는 두
뇌노동자들이 많다. 하루 종일 책상 앞에 앉아서 일을 하므로 항
상 육체적 운동이 부족하다. 그래서 그런지는 몰라도 휴일이 되
면 산행(山行)을 하는 사람들이 많다. 필자가 사는 동네 뒤에는
수락산이 있고, 전면에는 도봉산이 있다. 그리고 그 사이에는 중

랑천이 흐른다. 그러므로 필자는 새벽 등산을 즐겨한다. 산 중턱에 약수터가 있는데, 이곳까지 올라가면 땀으로 범벅이 된다. 그곳에서 약수 한 모금 마시고 약간의 운동을 하고 집으로 돌아오면 2시간 정도의 시간이 소요된다.

또한 산은 만남의 장소가 되기도 한다. 우리 주위에는 수없이 많은 산악회들이 있다. 순수한 동호인 산악회가 있는가 하면, 개인이 만들어 수입을 올리려는 산악회도 많다. 그렇다고 꼭 산악회에 가입해야만 등산을 할 수 있는 것은 아니다. 직장을 다니다가 정년퇴임을 하고 집에서 할 일 없이 노는 노인들은 등산이 유일한 놀이터가 되고 휴식처가 된다. 어느 노인의 말씀,

"나이 80이 넘으니 친구를 만나기도 어렵더라. 내가 만나자고 하면 내가 술을 사야 하고, 그 친구가 전화를 하여 만나자고 하면 식대가 들어가니, 서로 전화하는 것조차 어렵더라."
고 하였다. 이런 분들은 등산이 유일한 낙이요, 벗이다. 산에 오르면 건강에 좋을뿐더러 누가 돈을 내라고 하지를 않는다.

우리가 사는 집터는 배산임수(背山臨水)해야 좋은 집터가 된다. 산의 좌청룡 우백호가 새가 날개를 편 것처럼 감싸서 바람을 막아주고 앞에는 냇가가 흘러 그 물을 이용할 수 있어야 한다. 물의 흐름도 중요하다. 저 경북에 있는 하회(河回)마을의 하회처럼 동네를 빙 돌며 지나가야 한다. 집 앞에서 폭포가 쏟아지듯이 빠져나가는 물은 좋지가 않다. 그러므로 산이 많은 지역은 산이 물줄기를 막으므로 물은 빙빙 돌며 지나가고, 산이 없는 평야지역은 대체로 돌아가지를 않는다. 이러한 지역적 특성으로 산악지역에

서 사는 사람과 평야지역에서 사는 사람들의 기질이 많이 다르다. 좋은 산의 정기를 받으면 그만큼 사람에게 좋다.

산에 오르면 머리가 열린다. 그래서 시(詩)도 나오고 문(文)도 나온다. 필자는 머리가 꽉 막혀 생각을 펴지 못할 때는 언제나 산에 오른다. 조용히 혼자 산을 거닐어보면 점차 머리가 열려 꽉 막혔던 문제를 해결할 수가 있다. 그러므로 산은 산소 같은 장소이다. 누구든 남는 시간이 있으면 등산을 하라 권하고 싶다. 기념으로 필자가 수락산에서 지은 한시 한 수를 게재한다.

단풍

높은 산에 오르니 숲은 말을 하는데
가을의 붉은 나뭇잎 땅을 붉게 물들인다.
하늘엔 흰 구름 아득히 떠가는데
하늘가 기러기는 새끼와 같이 짝지어 날아간다.

丹楓

登臨高嶽樹林言 등임고악수림언
秋節葉芽彩赤坤 추절엽아채적곤
碧落白雲悠長去 벽락백운유장거
天邊飛雁與兒孫 천변비안여아손

조율시이(棗栗柿梨)와
홍동백서(紅東白西)

세상을 살아가는데 있어서 우리 조상들은 예의(禮義)를 매우 중요시했다. 왜냐하면 우리 유학(儒學)에서는 사람이 짐승과 다른 점은 예의가 있다는데서 찾았으니, 만약 예의가 없다면 이는 짐승과 같은 인간으로 본 것이다. 그래서 조선 중기 대 문장가 정철은 시조에서,

"마을 사람들아 옳은 일 하자스라
사람이 되어 나서 옳지 온 못하면
마소를 갓 고깔 씌어 밥 먹이나 다르랴"

고 하지 않았던가! 이렇게 예의를 중요시했으므로 부모님이 돌아가시면 3년을 부모의 묘지 옆에서 여막(廬幕)을 짓고 묘를 보살피고, 그리고 돌아가신 부모님의 은혜를 생각하면서 자식으로서의

도리를 다했던 것이다. 이는 사람이 태어나면 부모님이 3년간 젖을 먹이고 기저귀를 갈아 채우며 길러야 한다. 누군들 이러한 과정을 거치지 않는 사람이 있겠는가! 그렇기 때문에 부모님이 돌아가시면, 삼년상을 입어서 그에 보답하는 것이다.

율곡이 지은 격몽요결에 있는 『진설도』

지방

밥 . 잔 . 국 . 수저와 젓가락 . 밥 . 잔 . 국

국수 . 떡 . 육물 . 적 . 어물 . 국수 . 떡

. . 탕 . . 탕 . . 탕 . . 탕 . . 탕

자반 . . 포 . . 나물 . . 간장 . . 식혜 . . 김치

밤 . . 대추 . . 곶감 . . 배 . . 은행

진설도를 보면 부모의 위패(位牌) 앞에는 밥과 국 그리고 술잔이 있고, 그 앞에는 어육치(魚肉雉)의 고기가 진설되어 있고, 그 앞에는 탕(湯)이 있으며 포(脯)가 있고, 채(菜)와 떡이 있으며, 위패에서 제일 먼 곳에 과실이 진열되어 있다. 이렇게 제삿날이 오면 평소 부모님이 좋아하시던 음식을 차려놓고 제사를 지냈는데, 과실 줄에서의 차례가 매우 흥미롭다.

조선조 사대부의 집에서는 죽은 조상에 대한 제사를 가장 중요시 하여 엄격하고 근엄하게 지냄은 물론이고, 자신이 속한 당색(黨色)에 따라 제상의 차림도 약간씩 다르게 하였으니, 예컨대 서인은 "홍동백서(紅東白西)"이고 남인은 "조율시이(棗栗柿梨)"의

순서로 진설하였다. 그러면 "홍동백서(紅東白西)"와 "조율시이(棗栗柿梨)"는 무엇을 말하는가!

"홍동백서(紅東白西)"는 붉은색은 오행(五行)으로 남쪽의 색이나, 제사상의 차림이 좌우 두 방향으로만 진설해야 하므로, 동쪽은 동남을 대표하여 붉은 과일을 놓고, 서쪽은 서북을 대표하여 서쪽의 색깔인 백색의 과실을 놓아야 한다."

고 하였고, "조율시이(棗栗柿梨)"는 과실의 씨로 선후를 결정한 것이니, 대추는 씨가 하나이므로 이 세상에 오직 하나뿐인 제왕에 견주어서 첫 번째에 올리고, 다음에는 밤인데, 밤송이는 3개씩 열리므로 조정의 삼정승을 상징하여 2번째를 차지하며, 다음은 감이니, 감은 씨가 감 하나에 6개가 들어있으므로 6판서를 상징한다 하여 세 번째를 차지하고, 다음은 배이니, 배는 하나에 씨앗이 8~9개가 들어있으므로 8도나 9주를 상징하여 4번째를 차지한다는 것이다.

또한 조상님께 제사를 올리면서 "조율시이(棗栗柿梨)"의 씨앗에 담긴 뜻은 제왕 또는 정승과 판서 그리고 도백을 배출하게 도와달라는 뜻도 함께 지니고 있다고 하니, 이 얼마나 순수하고 재미있는 이야기인가.

그러나 요즘은 시대가 변하여 핵가족 문화가 정착하였고, 또한 서양의 학문과 기독교가 유입되고, 또한 그 사상의 영향으로 3년 간의 여묘(廬墓)살이는 이미 찾아볼 수가 없고, 삼년상을 치르는 사람도 찾아볼 수가 없는 시대가 되었다.

의정부 중랑천의 징검다리

　다리의 종류를 말하면, 징검다리, 나무다리, 돌다리, 철도교, 아치교, 콘크리트교, 잠수교, 현수교, 수로교 등 다양한 다리들이 있다. 오늘날은 기술이 발달하여 서해대교나 남해대교처럼 거대한 다리들이 많다. 이들 다리들은 모두 밑에 물이 흐르거나 깊은 계곡이 있어서 사람이 자유롭게 다닐 수 없는 곳에 놓인 다리들이다. 그리고 다리는 섬을 육지로 만들기도 하니, 곧 안면도나 진도, 완도, 강화도 등은 원래 섬이지만, 지금은 다리가 놓여 육지와 직결되어 있어서 섬으로 인식하지 않은지 오래되었다.

　현재 내가 사는 곳은 의정부 신곡1동이다. 앞에는 도봉산과 사패산이 있고, 뒤에는 수락산이 버티고 있으며, 그 사이에는 중랑천이 흐른다. 즉 이곳은 중랑천 상류이다. 포천이나 동두천은 물이 의정부로 흐르지 않고 연천으로 역수하여 임진강으로 나가 서

해로 빠지고, 이곳 의정부의 물은 수락산에서 발원하여 부용천과 중랑천을 경유하여 한강을 거쳐 서해로 빠져나간다.

의정부는 중랑천 같은 넓은 시내가 도시의 중앙을 뚫고 흐르므로 자연히 넓은 공간이 생겨서 도시가 시원하고 앞이 확 트인 환경이 되었다. 그리고 그 중랑천 옆으로는 인도와 자전거도로를 만들었고, 그 가에는 벚나무를 심어 봄이 되면 말 그대로 꽃길을 만들었다. 그런데 올해부터는 중랑천을 서울의 청계천처럼 맑은 물을 끌어올려 흐르게 한다고 한다. 정말로 듣던 중 반가운 말이 아닐 수 없다. 의정부 시민들은 이곳에서 매일 걷기, 달리기, 자전거 타기 등 운동을 하며 건강한 생활을 한다.

그리고 한 가지 더 자랑할 것이 있다. 사실 중랑천은 시내가 넓고 물이 많아서 양쪽에 사는 사람들은 먼 곳에 놓여있는 다리를 건너야 다닐 수가 있었는데, 지금은 의정부시에서 개천보수공사를 하면서 크고 널찍한 돌을 가져다가 곳곳에 "징검다리"를 놓았다. 그래서 언제나 마음만 먹으면 이쪽에서 저쪽으로 건널 수가 있다. 다리를 건너면서 물이 흐르는 모습을 구경하기도 하고, 고기들이 물길을 따라 오르내리는 모습을 구경하기도 한다. 어떤 젊은 부부는 아이들의 손을 잡고 그 징검다리를 건너며 한가한 한때를 보내는 모습이 이따금씩 보인다. 참으로 좋게 보인다. 그뿐인가! 중랑천 곳곳에는 청둥오리들이 둥둥 떠다니며 고기를 잡아먹는 모습을 종종 볼 수가 있다. 아마도 이러한 곳을 낙원이라고 하는 것이 아닌가 하고 착각을 느끼게 한다.

"징검다리" 이야기가 나오니, 내가 어렸을 적 초등학교에 다닐 때는 항상 그 징검다리를 건너서 학교를 다녔다. 여름이 되어 비가 많이 오면 물이 배에까지 차오르는 냇가를 여럿이 붙들고 건너던 때가 많았다. 지금 생각하면 매우 위험한 행동이 아니었나 하고 생각한다. 나는 지금도 잊지 못하는 "징검다리"의 사건이 하나 있다. 나의 나이 15살쯤 되었을 때의 일이다.

나는 녹간에 있는 서당에 가면서 물이 세차게 흐르는 지루지(地隅)의 내에서 징검다리를 건너는데, 어떤 어린 아이가 물에 둥둥 떠내려가고 있었다. 나는 빨리 뛰어들어 그 여자아이를 구해내어 집으로 보냈다. 그리고는 그 아이의 소식을 모른다. 이름을 모르니, 누구에게 물어볼 수도 없다. 그 아이의 부모가 그 사건을 알고 있는지는 알 수가 없으나, 알았다면 반드시 나를 찾아와서 고맙다는 인사는 했어야 옳은 일이 아니었나 하고 생각한다. 선행은 남몰래 하라는 어느 성현의 말씀처럼 나 혼자 마음속에 간직하고 있다가 지금 이순(耳順)의 나이가 되어서야 겨우 펜을 들어 지상에 공개하는 것이다. 이것이 나의 "징검다리 사건"이다.

여하튼 "징검다리"는 어릴 적의 추억을 기억하게 하는, 지금은 동화 속에서나 나오는 추억의 다리인데, 의정부 중랑천에는 이러한 다리를 수없이 많이 만들어 놓았으니, 참으로 이곳은 소설 속의 동네가 아닌가! 매일 의정부시에 감사하며 살아간다.

주말농장

주말농장은, 분양하는 농토의 주인과 이를 임대하여 농사를 짓는 사람으로 나뉜다. 농토를 분양하는 자에게는 그에 대한 국가의 법령이 있으니, 그 토지가 농토이어야 하며 그리고 샘을 파 놓아 언제라도 그 농작물에 물을 뿌릴 수 있어야 일정한 돈을 받고 분양할 수가 있다고 한다. 만약 이러한 조건에 부합하지 않으면서 돈을 받고 분양을 하면 법에 저촉되어 제재를 받게 된다.

나는 농촌출신이라 그런지는 몰라도 작물을 심고 가꾸고 거둬드리는 것을 좋아한다. 그래서 이곳 의정부 신곡동에서 굴다리를 지나면 "둔뱀이"라는 마을이 있는데, 이곳은 의정부시 신곡동에 적을 두고 있으나, 아직도 포장이 안 된 곳도 있는 전형적인 시골 마을이다. 산 밑에는 군부대가 있어서 그런지는 몰라도 마을 전체가 그린벨트로 되어 있어서 개발이 안 된 마을이다. 이곳 주민들은 농사를 짓고 사는데 땅을 많이 소유하고 있어서 내면적으로는 부자들이 많다. 그러나 실제생활은 그리 넉넉하지 못하다.

이사장이라는 사람이 이곳의 땅 500여 평을 샀는데, 이곳은 농토인지라 현행법상 농사를 짓지 않으면 정부에서 임의로 팔아도 이의를 제기할 수가 없다. 그래서 이사장이라는 사람은 그곳에 옥수수, 호박, 그리고 매실을 심어놓고 노구(老軀)를 이끌고 매일 밭에 나와서 밭을 맨다. 노인인지라 조금만 구부리고 있어도 허리가 아프니까 아예 조그만 의자를 가지고 와서 그 의자에 앉아서 일을 하고 또 의자를 옮겨놓고 일을 한다. 가을이 되면 노랗게 익은 호박이 그 밭에 떼굴떼굴 굴러다녀도 따가지를 않아서 나중에는 서리를 맡아 썩는 경우가 많다.

사실 이 노인은 농사에는 전혀 관심이 없는 사람이다. 오직 땅을 사놓았으니 그 땅의 값이 오르면 그만이지, 농사가 잘 되고 안 되고는 관심이 없는 듯하다. 그래서 그 땅에 농사를 짓고자 하는 사람에게는 농토를 공짜로 빌려준다. 그래서 나도 그곳의 땅을 20여 평 얻어서 고추, 콩, 수수, 오이, 파, 상추, 무, 배추, 고구마, 들깨, 토마토, 호박 등을 심었고, 아침저녁으로 시간이 나면 그곳에 가서 작물이 얼마나 자랐는지를 살핀다.

나는 한문번역을 전문으로 하는 일을 하므로 집에서 열심히 일을 하다 보면, 몸은 피로하고 정신이 삭막해질 때가 있다. 이럴 때는 언제나 그 농장을 찾는다. 그곳에 가서 김도 매고 물도 주고 그리고 옆 농장 주인들과 농사이야기 등 여러 가지 이야기를 하며 막걸리를 한 잔 곁들여 먹으면, 온 세상이 나의 것인 양 마음은 풍요로워진다. 그리고 쉬는 날이면 온 식구가 다 그곳에 가서 삼겹살을 구워먹으며 한가한 때를 보내고, 작물을 수확할 때는 우리 아파트에 사는 옆집 사람들을 대동하고 밭에 가서 수확을 하여 나누어 먹는다. 실제로 우리들이 세상을 살아가면서 남을 돕는다는 것이 그렇게 쉬운 일이 아니다. 그런데 이렇게 조그만 농장을 하나 운영하여 작물을 심어도 많은 사람들과 나누어 먹을 수 있으니, 이 얼마나 좋은 일인가!

그리고 도회지에서 주말농장을 운영하려면, 계절에 맞는 씨앗을 파종해야 하고, 그리고 밑거름을 충분히 주고 복합비료와 요소비료의 용도를 잘 알아서 적절하게 시비해야 성공적인 농장주가 된다. 일례로 열무를 심는 시기와 알타리무를 심는 시기가 다르고, 감자를 심는 시기와 고구마를 심는 시기도 다르다. 한마디로 말해서 봄이 지나 햇볕이 쨍쨍 쬐는 여름이 되면 열무를 심어서는 안 된다. 왜냐면 열무는 연한 맛에 먹는 식물인데, 햇볕이 쨍쨍 쬐면 열무가 억세져서 먹지를 못한다. 그렇기 때문에 농부들은 콩밭에 열무 씨를 뿌려서, 그 콩잎의 그늘 밑에서 열무가 자라게 해서 그 무더운 여름에도 열무김치와 열무비빔밥을 먹을 수 있었던 것이다.

또한 고추와 토마토는 곁순을 잘라내야 하고, 감자는 꽃을 따내야 하며, 오이는 곁순이 잘 나오지 않고 호박은 곁순이 잘 나오며, 들깨는 일찍 심어서 그 잎을 따먹고 8월 10일 이전에 수확을 필한 다음, 그곳에 가을배추와 김장무를 심으면 작은 농토를 잘 활용하게 되는 것이다.

직장이 있는 사람은 주말농장을 운영함에 있어서 절대로 많은 평수의 땅을 지으려하면 안 된다. 왜냐면 농장의 풀을 뽑는다는 것이 장난이 아니다. 잡풀은 뽑아내고 뽑아내도 또 나온다. 자칫 잘못하면 농장이 아니라 풀밭을 만들어 놓게 되니 하는 말이다. 그러므로 처음으로 주말농장을 하는 사람은 옆의 농장주에게 충분한 자문을 받아서 농사를 지으면 성공적인 농장을 운영하리라 믿는다.

생명의 색은 녹색이다

원래 생명은 건곤(乾坤), 즉 하늘과 땅이 기본이고, 그 안에 수화(水火)와 바람, 그리고 뇌성벽력(雷聲霹靂)이 있어야 한다.

봄이 되면 양(陽)의 영역은 점점 길어지고, 음(陰)의 영역은 점점 짧아진다. 양기가 점차 자라면 눈과 얼음이 녹아 시내에는 물이 흐르고, 새들은 새벽이 옴과 동시에 일어나 쨱쨱거리며 노래를 한다. 날씨는 따뜻해지고 봄비가 촉촉하게 내리면 어느새 땅 속에서는 새싹이 뾰족이 얼굴을 내민다. 이것이 생명의 탄생이다.

아기가 엄마의 뱃속에서 이 세상으로 나오기까지는 10개월을 엄마의 뱃속에서 준비를 해야 한다. 이러한 평범한 이야기는 누구나 다 아는 진리이다. 식물도 모두 이러한 과정을 거친다. 씨앗이 땅에 떨어지면 겨울이라는 혹독한 추위를 견뎌야 한다. 하나의 통과의례인 셈이다. 이 무시무시한 죽음의 계절 겨울이 지나면, 평화와 희망의 계절인 봄을 맞는 것이다. 필자가 이 글을 쓰고 있는 이 계절이 바로 이른 봄이다. 산에는 진달래가 피고 아파트 옆 쥐똥나무는 파란 잎을 뾰족이 내밀었다.

녹색(綠色)이라는 녹(綠)자는 푸름의 뜻을 가진 '푸를 녹'이라는 글자이다. 그러므로 초목의 잎이 처음으로 내밀 때는 연한 녹색이고, 이것이 시간이 지나면서 짙은 녹색으로 변한다. 그러기에 생명의 색깔은 녹색이고 청색이 되는 것이다. 봄이 지나 여름이 되면, 이 세상은 온통 파란색으로 변한다. 넓은 초원에도 높은 산에도 다 푸른색뿐이다. 이것은 생명이 충만함을 보여주는 것이니, 파란 색은 즉 생명이고 평화인 것이다.

우리가 높은 하늘을 바라보면 파랗게 보인다. 바다를 바라보아도 모두 파란색뿐이다. 그러므로 하늘에도 생명이 숨어 있고 바다에도 생명이 숨어 있는 것이다. 요즘은 기술의 발달로 사람이 바닷속을 돌아다니며 촬영을 하여 TV를 통해 각 가정에 화면으로 제공된다. 그 속을 보면 바다에는 또 다른 세상이 존재함을 우리는 알게 된다. 형형색색의 고기들이 제각기 생명을 유지하기 위해 부지런히 움직이는 모습을 보며, 생명에 대한 경외(敬畏)를 느낀다. 이 모든 것이 생명의 색인 파란 바닷속에서 행해지는 생명현상인 것이다.

그럼 하늘은 어떤가. 이곳은 무형(無形)의 바람이 돌아다닌다. 우레도 나타난다. 이러한 현상은 모두 생명을 유지시키기 위한 하나의 작업으로 봐야 한다. 파란 하늘에 새들은 이동하고 또 이

동한다. 이들도 생명을 유지하기 위해서 이렇게 이동하는 것이
다. 기러기가 가을이 되면 높은 하늘에 떠서 이동하는 것도 모두
하나의 생명을 유지하기 위한 작업일 뿐이다. 그렇기에 하늘에는
이들이 이동하기에 아주 좋은 기류(氣流)가 흐른다고 한다. 이 기
류를 이용하여 철새들은 이동을 하면서 살아간다. 그렇기에 파란
하늘에도, 푸른 땅에도, 바다에도, 온통 생명이 숨을 쉬며 살아있
기에 그 속에서 많은 생물이 살아가는 것이다.

붉은빛은 생명이다

태양은 불의 본체이고 붉은 모습은 기본 빛이다. 색에는 보이는 색이 있고 보이지 않는 색이 있다. 봄이 외부로 나타난 색이 파란색이라면, 그 안에 존재하는 색깔은 붉은색이다. 온기(溫氣), 따뜻함, 이러한 현상은 봄에 나타나는데, 이것이 봄의 기본적 모습이다. 하늘에서 따뜻한 기운이 강하게 내려쬐면 대지는 어느덧 생명이 약동하는 계절을 맞는 것이다. 죽음, 그것은 겨울이고 밤인 것이다. 음(陰)이 지배하면 죽음이고, 양(陽)이 지배하면 삶인 것이다. 그러므로 태양은 낮을 주관하니, 삶의 기본인 것이다.

붉은 피는 생명의 대명사다. 심장의 박동이 멈추면 생명은 종말을 고한다. 그러므로 피의 색깔은 따뜻한 색인 붉은색이다. 동물의 체내에서 붉은 피가 멈추면 체온이 떨어지고 피는 응고되는 것이니, 이는 생명이 응고되는 것과 같다. 인체의 안에 오장과 육부가 있는데, 사람이 잠을 잘 때에는 장부(腸腑)도 같이 잠을 잔다. 그러나 심폐(心肺) 즉 심장과 폐장은 계속 움직이며 일을 한다. 이는 심장과 폐장이 그만큼 인체에서 중요한 기관이라는 것을 단적으로 보여주는 하나의 예이다.

하늘에 떠있는 태양은, 심장과 같이 한시도 놀지를 않고 이 지구를 따뜻하게 비춘다. 온기를 넣어주어야 지구상의 모든 생물들이 살 수 있기 때문이다. 주역에 보면 "천건건(天健健)"이라는 말씀이 있다. 이는 하늘에 떠있는 해가 한 번도 쉬는 일이 없이 계속 온기를 발산하며 움직이는 것을 말한다. 만약 해의 위도가 조금이라도 어긋나면 이 세상은 큰 혼란에 빠지고 그리고 죽음을 맞이하는 것이기에, 해는 조금도 변함이 없이 붉은빛으로 생명을 보내는 것이다. 그러기에 주역 건쾌에 "자강불식(自强不息)"이라 하여, "하늘의 해가 한시도 쉬지 않고 생명의 빛을 발산한다." 하였고, 군자는 이를 본받아 항상 쉬지 말고 노력하여야 한다고 말하였던 것이다.

해가 넘어가면 어둠이 지배하는 밤이 온다. 기온도 떨어진다. 죽음의 신은 여기저기서 생명을 위협한다. 이러한 때는 움직이지 말고 집에 들어가 쉬거나 자면서 내일을 준비해야 한다. 이것은 누구나 아는 평범한 진리이지만, 이를 지키기는 대단히 어렵다. 그러므로 공자도 말씀하기를, "순천자존(順天者存) 역천자망(逆天者亡)"이라 하여 천리(天理)를 따르는 자는 살고, 천리를 어기는 자는 죽는다고 하지 않았던가. 그러기에 아침이 되면 어김없이 생명의 본체인 해가 둥실 떠오르고, 우리들은 이를 반기어 맞이하는 것이다.

우리나라의 온돌은 아마도 하늘의 해를 보고 만들어진 것이 아닌가 한다. 붉게 타오르는 불을 때어 방안을 따뜻하게 데워서 그 안에서 살면서 죽음의 계절인 겨울을 나는 것이니, 선조들의 지혜가 온돌에 숨겨져 있는 것이다. 지금까지 우리들을 건강하게 지켜준 하나의 방법이 아니었나 하고 생각한다.

그러므로 붉은 색깔은 양기(陽氣)를 뜻하고 생명을 뜻하며 불을 뜻한다. 불이 생명의 원천인 것이다. 그래서 우리가 먹는 보약은 대부분 몸을 따뜻하게 하는 약재들이다. 물을 데워서 먹는다는 것은 몸을 데워주는 효과가 있다. 몸이 찬 사람은 물도 데워서 마시고 음식도 데워서 먹어야 하며, 술을 마셔도 데운 술을 마셔야 하는 것이다. 잠을 자도 더운 곳에서 자야 하고 옷을 입어도 몸을 따뜻하게 하는 옷을 입어야 하는 것이다. 이 모든 것이 온기가 사람을 살리는 생명이기 때문이다. 물론 색깔은 붉은색으로 나타난다.

호박

호박에는 많은 이야기들이 있다. 첫째로 "호박꽃도 꽃이냐!"라는 말이 있다. 이는 아마도 호박꽃은 크기만 하고 단조로우며 아기자기한 맛이 없다는 말일 것이다. 이 속담 때문에 호박의 좋은 이미지가 좋지 않은 이미지로 변하지 않았나 하고 생각한다.

그러나 호박은 열매가 크고 많이 열리므로 구황식품에 적합한 식물이고, 이뇨가 잘되어 다이어트 식품으로도 으뜸이다. 왜냐하면 호박의 색깔은 황색인데, 이 황색의 식품은 오행(五行)으로 토(土)에 해당하므로, 오장에서 토(土)에 해당하는 위(胃)에 잘 부합되는 식물로서 소화가 아주 잘된다. 소화가 잘되고 이뇨가 잘 되므로 위장에 부담을 주지 않으면서 살을 뺄 수 있는 아주 이상적인 식품이라 할 수 있다.

그럼 호박의 효능을 동의보감을 통해서 알아보자. "호박은 맛이 달고 독이 없으며 오장을 편하게 해주고 산후의 혈진통을 낫게 하며 눈을 밝게 한다."고 쓰여 있다. 그리고 미국의 국립 암연구소에 의하면 "황색의 호박은 폐암으로부터 인체를 지켜주는 세 가지 채소 중의 하나다."라고 했다. 옛날부터 전해오는 민간처방에는 "호박은 산후의 부종(浮腫)에 효과가 있다."고 하여 산후의 부종에는 반드시 늙은 호박을 달여 먹었다. 그러므로 오늘날도 호박의 즙을 내어 보신용으로 먹는 경우가 매우 많다.

나는 도회지에 살고 있지만, 원래 농촌출신인지라 채전을 가꾸는 것을 매우 즐긴다. 이곳 의정부에 이사 와서도 어디에 채전을 할 만한 곳이 없나 하고 찾아보았다. 그래서 찾은 곳이 둔뱀이라는 마을인데, 이곳은 농사를 생업으로 삼아 살아가는 농촌마을이다. 필자는 이곳의 밭을 세를 주고 얻었고, 그리고 호박을 심을만한 곳, 즉 곡식을 심을 수가 없는 언덕배기를 선택하여 그 하단에 구덩이를 파고 그곳에 생선 찌꺼기를 얻어다가 그 안에 넣고, 흙으로 묻은 다음, 그 위에 호박을 심는다.

그러면 그 호박의 넝쿨이 언덕을 타고 오르면서 꽃을 피우고 열매를 맺는데, 혹 나무를 타고 올라가면 그 나무에 커다란 호박이 주렁주렁 열린 것을 볼 수도 있다. 참으로 아름다운 풍경이다.

호박은 원래 여름에 많은 꽃을 피우지만, 열매가 많이 열리지는 않는다. 그냥 무성하게 넝쿨을 뻗기만 한다. 그러다가 가을의 찬 바람이 불면 이때부터 많은 호박이 열린다. 그리고 이때 열린 호박은 맛도 매우 좋다. 나는 왜 가을이 되면 호박이 많이 열리는가를 가만히 묵상한 일이 있다. 묵상의 결과는 간단하다.

가을이 되면 곧 서리가 내리고 그렇게 되면 잎은 시들어 마른다. 곧 자신이 죽을 때가 된 것을 미리 알고 빨리 열매를 맺어 씨를 남겨야겠다는 일념으로 그렇게 하는 것이다.

그리고 여름에 맺은 호박은 속을 꽉 채우고 누런색으로 익는 반면, 가을의 늦게 열린 호박은 속살을 채울 겨를도 없이 늙은 호박이 된다. 이는 다름 아닌 씨를 빨리 익혀서 자손을 퍼뜨리려는 호박의 본성 때문이니, 이것이 곧 생명의 작용인 것이다.

오행생식에 의하면 "생식(生食)을 하면 작은 양을 먹어도 영양분은 화식(火食)의 많은 양을 먹는 것보다 낫다."고 한다.

지금 우리들은 호박을 화식으로만 먹을 줄 알지 생식으로 먹어본 사람은 많지 않을 것이다. 필자는 호박으로 생식을 해본 결과, 호박은 맛이 달아서 먹기에 좋고, 또한 이뇨와 건위(健胃), 보양(補陽)을 하므로 다이어트 식품으로는 제격이라는 결론을 내렸다.

그리고 필자는 호박잎을 즐겨 먹는다. 호박잎은 원래 까칠까칠하여 생으로는 짐승들도 먹지를 않는다. 그러나 이것을 밥솥에 넣어 찌면 부들부들해지는데, 이것을 먹으면 대변이 잘나온다. 아마도 이뇨가 잘되어 그럴 것이다.

그리고 오늘날은 기름기 있는 고기 등을 많이 먹어서 몸에 기름기가 많은 것이 현실이다. 그럴 때에 이 호박잎은 기름기를 중화시키는데 아주 좋은 식품이다. 그래서 나는 이 호박잎을 아주 즐겨 먹는다. 결국 호박은 좋지 않은 속담을 가지고 있지만 실상은 구황식품으로 한포기에 많은 수확을 할 수 있으며 다이어트 식품

으로도 으뜸이 되니, 이보다 더 우리들에게 이로움을 주는 식물
은 많지 않다는 결론이다.
　나는 올해도 어김없이 호박 구덩이를 파고 거름을 넣고 호박을
심었다.

매실

매화꽃은 사군자(四君子)라 하여 예부터 군자가 좋아하는 꽃이다. 초목의 꽃은 모두 아름답고 고매하다. 그리고 어느 꽃인들 아름답지 않은 꽃이 있겠느냐마는, 그 중에서도 옛 선비들은 매화를 좋아하였다. 왜일까! 하고 생각해보면, 첫째 매화는 모든 꽃들보다 제일 먼저 핀다. 추운 봄날에 제일 먼저 꽃을 피우는 꽃이 매화이고, 그리고 향기가 좋다. 또한 색이 백색이므로 다른 색을 가미하지 않아 질박한 색이기에 그렇게 좋아하는 것일 것이다.

그러므로 선비들은 여기(餘技)로 매화를 많이 쳤다. 지금도 동양화가나 서가(書家)들은 거의 매화를 칠 줄 안다. 그렇기에 옛 선비들은 매화에 대한 시도 많이 썼다. 그 중에서 고봉 기대승 선생의 매화 시 한 수를 소개해 본다.

江南梅幾樹　강남 땅에 매화가 몇 그루였던가!

萬樹剝苺苔　나무마다 이끼에 떨어져 어지럽네.

繚繞香風度　둘러친 향기 바람에 지나가고

徘徊月色撞　배회하니 달빛이 뎌오르네.

水邊多點綴　물가엔 많은 매화 점철해 있고

山下任栽培　산 밑에는 임의로 자생하네.

夢想何由見　꿈속에 보임은 모슨 이유인가.

而今滿意開　아마도 지금쯤 만발하였을 건데

오늘날 같이 바쁘게 돌아가는 세상에서는 매화보다는 매실을 더 선호한다. 매실은 맛이 시(酸)고 달며 간을 보하고 해독하며 건위(健胃)한다. 맛이 신 것은 원래 오행으로 간(肝)에 속하니, 간에 들어가 해독을 돕기도 하고 보(補)하기도 한다. 그러므로 숙취(宿醉)에 좋다. 나는 술을 먹고 들어오면 물에 매실즙을 조금 타서 마시고 자는 버릇이 있다. 매실을 먹은 뒤에 자고 일어나면 술독이 완전히 제거된 느낌이 든다. 그래서 봄에 매실이 나오면 20kg정도 사서 즙을 낸다. 즙을 내는 방법은 매실을 깨끗이 씻어서 조그만 항아리에 매실을 한 채 넣고 그 위에 설탕을 한 채 뿌리고, 또 매실을 넣고 황설탕을 뿌리기를 계속해서 한 단지에 모두 채운 다음, 덮개를 닫고 100여 일 정도 지나면 과실이 모두 즙으로 변한다. 이를 걸러서 병에다 넣어두고 조금씩 마시는 것이다. 어떤 사람은 배가 아플 때도 매실즙을 마시면 즉시 낫는다고 하며, 자기는 언제나 배가 아프면 이를 마신다고 한다.

매실은 맛이 너무 상큼할 뿐만 아니라 간에 좋은 효능이 있어서 이를 산업화하여 매실즙이나 매실 장아찌, 매실주 등을 만들어서 판매에 성공한 사람도 있으니, 광양의 홍쌍리 여사가 그 대표적 인물이고, 하동의 토종 청매실, 양평 용문의 백운농장 등 여러 곳에서 매실을 주제로 하여 산업화에 성공한 업체들이 많다. 그래서 나도 시골에 있는 우리 논에 매실을 심을까 한다. 왜냐하면 시골에는 어머니 혼자 계시므로 논과 밭의 농사를 다 짓지 못하여 잡풀만 무성한 초지가 되어있으므로, 올해는 이 잡초를 모두 갈아 업고 그곳에 매실을 심어 매실 과수원을 만들고자 한다. 그렇게 하면 봄에는 꽃도 보고 여름에는 열매를 따서 먹을 수 있으니, 일석이조가 아닌가 한다.

여하튼 임신한 부인은 영양분을 엄마와 아기 두 사람이 소비하게 되니, 인체에서 창고 역할을 하는 간이 내줄 것 다 내주고 이제는 간의 창고가 다 비어 있으니, 간에 속한 맛인 신 것을 빨리 넣어 달라 하므로 임부들은 한결같이 신 것을 좋아하는 것이고, 매일 술을 마시는 사람은 간이 그 술독을 해독하느라 쉬지 못하고 일을 하므로 피로가 와서 곧 쓰러질 지경인지라, 빨리 신 것을 달라고 요구하는 것이니, 이럴 때에는 매실의 즙이 최고의 피로회복제이고 최고의 보약이 되는 것이다.

구황식품 고구마

고구마를 충청도에서는 "감자"라 하고, 진짜 감자는 "하지 감자"라 한다. 하지 감자의 어원은 하지(夏至) 쯤에 수확하여 먹는다 하여 그렇게 부르는 것이다. 고구마와 감자는 모두 우리들이 즐겨먹는 음식이지만 그 쓰임새는 전혀 다르다.

고구마는 솥에 쪄서 먹기도 하고, 칼로 깎아내어 날로 먹기도 한다. 가마솥에 넣고 달여서 엿을 만들어 먹기도 하고, 생고구마를 썰어 말려서 술을 만들기도 한다. 그러나 감자는 쪄서 먹기도 하지만, 주로 요리용으로 쓰인다. 감잣국, 감자탕, 감자떡 등 다양하게 쓰인다. 결론은 고구마는 간식과 주식으로 쓰이는 반면, 감자는 대체로 요리로 많이 쓰인다.

옛날 우리나라가 왜정과 6·25를 겪으면서 너무나 못살았을 적에는 고구마가 하나의 주식이었다. 왜냐하면 단위면적당 가장 많이 생산되는 곡식은 고구마가 최고다. 콩과 고구마의 생산량을 비교한다면 콩은 1되나 2되 정도 나올 수 있는 면적에서 고구마는 1가마 정도를 캘 수가 있으니, 양으로 치면 약 50배 정도 높은 수확을 한다고 봐야 한다. 그러므로 내가 어렸을 때에는 우리 집은 고구마를 약 20가마 정도를 수확하였다. 뒷방에 통가리를 만들어 놓고, 그 안에 고구마를 저장하여 겨울 내내 간식으로 먹고 살았던 기억이 지금도 생생하다. 여하튼 그 시절에는 너나 할 것 없이 고구마를 많이 수확하여 굶주림을 넘겼으니, 구황식품으로 이보다 더 나은 식품은 없다.

고구마는 여러 가지의 종류가 있다. 즉 물고구마, 밤고구마, 호박고구마 등이 있는데, 이 중에서 어떤 품종이 좋다고 단적으로 말할 수는 없으나, 물고구마는 생으로 먹기에는 가장 좋고 밑이 크게 드는 장점이 있으며, 수확을 많이 하려면 물고구마를 심어야 한다. 밤고구마는 밤 맛처럼 고소한 맛이 있는데, 어떤 것은 밤보다도 더 맛이 좋은 것도 있는 것을 봤다. 그러나 물기가 적어서 퍽퍽한 것이 단점이고, 호박고구마는 빛이 호박처럼 노랗고 꿀처럼 달며 물기가 많아 먹기에 아주 좋다.

약이(藥餌)적 측면에서 말한다면, 줄기의 빛은 붉으니 오행으로 심장에 소속된 색으로 심장을 보하여 기능을 강화하고, 넝쿨로 뻗으니 이뇨와 배설을 촉진한다. 그러므로 고구마는 신장의 기능을 활발하게 하여 심장의 화(火)가 위로 치솟음을 잡아주고 붉은 색으로 심장의 기능을 보하니, 심신(心腎)을 원활케 하며 맛이 달으니, 위장에 들어가 소화를 촉진하고 보(補)한다.

나는 작년에 10평 정도의 밭에 고구마를 심었는데, 한여름이 되니 잎이 무성하여 밭의 골이 보이지 않을 정도로 잘 자랐다. 잎이 너무 무성하면 잎 속에 잎이 파묻혀 밑에 있는 잎은 누렇게 떠서 도태된다. 그래서 그때부터 고구마 줄기를 따다가 나물을 해서 먹었는데, 나물의 맛이 일품임은 물론, 그 많은 고구마 잎을 우리 집 혼자 다 따먹을 수가 없다. 그리고 이웃과 나누어 먹는 것이 우리의 고유한 풍습인지라, 아내가 이웃 아줌마들을 대동하고 밭에 가서 고구마 줄기를 따서 나누어 먹기를 여러 차례 하였다. 비록 값어치로 치면 얼마 안 나가는 하찮은 것이지만, 이웃과 나누어 먹는다는 보람은 많은 보화보다도 낫다는 것을 알았다. 이와 같이 고구마를 심으면 이웃과 같이 나누어 먹을 수가 있고, 이를 가꾸려고 왔다갔다 하며 운동을 하게 되니 자연 건강에도 좋다.

전에 필자가 어렸을 적에는, 고구마를 납작하게 썰어서 말려 놓으면 농협에서 수매를 하였다. 들은 바에 의하면, 이 마른 고구마를 술을 만드는 원료로 쓴다고 한다. 술은 원래 쌀로 만드는 것이지만 그때는 우리나라가 못사는 시절이었으므로 쌀은 주식으로 먹기에도 모자랐다. 그래서 정부에서 쌀로 술을 담그지 말라고 강력히 규제를 하였었다. 그리고 일반 가정에서 술을 담가 먹는 것을 엄격히 규제하였다. 왜냐면 정부에서는 세금을 거둬들여야 하는데, 세금을 거둘 자원이 부족하므로 우리 사회에서 가장 많이 소비되는 술로 세금을 거두기 위해서 일반인의 양조(釀造)를 강력히 규제하였던 것이다.

여하튼 고구마는 잎과 줄기, 그리고 뿌리 모두 식용으로 쓰인다. 잎과 덩굴은 가축에게 먹이고, 줄기와 뿌리는 사람이 먹는다. 지금처럼 비만을 걱정하는 세상에서는 고구마 다이어트가 가장 좋지 않을까 하고 필자는 생각한다. 이처럼 고구마는 많은 수확을 할 수 있어서 좋고, 또한 생으로도 먹고 쪄서도 먹으며, 간식으로 먹기에도 좋다. 살이 찌는 식품이 아니니, 비만으로 걱정하는 사람에게 권하고 싶은 아주 좋은 식품이다.

음양의 차이, 온도의 차이

　나는 군대생활을 꼭 36개월을 했다. 강원도 인제군 북면 천도리라는 작은 마을에서 했는데, 그곳은 산과 내만이 존재하는 첩첩산중에서도 으뜸가는 산골이라고 표현하면 될 것이다. 사방이 높은 산으로 둘려 있어서 하늘만 빤히 보이는 곳이었는데, 지루한 겨울이 지나고 봄이 오면, 양지의 산에는 나뭇잎이 파란 녹음인데, 음지에는 아직도 얼음이 녹지 않아 나뭇가지는 추운 기운에 바들바들 떨고 있는 것을 볼 수가 있다. 왜 이런 현상이 일어나는 것일까? 이것은 양산(陽山)과 음산(陰山)의 온도의 차이가 크기 때문이다. 양산(陽山)은 햇빛이 쨍쨍 쬐이는 동남쪽을 바라보는 산이기에 햇빛을 많이 받아 온도가 높고, 음산(陰山)은 서북향을 하고 있기 때문에 일조(日照)의 시간이 짧아서 기온이 떨어진 이유일 것이다. 그러므로 강원도의 이른 봄의 산경(山景)은 음양의 대비가 아주 잘된 한 폭의 그림이라 하면 좋은 표현이 될 것이다.

올 2008년은 고온현상이 유난히 심하여 개나리꽃, 진달래꽃, 벚꽃이 한데 어울려 피었다. 예년 같으면 개나리가 제일 먼저 피고 다음에 진달래가 피고 다음에 벚꽃이 피는 것이 순서이다. 그러나 올해는 기온이 갑자기 풀렸으므로, 꽃들이 순서에 따라 피지 못하고 한꺼번에 같이 핀 것이다.

그리고 아파트가 높이 솟아있는 우리 마을은, 기온이 강원도의 산들이 봄을 맞는 것과 똑같이 남향의 양지바른 곳에 서있는 목련은 제때에 꽃을 피운 반면, 서북향의 반대쪽에 있는 목련은 아직 꽃을 피우려는 꿈조차 꾸지 못하다가 근 1주일 정도 늦은 뒤에야 꽃을 피우는 것을 볼 수가 있다. 이뿐인가, 그토록 향기로운 라일락 꽃도 남쪽에 서있는 나무는 벌써 향기를 발산하며 꽃을 피우고 떨어졌는데, 서북쪽에 서있는 라일락은 이제야 겨우 꽃을 피우고 향기를 발산하고 있는 것을 볼 수가 있다.

도회지에 괴물처럼 높이 솟아있는 아파트는 산야(山野)의 지형에 맞게 지어진 것이 아니고, 시공사의 수지타산에만 의존하여 지어졌으므로 괴물로만 여겼던 것이 사실이지만, 위에서 말한 것처럼 높은 산의 역할을 충실히 하여서 봄에 꽃을 볼 수 있는 시간을 배로 늘려주니, 이 또한 우리 인간에게 유익함과 즐거움을 주는 것이 아닌가 하고 생각한다.

위에서 열거한 내용들은 모두가 온도의 차이로 생겨나는 것들이다. 높은 산이 있으면 반드시 깊은 골이 있다. 그런데 이런 깊은 골짜기에는 장기(瘴氣)라는 나쁜 기운이 흐른다. 여름에는 날씨가 더우니까 이런 깊은 골의 찬 기운을 만나면 시원하여 좋아하지만, 이런 장기(瘴氣)가 흐르는 곳에 오랫동안 있으면 반드시 병이 되어 돌아온다는 것을 알아야 한다. 바람이라는 것이 잔잔하게 부는 미풍(微風)은 우리들에게 피가 되고 살을 찌우는 고마운 바람이지만, 태풍처럼 거대한 바람은 나무뿌리를 뽑고 지붕을 날리는 사나운 바람이 되는 것과 같다. 그렇기에 풍수(風水)에서는 사람이 사는 집을 고를 때는 바람을 막고 서있는 막다른 골목의 집은 절대로 사지 않는다고 가르치는 것이다.

그러므로 천지우주는 반드시 음양이 존재하고 날씨에도 반드시 음양의 기운이 있으며, 삼라만상이 모두 음양으로 이루어져 있다. 사람도 음양의 남녀로 나뉘고 인체도 음양으로 나뉘어졌으며, 인체의 장부(臟腑) 역시 음양으로 구분되어 있는 것이다. 그렇기에 음양을 잘 분별하고 잘 조절하며 잘 이용하면 건강하게 잘 사는 것이고, 이를 잘 조절하지 못하면 인체에 병이 드는 것이다.

그래서 예부터 사람은 양지바른 곳에 집을 짓고 살아야 한다고 하지 않았던가. 양지바른 곳에는 햇빛을 많이 받으므로 절대로 곰팡이가 피지 않고, 그리고 찬바람이 아닌 따뜻한 바람이 불어오므로 인체에도 아주 좋은 환경이 되어 건강을 유지하게 되는 것이다. 이러한 집에 살면서 시야(視野)에 산이 보이고 들이 보이며 시내가 보이면 금상첨화의 환경이 되는 것이다. 그리고 집 앞에 채전(菜田)이 있으면 더욱 좋을 것이다. 그곳에 상추와 고추, 마늘과 파를 심을 수 있으니까.

놀이터

'놀이터'라고 하면 우선 생각나는 것이 '어린이 놀이터'를 생각하게 된다. 그러나 그 범위를 조금만 넓혀보면 우리들이 생활하는 곳이 모두 사람들의 '놀이터'가 된다.

우리 집에는 조그만 어항이 있다. 그 어항 속에는 금붕어 두 마리가 산다. 붉고 푸른색으로 치장한 아주 예쁜 금붕어인데, 그네들이 물속에서 사는 모습을 보노라면, 어느새 동심의 세계로 달려간다.

아침에 한 번씩 고기밥을 주는데, 그곳에 사람이 얼씬만 해도 사정없이 달려와 입을 쭉 내민다. 이러한 미물도 자기에게 밥을 주는 사람을 알아보고 달려와 달라고 아우성치는 것을 보면, 세상이 경이롭다는 생각을 한다.

그런데 어느 날에 보니, 금붕어 한 마리가 탈색이 되어 그냥 밑

밑한 금붕어가 되어 있었다. 깜짝 놀라 조사를 해보니, 이는 금붕어의 밥에 문제가 있다는 결론을 얻었다. "고기 밥"이라는 사료를 사다가 매일 그 사료를 주는데, 그 사료에는 빨강과 파란색을 만드는 성분이 없었던 모양이다. 그렇기에 그런 현상이 나타나지 않았나 하고 생각한다.

그런데 어항 속의 금붕어는 언제나 그 어항 속에서만 살아야 한다. 또한 주인이 넣어주는 사료를 받아먹고 산다. 그러니 그곳이 금붕어의 집이고 생활의 터전이고 또한 '놀이터'가 된다.

나는 숲 속을 거닐다 보면, 숲 사이로 별의별 초목이 비집고 터를 잡고 자라나는 것을 볼 수가 있다. 대체로 말해서 키가 큰 나무들, 즉 소나무, 전나무, 참나무, 도토리나무, 아카시아, 오리목, 벚나무, 미루나무 등은 하늘을 쳐다보며 우뚝 솟아있고, 그 사이의 공간에는 조금 키가 작은 나무들, 즉 옻나무, 싸리나무, 산초나무, 떡갈나무 등이 터를 잡아 살고 있으며, 또 그 밑의 대지 위에는 작은 풀들이 자라고 있으니, 즉 칡넝쿨, 하수오, 취나물, 갈대, 역귀, 담쟁이넝쿨, 원추리, 쑥 등 수많은 풀들이 자기 나름의 영역을 확보하고 자라고 있는 것을 볼 수가 있다. 이들은 이곳이 자신의 터전이고 놀이터가 된다.

낙락장송(落落長松)이라고 했던가. 깎아지른 바위 틈바구니에서 소나무 등 갖은 초목이 살아가는 것을 보면 놀라지 않을 수가 없다. 그 악조건 속에서도 다년간 꿋꿋하게 살아간다. 그러면서도 살기 싫다고 낯을 붉히는 것을 나는 아직 보지 못했다. 그냥 자기에게 주어진 운명을 받아들이며 살아가는 것이다. 이들 바위

틈에서 힘겹게 살아가는 식물들도 이곳이 모두 이들의 생활터전
이 되는 것이다.

그렇다면 우리사람들을 살펴보자. 현대인들은 수만 개의 직업
을 가지고 돈을 벌며 살아간다. 어떤 이는 만인에게 드러나는 직
업, 즉 대통령이나 장관 등 우리 국민들을 이끌고 가는 직업의 사
람들도 있지만, 눈에는 확 드러나지 않지만 그래도 이 세상에는
아주 유익하고 없어서는 안 될 직업을 천직으로 여기고 살아가는
사람들도 많다. 즉 공무원, 군인, 농부, 청소부, 상인, 제조업 종
사자, 이발사, 미용사, 세탁소, 아파트 경비원, 식당 운영자 등 실
로 다양한 업종에 종사하면서 살아간다. 이들은 결코 자기가 하
는 일이 이 세상에 확 드러나지는 않지만 그래도 이들이 있어야
이 세상이 운영되며 돌아가는 것이다. 이들이 없으면 이 세상은
돌아가지 않으니, 이들 모두 중요한 일을 하고 산다고 봐야 한다.
그러므로 이들이 가지고 있는 직장이 모두 이들의 터전이고 놀이
터인 것이다.

우리들 사람을 뺀, 동·식물들은 모두 자기가 처한 장소에서 자
기가 할 일을 묵묵히 해가며 살아간다. 이들은 힘겹고 어려워도
누굴 원망하지를 않는다. 그러나 우리 인간들은 그렇지를 못하
다. 그저 원망하고 불평하며 살아간다. 그러다가 혹 자신만이 이
세상에서 제일 불행한 사람이라 생각하고 자살을 결심하기도 한
다.

이러한 사람들은 미물인 초목만도 못한 사람들이다. 우리가 생
활하며 지천으로 보이는 초목들도 자기가 처한 그 터전에서 최선

100

을 다해 살아감을 볼 때 우리들은 그곳에서 교훈을 얻어야 한다. 이 세상은 아주 작은 미물 하나하나도 모두 이 세상이 움직이며 돌아가는데 꼭 필요한 존재들인데, 하물며 만물의 영장(靈長)인 우리 사람들은 더욱 이 세상에 필요한 존재들이라는 것을 알아야 한다.

그러므로 우리가 살아가는 그 터전, 즉 놀이터를 소중히 여기고, 그곳에서 자신의 지혜를 발휘하며 살아가면, 이 세상이 돌아가는데 산소가 되고 질소가 되어서 천지 우주의 생명의 운용에 밑거름이 된다는 것을 알 것이다.

이순(耳順)의 나이

필자는 50세에 첫 수필집 《똥장군》을 발간하였다. 그리고 그때 출판기념회에서 인사말을 하면서 "50살이 되면 천명(天命)을 안다고 했는데, 본인은 앞으로 책을 많이 쓰라는 것을 천명(天命)으로 알고 지금까지 공부한 것을 바탕으로 집필활동을 계속할 것을 다짐합니다."고 한 말이 지금도 기억에 남아 있다.

그런데 올해가 나의 환갑, 즉 만60세가 되는 해이다. 옛날 같으면 60세까지만 살아도 고령으로 생각하고 노인의 대접을 해 주었다. 그래서 환갑잔치를 열고 일가친척과 동네 사람들을 초청하여 음식을 대접하면서 축하를 받았던 것이다.

지금도 나의 고향 시골에서는 환갑잔치를 한다고 이따금 시간이 있으면 놀러오라는 전화가 오기도 하는데, 그때마다 나는 "야, 이 사람아, 지금도 환갑잔치를 하는 사람이 어디 있냐! 이곳에서는 환갑잔치한다고 하면 손가락질 당해."라고 하면서 거절을 하곤 한다.

나는 아들만 형제를 낳아 키웠고 딸은 한 명도 없다. 요즘은 딸이 있어야 좋다고 하는데, 나는 아들만 있으니 집안의 분위기가 그냥 별로이다. 그러나 이제는 아들들이 모두 좋은 대학을 나와 큰 아들은 3개 국어(영어, 중국어, 한국어)를 한다. 특히 중국어를 잘 하고, 그리고 중국을 좋아한다. 그래서 중국의 심천이라는 곳에서 직장생활을 하고 있고, 특히 창의력에 강하다. 작은 아들은 사법고시 공부를 하다가 공무원 7급 시험에 응시하여 당당히 합격하여 보건복지가족부에서 주무관으로 열심히 근무하고 있다.

두 아들이 애비가 환갑이 된 것을 기념하여 해외여행을 다녀오라고 했다. 나는 지금까지 중국여행을 7차에 걸쳐 다녀왔지만 북경과 백두산을 관람하지 못했으니, 그곳을 다녀와야겠다고 하였다. 작은 아들이 지금 여행수속을 밟고 있는 중이다.

이순(耳順)과 지천명(知天命)을 이야기 하다가 약간 샛길로 빠졌다. 나는 50세에서 60이 될 때까지 많은 저술을 했다. 아마도 번역서까지 합하면 15권은 족히 되지 않나 생각한다. 어느 날 나는 국립중앙도서관에 갈 기회가 있었다. 그곳에서 전규호 저서의 책이 10권이나 되는 것을 보고 나는 깜작 놀란 적이 있다. 아마도 가까운 시일 안에 2권의 저서가 다시 등록될 것으로 생각한다. 그러면 12권이나 되지 않는가!

이만하면 필자의 인생에서 50대는 열심히 잘 살지 않았느냐고 생각한다. 그리고 필자가 쓴 책 《서예장법과 감상》과 《초서완성》

은 대한민국에서 그 분야 책으로는 가장 먼저 쓴 책이다. 나는 늘 이 점을 자랑스럽게 생각한다.

그렇다면 이순(耳順)의 60대는 어떻게 살아야 하는가! 필자의 생각으로는 60세에서 70세까지가 가장 많은 일을 해야 할 시기라고 생각한다.

《논어》 위정편에 있는 공자님의 말씀대로, "15살에는 학문에 뜻을 두고 30살에는 뜻을 세우며, 40살에는 미혹되지 않고, 50살에는 천명(天命)을 알며, 60살에는 어떤 말도 귀에 순하게 들리고, 70세에는 내가 마음먹음대로 행동을 해도 전혀 법도에 어긋나지 않는다."고 하였으니, 필자가 비록 고루하고 불초하기는 하지만, 이제까지 공부하고 깨달은 것을, 이제는 책으로 남기고 가야 하지 않나 생각한다.

그리고 이제는 아이들도 다 키웠고 약간의 돈도 벌고 있으니까 해외여행 및 국내여행을 많이 다니려고 노력한다. 중국 송나라의 대문학가 소동파는 어려서 공부를 한 다음 중국천하를 한번 유람하고 나니, 자기가 가지고 있는 지식의 10배가 늘었다고 하는 이야기를 들은 기억이 있다. 그래서 필자도 많이 유람하고 많이 저술을 하고 싶다. 꼭 이 소박한 나의 소망이 이루어지길 기원한다.

벌집의 수난

어려서 초등학교에 다닐 적에는 길가에 땅벌이 땅속에 집을 짓고 살았는데, 그 주위를 건드리면 땅벌들이 줄지어 나와서 그 곁을 지나가는 사람을 마구잡이로 쏘아대었다. 이 땅벌에 쏘이면 엄청 따갑다. 그리고 독이 있기 때문에 부어오른다. 그런데 이 땅벌은 떼를 지어서 마구 덤비면서 쏘기 때문에 잘못하면 죽기까지 한다. 어떤 사람이 염소를 들에 매어두었는데, 염소가 그 벌집을 건들었으므로 벌들이 떼를 지어 나와 염소를 쏘아대었다. 염소는 밧줄에 매어있었으므로 도망가지를 못하였고, 벌을 너무 많이 쏘여서 그 자리에서 죽은 일이 실제로 있었다.

그런데 벌도 여러 가지 종류가 있다. '바다리'라는 벌은 사람을 잘 쏘지 않고 쏘아도 아프지 않다. '호박벌'도 몸집은 크지만 사람을 잘 쏘지 않는다. 그냥 호박꽃의 꿀을 따러 다닐 뿐이다.

벌 중에 제일 무서운 벌은 말벌 즉 충청도 사투리로 ‘왕탱이’ 라는 벌이다. 이 벌은 벌 중의 왕이다. 크기도 꿀벌의 몇 배나 되고 싸움도 잘한다. 그래서 이 벌에 한번 쏘이면 밤송이가 벌어지듯 머리가 벌어진다고 한다.

전에 나는 아들들을 데리고 고향에 가서 장골에 있는 사슴농장을 구경하러 가는데, 앞에서 풀을 뜯던 소가 말벌의 집을 건들었으므로 갑자기 왕탱이들이 쏟아져 나왔다. 나는 시골출신이라 잽싸게 옆의 나뭇가지를 꺾어서 머리 위로 흔들어대어 위기를 모면했지만, 우리 아들들은 서울태생이므로 왕탱이에 대처하는 법을 몰라 그냥 달려 도망가다가 잽싸게 날아온 왕탱이에게 작은 아들이 머리를 쏘였다. 이 왕탱이는 날아다니므로 사람보다 훨씬 빠르다. 그래서 우리들은 사슴농장도 구경하지 못하고 머리가 부어오른 작은 아들을 데리고 집으로 돌아와 쏘인 머리에 초를 바르고 응급치료를 한 일이 있었는데, 이 일로 인해 작은 아들에게 두고두고 아버지가 되어 아들을 왕탱이에게서 구해주지 않고 아버지만 도망갔다고 많은 원망을 듣고 있다.

일전에 형님과 나와 동생 등 4형제가 아버지의 묘소에 가서 벌초를 하는데, 갑자기 왕탱이가 살같이 날아와 동생의 등을 쏘고 달아났다. 그래서 조심조심 벌초를 하는데, 또 왕탱이 한 마리가 날아와 동생의 배를 쏘고 달아나는 것이 아닌가. 그래서 주위를 살펴보니, 왕탱이의 집은 조금 떨어진 곳에 있었다.

왕탱이가 집에서 나와 하늘을 날아오르는데, 날아가는 길목 앞에서 거대한 사람이 자기들의 비행을 방해하므로 쏘고 간 것이었다. 다행히 머리를 쏘이지 않고 배와 등만 쏘였으므로 그렇게 큰 고통은 없이 집으로 돌아올 수가 있었다.

벌집 얘기가 나와서 말인데, 요즘은 벌집의 수난시대이다. 왜냐면 농촌의 농민들이 벌집을 보면 그 벌집을 송두리째 따와서 애벌레를 빼내어 프라이팬에 올려놓고 구워서 먹는다고 한다. 그 애벌레가 로얄젤리와 매일반으로 정력에 좋다 하여 남아나는 벌집이 없다고 한다. 말벌집도 예외는 아니라니, 사람의 영악함이 도에 지나치지 않나 생각한다. 가을에 그 벌집을 따오면 그 벌들은 모두 죽고 만다. 그 많은 벌들을 죽이면서 정력을 보충하려는 사람들은 정말 영악한 것이다.

벌과 나비는 꽃가루를 날아다 곡식을 수정시키는 아주 유익한 곤충인데, 사람들은 그것도 모르고 무조건 몸에 좋다 하여 벌집을 다 따내면, 결국에는 곡식이 수정을 못해서 도리어 사람에게 손해가 돌아오는 것이니, 자연을 파괴한다는 것이 얼마나 어리석은 일인지 모른다. 제발 사람과 동·식물이 공존하는 시대가 와야 한다. 그래야만 상생(相生)이 되어 이 세상이 순조롭게 돌아가는 것이다. 이제는 사람들도 자연과 더불어 살아가는 법을 배워야 한다.

대의(大義)와 소리(小利)

《맹자(孟子)》 제1권 양혜왕장 상의 첫머리를 보면, "맹자견양혜왕(孟子見梁惠王)하신대, 왕왈수불원천리이래(王曰叟不遠千里而來)하시니 역장유이리오국호(亦將有以利吾國乎)잇가"라 하여, 맹자가 양혜왕을 찾아뵈니, 양혜왕이 '선생님께서 천리를 멀다하지 않고 이곳에 오셨으니, 어떻게 하면 우리나라에 이로움을 줄 수 있겠습니까' 하고 물었다.

사실 맹자가 활동하던 시기는 전국시대로, 열강(列强)이 서로 각축을 벌이고 있던 시대이며, 그러므로 각국의 왕들은 현자(賢者)를 우대하는 정책을 펼쳤던 것이다. 이때에 양혜왕도 현자(賢者)를 우대하는 정책을 펴고 있었으므로 맹자가 그를 찾아갔던 것이다.

맹자가 대답하길, "왕하필왈이(王何必曰利)잇고 역유인의이이의(亦有仁義而已矣)이니다.”고 하여, “왕께서는 하필 이로움만 찾습니까. 또한 인의(仁義)라는 것이 있습니다.”라고 말씀하였던 것이다.

　이상의 말씀이 《맹자(孟子)》 제1권 양혜왕장 상의 첫머리에 나오는 말씀이니, 이는 이(利)와 인의(仁義)로 구분하여 이(利)는 즉 소리(小利)를 말하니, 소리(小利)를 좇는 사람은 결국 자기의 이익만 추구하게 되니, 왕도 국가도 상관(上官)도 없고 오직 자기의 이익만 추구하는 자이고, 인의(仁義)는 대의(大義)를 말하는 것이니, 대의(大義)의 마음을 품은 자는, 나의 이익은 생각하지 않고 오직 국가와 사회, 그리고 이웃과 남을 위해서 일함을 말한다. 그래서 맹자는 《맹자(孟子)》 제1권 양혜왕장 상의 첫머리에서 남을 위해 사는 대의(大義)를 설파하였던 것이다. 그리고 인의(仁義)를 《맹자(孟子)》 제1권 양혜왕장 상의 첫머리에 놓아 인의(仁義)가 《맹자(孟子)》의 대강령이 됨을 단적으로 보여준 것이다. 그러므로 맹자의 학문은 인의(仁義)에서 시작하여 인의에서 끝나는 것이다.

　필자는 인의(仁義)의 학문을 어려서부터 배우고 익혔기 때문에, 그 말씀이 비교적 나의 마음에 깊이 각인되어 있다고 생각한다. 그래서 나의 사상은 언제나 인의(仁義)의 잣대를 가지고 남을 재는 버릇이 있다.

　지난 날 국가의 지도자인 어느 대통령이 퇴임한 후에, 돈이 많아 3조원이 되느니, 5조원이 되느니 하는데, 나는 그러한 대통령은 국가의 지도자인 대인(大人)으로 보지 않고, 오직 나의 이익만 챙기는 소인(小人)으로 본다. 자신의 아들들이 모두 징역을 살다 나오고 처남도 징역을 살았으면 국민께 죄송함을 느끼고 고개를 숙여야 정상이다.

그런데 그 아들을 국회의원에 앉히려고 야단법석을 떨어 기어코 국회의원이 되었는데, 다시 또 당선시키려고 하는 모습을 보면서, 나는 대한민국이 참으로 불행한 나라로구나! 하고 생각하기도 했다.

하여튼 맹자의 대의(大義)에서 볼 때, 이러한 지도자는 나라를 좀먹는 소인배에 불과한데, 어떤 이유인지는 몰라도 그쪽 사람들은 그 사람을 신처럼 받들고 있으니 참으로 딱한 일이다. 이유여하를 막론하고 소리(小利)에 얽매인 사람은 소인에 불과하고, 이런 사람들은 모두 자기의 이익만 추구하는 돼지에 불과한 것이다. 경계할지어다.

충남 부여군 은산면 곡부에 서암(瑞巖) 김희진(金熙鎭)이라는 선생님이 서당을 열고 제자들에게 한문을 가르친다. 평생을 통하여 월급 한 푼 받지 않고 봉사를 하시는 선생님을 필자는 처음 보았다.

그래서 필자는 그 선생님을 사숙(私淑)하면서 스승으로 모시고 자주 왕래를 하였다. 그런데 선생님과 마주 앉아서 이야기를 하면 시원한 바람이 나에게로 불어오는 느낌을 받곤 했는데, 필자는 이를 호연지기(浩然之氣)라고 명명하였다.

왜 이러한 현상이 일어날까! 이는 평생 동안 남들을 위한 인의

(仁義)의 삶을 살았으니, 자연히 그렇게 되었으리라 생각한다.

　이러한 바람은 진정 산소와 같은 것이니, 항상 이 세상과 남들에게 이익을 주는 삶이 된다. 그러므로 인의(仁義)의 삶은 이 세상을 유지시키는 생명과 직결한다.

맹자(孟子)

안경 쓴 장승〔長栍〕

필자가 어렸을 때는 각 마을마다 장승이 서 있는 모습을 꽤나 많이 보았다. 마을의 어귀에 가면 어김없이 등장하는 것이 있으니, 이가 장승이다. 필자가 기억하기로는 장승을 마을로 들어오는 어구의 양쪽에 세워놓고 좌측에는 "천하대장군(天下大將軍)", 우측에는 "지하여장군(地下女將軍)"이라 써서 세워놓았었다. 그런데 그렇게 많던 장승들이 오늘날에는 거의 구경하기가 어렵게 되었다.

서울에서는 노량진 옆 동네에 "장승배기"가 있다. 노량진에서 상도동으로 가는 길목인데, 그리 높지 않은 고갯길이다. 아마도 이곳이 옛날에 "성황당"이 있지 않았나 생각한다. 이러한 "성황당"은 마을을 지나가는 고갯마루에 있었는데, 이곳에 장승을 세워놓고 마을로 들어오는 마액(魔厄)을 막았던 것이다. 즉 마을로

112

들어오는 어구에 이를 세워놓아 질병이나 횡액을 막으려는 의도였으니, 아마도 장승배기가 이러한 곳이 아니었나 생각한다.

장승이라는 것은 원래 우리 고유의 민간신앙에서 유래했다고 보는 것이 타당할 듯하다. 원래 우리 동양에서는 사람들이 물이 있고 들이 있고 산이 있는 곳에 터를 잡고 농사를 짓고 고기를 잡아먹으며, 산에 가서 나무를 하여 땔감으로 썼을 것이니,

이러한 조건을 갖춘 마을이 최적의 생활조건을 갖춘 곳이었으리라. 그러나 아무리 생활조건이 훌륭해도 병마와 수마(水魔), 짐승들의 침범은 막기가 어려운 것이었다.

그래서 공자께서 이러한 어려움을 미리 예견하고 피해가라는 뜻에서, 《주역(周易)》에 십익(十翼)을 달아놓아 후학들이 《주역(周易)》을 알기 쉽게 풀어놓은 것이니, 이러한 어려운 난간을 피해가라는 원려(遠慮)가 아니었겠나! 그러나 학식이 없는 우매한 사람들은 마을 어귀나 성황당 고갯길에 장승을 세우고, 그 장승이 마을을 보호해주리라는 우리 고유의 민간신앙이 아니었겠나! 하고 생각해본다.

필자는 어느 봄날, 우리 회원들(동방서법탐원회)과 같이 지리산을 유람한 일이 있었다. 우선 화엄사를 들러 주지스님(종렬스님)을 만나 차 한 잔을 대접받고 담론을 나눈 다음, 연곡사(종지스님)에 들러 저녁을 먹고 회원들이 서회(書會)를 열어 일필휘지(一筆揮之)한 작품들을 연곡사에 시주한 다음 지리산을 넘어서 남원의 실상사에 왔는데, 이곳에서 안경 쓴 장승을 만났다.

　지리산에서 내려오면서 우회전을 하여 실상사의 경계로 들어가려면 작은 시내를 건너야 한다. 그 시내를 건너기 바로 전에 장승이 서 있다.

　필자는 지금까지 살아오면서 이렇게 눈이 커다란 장승은 처음 봤다. 눈알이 툭 튀어나온 것이 마치 안경을 쓴 장승처럼 보였는데, 정말 특이한 느낌을 주는 장승이었다. 생각하면 실상사를 지키기 위하여 눈을 부릅뜨고 이곳저곳을 살피는 모습을 조각한 것이리라. 그리고 이곳은 불국정토이니, 사바세계의 불결한 사액(邪厄)이 들어오는 것을 막아 주리라는 의미의 장승이리라.

　이 절은 전라북도 남원시 산내면 입석리 33에 있는 실상사로 증각대사가 9산선문의 하나인 실상선문을 개산(開山)하면서 창건했다고 한다. 이곳에는 통일시대 작품으로 국보 제10호인 높이 약 5m인 백장암 3층 석탑과 보물 11점을 보유하고 있는 절이다.

　이렇게 우리가 사는 마을이나 불국정토인 절에도 장승이 있는 것을 보면, 장승은 국가적으로나 사회적으로 일반화한 병액(病厄)을 막아주는 수호신(守護神)이 아니었나 생각한다. 그렇다면 연약한 인간이 믿어야 할 곳은 어디인가! 하여튼 우리들 연약한 인간에게는 언제나 강한 힘의 수호신이 필요한 것이 아닌가! 하고 생각하게 한다.

　그러므로 장승 또한 우리들이 살아가는 공간에서 우리들을 보호하여주는 하나의 신(神)적 존재로 우리의 마음에 위안과 활력을 주는 존재이다. 그리고 우리의 전통예술의 측면에서 보면 아주 대단한 아이디어의 결합이고, 상상을 초월한 예술의 극치인 장승, 즉 안경 쓴 장승이 아닌가 한다.

실상사의 장승

상추재배의 충격요법과 국민건강

나는 도회지에서 생활하지만, 시골출신이라 그런지는 몰라도 주말농장에서 작물을 재배하며 사는 것을 즐긴다. 올해도 우리 집에서 30분 정도 걸어가야 할 둔뱀이라는 동네에 농장을 빌어서 상추와 얼갈이 무, 고추, 토마토, 조선 대파, 수수, 호박, 조롱박 등을 심고 재배 중이다.

이 중에서 가장 먼저 수확한 것은 열무이다. 이 무는 재배가 빨라 1년에 3번은 재배할 수가 있다. 그래서 올해는 열무를 계속 재배해서 김치를 만들어 먹기로 작정을 하고 심었는데, 초봄에는 날씨가 가물어서 샘에서 물을 길러다 주기를 여러 날을 하였다.

무나 배추는 처음에 떡잎이 나오고 세 번째 본 잎이 나올 때에 농약을 치지 않으면, 그 어린 싹을 벌레가 대들어 갉겨먹기 때문에 잎이 조금 크면 온 잎에 구멍이 빼곡히 나있어서 너무나 볼썽

사나운 상품이 된다.

어떤 사람들은 그래도 농약을 주면 안 된다고 하지만, 나는 그렇게 생각하지 않는다. 처음에 농약을 하면 그런 구멍이 나지 않아 상품의 값어치가 있을 뿐만 아니라, 농약이라는 것이 살포한 지 오래되면 비에 씻겨 내려가 우리들이 그 채소를 먹어도 전혀 해가 되지 않는다. 상품도 좋고 인체에 해가 되지 않으면 된 것이 아닌가.

가뭄이 끝나고 나니, 봄비가 계속 내려서 상추와 얼갈이 무는 제법 너울너울 파란 잎을 바람에 흔들어대기 시작했다. 그래서 마누라한테 "동네에 아는 사람들과 같이 가서 무와 상추를 뜯어다 먹으라."고 하였다.

소가족제도인 지금은 한 집에 사는 사람이 많으면 4명이다. 우리 집은 큰 아들은 중국에 가 있고, 작은 아들과 달랑 세 식구가 사니 김치를 먹으면 얼마를 먹겠는가! 그러므로 너덧 명의 아줌마들이 내가 올 들어 처음으로 재배한 작물을 뜯어다 김치를 만들었다고 한다. 우리 집에서 담근 김치는 그 맛이 얼마나 좋았던지, 정말로 둘이 먹다가 하나 죽어도 모를 지경이었다. 우리뿐만이 아니고 다른 집들도 모두 그렇게 맛있게 먹었다는 이야기를 들었을 때에, 작물을 재배한 나의 마음도 역시 흐뭇하고 뿌듯한 심정이었다.

어제는 상추를 뜯으러 나의 여동생 부부가 와서 같이 갔다. 그리고 시골에 계신 어머니께서 오셨기에 모시고 같이 밭에 갔는데, 우리가 심은 흑색 상추가 어떻게나 잘되었는지 보기만 해도 탐이 날 지경이었다. 그리고 바람에 너울거리는 흑색 상추는 보기에도 좋았다. 그래서 신나게 따서 차에 싣고 오는데, 매제(妹弟)가 하는 말, "시중에 파는 상추의 잎은 고기를 싸먹기에 적당하도록 조그마한데, 이는 상추를 재배하는 사람들이 상추에다 성장억제제를 뿌려서 재배하므로 그렇게 상추 잎이 적답니다. 그리고 그렇게 적당한 상추 잎은 가격이 일반 상추보다 몇 배 더 비싸다고 하네요."라고 하였다. 그런데 그 성장억제제라는 약품이 시중에서 파는 것도 아니고 중국에서 밀수입하여 상추에 살포하여 제품을 만든 뒤에 판매를 한다고 한다. 정말 기절초풍할 노릇이었다.

현재 우리가 살아가는 사회는 사람들이 너무나 돈에 눈이 어두워서 나만 돈을 벌면 됐지, 그 다음에 발생할 인체의 해로움은 생각하지 않으니 정말 말세는 말세인 듯하다.

한국 서예가 중에 운초(雲初)라는 여사님이 계시는데, 이 분은 전 백병원 원장의 부인이다. 이 운초 여사께서는 일반식당에서 식사를 할 때는 절대로 상추를 먹지 않는다고 하시는 말씀을 들은 적이 있다. "왜 안 먹느냐 하면, 식당에서 상추를 씻을 때에 한 잎 한 잎씩 씻는 것이 아니고 여러 장을 한 움큼 집어서 그냥 물에 넣었다 내놓으면 그만이라 그런다."라고 하는 말씀을 들은 일은 있지만, 그러나 필자는 그렇게 세심한 성격이 되지 못해서 지금까지 식당에 가서 음식을 사먹을 때는 상추도 먹고 배추도 먹었는데, 상추를 재배하면서 성장억제제를 써서 일부러 상추 잎을 작게 만들어 한 입에 넣기에 좋게 재배하여 판다고 하니, 이는 정말로 있을 수 없는 일이다. 더구나 그 성장억제제가 중국에서 밀매로 들어온다고 하니, 당국은 이를 철저히 조사해야 할 것이다. 만약 이를 방치한다면, 식당에서 밥을 먹는 시민들의 건강을 해침은 물론 식당의 운영도 잘 안 될 것이라는 생각이 든다.

　자연이라는 용어가 지금처럼 절실한 시대는 없는 듯하다. 자연에 의해 자연 속에서 살고, 자연으로 생산한 음식을 먹으며 자연적 기후 아래에서 자연스럽게 산다면, 그보다 더 좋은 것은 없을 성 싶다.

제초제

나는 수년 전에 어느 수행스님의 수필을 읽어 본 적이 있다. 수행을 계속하다가 어느 날 깨달음이 있고 보니, "우리 인간이 그렇게 귀한 것이고, 하찮은 풀 한 포기도 그렇게 귀하고 아름답게 보이더라."고 함을 읽었다. 나 역시도 그의 말씀에 전적으로 동감을 한다.

그렇다. 우리들이 살아가는 이 세상은 그렇게 아름답고 희망이 있는 곳이다. 우리들이 살고 있는 세상은 봄이 되면 온통 희망으로 가득 찬다. 풀 한 포기, 나무 한 그루가 모두 희망을 품고 싹을 틔운다. 겨울에 얼어붙었던 냇물도 어느덧 희망의 노래를 부르며 흐르고, 그 안에서 사는 물고기들도 희망으로 활기가 넘친다. 앙상한 가지만 남았던 나뭇가지들도 어느덧 파란 옷으로 갈아입고 봄바람과 같이 희망을 노래한다. 무성한 숲과 나무 사이에는 산

새들이 온종일 노래를 부르고 하늘을 나는 갈매기도 좋아라, 파
도를 타며 난다.

　이상이 봄의 자연적 현상이라면, 사람들은 그 사이에서 밭을 갈
고 논에 물을 댄다. 그런데 농사에는 곡초(穀草)와 잡초(雜草)가
있어서 사람들은 곡초(穀草)는 사랑하여 잘 보살피지만, 잡초는
사람이 살아가는데 있어서 아무 쓸모가 없는 식물이라 생각한다.
그래서 그런지는 몰라도 사람들은 잡초에게는 아무렇게나 대한
다. 즉 깔고 뭉개고 낫으로 치고 베면서도 아무런 가책을 느끼지
않는다. 그래도 잡초는 며칠만 있으면 쑥쑥 자라고 또 무성해진
다. 생명이 끈질기면서도 왕성하다. 아마도 잡초와 같은 사람이
라면 건강은 그만이리라.

　농사를 짓거나 과수원을 경영하려면 풀을 매거나 베어야 한다.
논두렁의 풀은 모두 베어주어야 그 옆에 있는 작물이 잘 자란다.
과수원도 마찬가지이다. 풀을 매거나 베어야 과수(果樹)도 잘 자
라고 떨어진 열매도 주울 수 있다. 그런데 그 풀을 베거나 매려면
품이 많이 든다. 품은 즉 품삯과 연결되므로 곧 돈이라는 계산이
나온다.

　그래서 농부들은 제초제를 지고 다니면서 잡초가 많은 공간에
뿌린다. 그러면 그 잡초는 금방 누런 황갈색으로 변해서 죽어버
린다. 이렇게 하면 품이 적게 들고 경비도 적게 난다.

　어느 날 나는 고향에 가서 선산(先山)을 둘러봤다. 조상께 인사
차 절도 올리고 묘역의 잡풀도 뽑으며 한때를 보내고 돌아오는
데, 우리 종산(宗山)에 심은 밤나무 과수원을 지나게 되었다. 이

과수원은 온 산을 깎아내어 밤나무를 심었기 때문에 밤나무 밭이 수만 평이 넘는다. 그런데 그 넓은 과수원을 관리하기가 그렇게 용이하지가 않다. 그래서 그런지는 몰라도 밤나무 아래에 있는 풀을 자라지 못하게 하기 위하여 제초제를 살포하여 그 밑에서 자라는 풀들이 모두 빨갛게 타 죽은 것을 보게 되었다.

아무리 사람이 만물의 영장(靈長)이라지만, 풀을 낫으로 베기도 힘이 들어서 무자비하게 제초제를 살포하여 풀을 뿌리째 죽게 해야 하는지 모를 일이다. 이렇게 산에서 자라는 나무와 풀을 죽이면, 그 산은 힘이 없어져 홍수가 나면 산사태로 이어지는 것을 정말 모른단 말인가! 그리고 아무리 쓸모없는 초목이라도 그렇게 무자비하게 죽이는 것은 삼가는 것이, 만물의 영장인 사람이 가져야 할 인자함인 것이다.

그리고 시골길을 걷다보면 노변(路邊)에서 자라는 풀들에 대하여 제초제를 살포한 일을 이따금 볼 수가 있다. 이는 일개 개인이 한 짓이 아니고 관공서에서 주관하여 한 일이다. 이 나라 금수강산을 맡아서 관리하는 관공서에서 겨우 한다는 짓이 제초제를 살포하여 노변을 정비하니, 참으로 한심하기 짝이 없다.

잡초에 무시무시한 형벌인 제초제를 사용하는 것도 문제가 되지만, 그 제초제가 냇물로 흘러들어가 우리들이 마시는 식수가 된다고 생각하면 더욱 심각한 이야기가 된다. 앞으로는 제초제의 사용을 법으로 엄격하게 규제하여 남용을 막아야 한다.

《성경》에서는 "들에 피어 있는 백합꽃 한 송이가 제왕의 영광보다도 낫다."고 했다. 산에 핀 꽃 한 송이, 열매 하나, 그리고 들에 핀 야생화 한 송이가 그렇게도 아름답다는 것을 아는 사회가 되어야 한다. 즉 생명을 존중하는 사회가 되어야 한다.

나의 몸이 귀하면 남도 귀한 것이고, 인간이 귀하면 동·식물도 귀한 것이다. 이 세상은 우리 사람들만 존재한다고 해서 돌아가는 것이 아니다. 풀도 나무도, 내도, 강도, 산도, 들도 있어야 하고, 동물도 식물도 모두 함께 살아가야만 돌아가는 것이 이 세상이다. 이러한 간단한 진리를 깨달아 함께 공존하며 사는 세상이 되었으면 얼마나 좋겠는가! 다 같이 그렇게 되기를 빌고 노력하여야 한다.

박〔匏瓜〕

"박"하면 흥부전이 떠오른다. 가을이 되어 지붕 위에 주렁주렁 열린 박을 따서 톱으로 반을 타니, 금은보화가 쏟아져 나왔다는 이야기다. 즉 마음씨 착한 흥부에게는 하늘에서 제비를 통하여 복을 내렸다는 이야기인데, 이런 박을 통하여 복을 내리는 이야기는 세계에서 단 하나뿐인 흥부전에서 전해진다.

박이란 본래 물을 긷는 도구에 사용되는 것으로, 없어서는 안 될 물건이었다. 박에는 비교적 규모가 큰 함지박과 보기에도 예쁘고 아기자기한 조롱박이 있다. 함지박은 규모가 크기 때문에 곡식을 담아 가마니에 넣거나 이동할 때에 쓰기도 하고, 물을 길을 때에 쓰이기도 하며, 조롱박은 규모가 작기 때문에 물을 마시고 술을 마시며 국을 떠서 먹을 때 등 여러 가지에 쓰인다. 지금은 이 바가지의 역할을 플라스틱 그릇이 대신하므로, 우리의 일상생활의 도구에서 바가지의 모습이 사라졌지만, 옛날에는 바가지의 역할이 대단했다. 그래서 너나없이 봄이 되면 박을 심어서 지붕 위로 넝쿨이 뻗어 올라가게 하였다.

지붕 위에서 하얀 박꽃이 피고, 지붕 위에 박이 주렁주렁 열려 있는 것도 농촌의 하나의 아름다운 풍경이었다. 박꽃은 원래 밤에는 오므라들고 낮에는 활짝 피어 다른 꽃보다 특이함을 보여주는 꽃으로 기억된다.

그리고 요즘 사용하는 플라스틱 그릇은 화학적으로 만든 그릇인지라, 그 그릇에 화학약품이 묻어있어서 환경호르몬이 발생하여 요즘 젊은이들의 호르몬 작용을 저해하여 무정자 증세를 보이는 젊은이가 많다고 하니, 무섭고 두려운 마음 금할 수 없다. 이러한 병증을 미연에 막는 것도 하나의 지혜인데, 이를 박의 바가지가 풀어주리라 믿는다.

해남의 "다산 초당"에 가면, 들어가는 입구에 박 넝쿨로 터널을 만들어놓았다. 박을 아치형 하우스에 올리고 조롱박이 열려 지붕의 아래로 내려와 매달려 있게 하여, 지나가는 이로 하여금 아름다움을 느끼게 하는 터널모형의 하우스인데, 난 지금도 그 모습을 아름답게 기억하고 있다. 그리고 조롱박은 가을에 익은 것을 반으로 타서 바가지를 만들면, 그 용도가 하나 둘이 아니다. 이를 작품으로 만들어 걸어놓으면 보기에 아주 훌륭한 작품이 되어 상품으로 출하하여도 손색이 없다. 작품의 말이 나왔으니 하는 말인데, 큰 바가지라고 해서 작품을 만들 수 없다는 이야기는 아니다. 큰 것은 큰 것대로 큰 작품을 만들어서 걸면 그것대로의 맛과 멋이 있다. 이는 모두 우리 예술인들이 깊이 연구하여야 할 하나의 과제가 아닌가 생각한다.

주말농장을 하면서 올해에는 박구덩이를 파고, 그곳에 생선뼈를 얻어다가 깊이 묻고 박 묘 두 포기를 사다가 심었다. 박의 싹이 너무 실(實)해서 심는 나의 마음도 흐뭇했고, 또한 박이 주렁주렁 열린 상상의 나래를 펴기도 했는데, 어느 날 그곳에 가보니, 누가 그 박의 묘를 뽑아간 것이었다. 그래서 나는 속으로 생각하기를, "묘 값이 몇 푼이나 한다고 남이 심어서 키우는 묘를 뽑아간담." 하고 의정부 종묘시장에 가서 또다시 박의 묘 두 포기를 사다가 심었다. 한 2주 정도 지나서 뿌리를 내려 한참 크려고 하는데, 누가 또 박 한 포기를 손으로 잡고 뽑으려다 밑동을 분질러 버리고 만 것이 아닌가! 나는 화가 치밀어 올랐다. 나하고 무슨 나쁜 감정이 있다고 이렇게 나쁜 짓을 한단 말인가!

그래서 나는 이런 생각까지 하게 되었으니, 그 박구덩이에 팻말을 세우고 "이 박의 묘를 두 번이나 파간 사람은 반드시 큰 화가 있을 것이다. 아마 크게 아프게 될 것이다."라고 써 놓으려 했다. 그러나 며칠이 흐르고 나니, 화도 조금 풀려서 실행에 옮기지는 못하였고, 다만 그 구덩이에 옆에 있는 호박의 묘를 갖다 심었다. 이제 박 대신 호박인 것이다.

사실 박을 심은 것은, 박속나물을 하여 먹고 싶었기에, 도회지에 사는 사람으로서는 대단한 마음을 품고 한 일인데, 이렇게 되고 보니 안타까운 마음 그지없다. 그러나 현재 한 포기는 살아 있으니, 나의 마음을 반은 채워 주리라 믿는다. 흥부는 박으로 인해 대박을 터트렸는데, 나는 처음부터 이상한 일이 생겼으니, 이 또한 대박이 오려고 이러한 가시밭길이 놓여있는가 모를 일이다.

아버지의 제사(祭祀)

맹자님이 말씀하시기를, "죄악이 삼 천 가지이나, 자식이 없는 것이 제일 크다.(罪有三千 無子爲大)"고 하였다. 그러면 왜 무자(無子)가 제일 크다고 하였을까! 이는 자식이 없으면 대가 끊어지고 대가 끊기면 조상께 제사를 받들지 못하므로, 이를 제일로 크다고 하였던 것이다.

그래서 유가(儒家)에서는 제사를 제일로 크게 여겼고, 신성시했다. 또한 사람이 죽으면 체백(體魄)은 땅으로 들어가고, 혼령(魂靈)은 하늘로 올라간다고 하였다. 그래서 그 혼령이 제삿날이 되면 찾아온다고 믿었으므로, 제삿날이 오면 3일을 재계(齋戒)하고, 경건한 마음으로 정성스럽게 제물을 올려 제사를 올렸던 것이다. 설사 조상의 혼령이 보이지 않는다고 해도 자손이 된 도리로 보아 이 정도의 예의는 마땅하리라 본다. 물론 옛날의 예법이 현실에 맞지 않아 너무 지나친 면도 있기는 하지만, 그래도 조상을 숭배하는 마음만은 예나 지금이나 한가지일 것이니, 정성을 드려야 함은 물론이다.

우리의 전통예법에는 사대봉사(四代奉祀)라 하여, 고조(高祖)까지는 기제사(忌祭祀)로 모시고, 그 외 5대조부터는 시사(時祀)로 모셨다. 그래서 각 씨족의 종친회에는 종산(宗山)과 종토(宗土)가 무수히 많다. 종산은 선산(先山)이라 하여 그곳에는 묘지를 썼고, 종토(宗土)에는 곡식을 심어 그곳에서 나오는 곡식으로 선영(先塋)에 제사를 올렸던 것이다. 그러나 지금은 서양의 문물이 깊이 침투하여 선조(先祖)와 부모에 대한 예의가 너무 땅에 떨어져서, 그냥 옛날의 예법을 흉내만 내고 있는 실정이다. 이러한 현상을 주역(周易)에서는 "서세동점(西勢東漸)"이라고 하였던 것이다.

우리 옥천(沃川) 전씨(全氏)는 백제의 개국공신 섭(聶)공이 도시조이시고, 고려의 개국공신인 충렬공(忠烈公) 이갑(以甲)공은 상대(上代)의 조상이 되시며, 고려 말에 이성계가 고려를 멸하고 조선을 세우려 하자, 우리의 조상 관성군(管城君) 숙(淑)공은 "신하는 불사이군(不事二君)이라" 하고, 관성(管城) 즉 옥천의 이남 강가에 은거하여 살다가 돌아가니, 세인들은 "전숙(全淑)의 절의(節義)는 정몽주와 길재에 비견된다."고 하였다. 이분이 옥천 전씨 득관조의 제3자이다.

우리 옥천(沃川) 전씨(全氏)는 이러한 유구한 역사와 훌륭한 선조를 둔 훌륭한 가문이라 할만하다. 그리고 조선 명종 조에 청백리에 선정되고 중종 조에 현량과에 올랐으며, 예조참판에 제수되고 가선(嘉善)에 오른 송정(松亭) 전팽령(全彭齡)공이 나의 16대 조이고, 그의 손자인 사재감첨정(司宰監僉正) 인봉(仁峰) 전승업(全承業)공은 조헌 선생과 같이 창의하여 청주전투에서 혁혁한 공을 세우고 금산의 "칠백의총(七百義塚)"을 조성한 충신이니, 말 그대로 청백(清白)의 가문, 창의(倡義)를 한 충신의 집안이라 할 수 있다.

그런데 지금은 시대가 변하여 조상을 숭배함을 귀찮게 여기는 시대가 되어서, 조부모를 시사(時祀)에 올리고 부모의 기제사도 제시간에 드리지 못하고, 시간을 당겨서 드린다. 왜냐하면 형제 간이 서로 먼 곳에 살아 제사를 지내고 집으로 가려면 전철이나 버스를 타야 하는데, 오후 11시가 넘으면 차가 모두 끊기므로 시간을 약간 앞당겨서 제사를 올리고 차를 타고 가기로 한 것이다. 그렇게 하다 보니 망인(亡人)이 돌아가신 날에 제사를 올리지 못하고, 하루 전날에 제사를 올리는 일이 벌어지는 것이다.

제사라는 것이 혼자 지내는 것도 아니고 형제자매들이 모여서 하는 행사이므로 나 혼자 일을 주관할 수도 없는 노릇이며, 일을 상의하여 처리하다 보니, 이렇게 일자가 어긋나는 누(累)를 범하고 마는 것이다. 참으로 죄송스러운 일이다.

오늘이 우리 아버지 첫 번째 기일(忌日)이다. 대전에 사는 매제 부부가 오늘 서울 큰집으로 온다고 하면서, 매제가 고등학교 3학년의 담임을 맡아 눈코 뜰 사이 없이 바쁘므로, 오늘의 제사를 앞당겨서 8시에 올리고 대전으로 내려갔으면 하는데, 그렇게 할 수가 있냐는 전화가 왔다. 형님은 좋은 게 좋은 것이라고 그렇게 해도 좋다고 허락한 모양인데, 나는 즉시 안 된다고 잘랐다. 왜냐면 제사라는 것은 자식이 죽은 부모님께 돌아가신 날을 기억하며, 생시에 잡수시던 음식을 받들어 올려서, 망인의 혼령께서 오셔서 흠향하고 가시라는 정성이 깃든 행사인데, 사위가 일과에 너무 바쁘고 피곤해서 제사의 시간을 앞으로 당기자고 하는 것이니, 이는 우리가 좀 편하자고 하여 가문에서 정해놓은 제의(祭儀)의 시간을 편의에 따라 바꿀 수는 없었기에, 그렇게 단호하게 말하였던 것이다.

　이렇게 하고 보니, 아내는 마음이 여려서 형제들이 하자고 하면 그대로 따르면 편안한데, 어째서 이렇게 서로 불편함을 만드는지 모르겠다며 울상이다. 그러나 나의 생각은 좀 다르다. 가문의 제례의 시간을 정함에 있어서 망인에 대하여 정성을 조금이라도 더 드리는 방향의 시간으로 확정을 해 놓아야만 나중에라도 여러 가지 사정에 의해 시간을 조정하려는 무례한 행동을 하지 않으리라 믿어서 이렇게 한 것이니, 사랑하는 나의 누이야, 나를 이해하시라.

피서(避暑)

　바야흐로 피서철이 돌아왔다. 무더운 여름은 북풍설한(北風雪寒)의 추위와 더불어 1년 중 가장 견디기 어려운 계절이다. 피서하는 방법도 연령의 차이에 따라 많이 달라진다. 가사 이팔청춘의 젊은 사람들은 너나없이 바다에 나가서 해수(海水)에 몸을 담그고 해풍(海風)을 쐬며, 자신들의 육체미와 곡선미를 마음껏 뽐낼 것이다, 그러나 우리같이 나이가 50에서 60이 넘은 사람들은 젊은 사람들처럼 육체미를 자랑하지도 못할뿐더러, 늙은이가 수영복만 입고 다니는 젊은이들의 틈에 낀다는 것이, 영 쑥스럽고 부담이 됨은 물론이다.

　그리고 젊은이들은 노인들을 부담스러워 한다. 그도 그럴 것이, 옛말에 "유유상종(類類相從)한다."고 했듯이, 젊은 사람과 늙은이는 세대가 다르지 않은가! 세대가 다르면, 말이 통하지 않고 마음이 통하지 않는다. 더욱이 나이가 든 사람들은 꼭 나잇값을 하려고 한다. 그러므로 젊은이들은 이러한 사람들을 싫어하는 것이다.

그래서 《논어》에 나오는 공자와 제자들 간의 대화 한 토막을 소개하려고 한다. 선진편(先進篇) 25장에 보면 자로와 증석과 염유와 공서화가 공자를 모시고 앉았다. 공자께서 "나를 어려워 말고, 너희들이 하고 싶은 이야기를 해봐라."고 하니, 자로는 "나에게 천승(千乘)의 나라를 맡긴다면, 3년 안에 백성들이 용맹하고 의리를 아는 나라로 만들겠습니다."고 하였고, 염구는 "조그만 나라를 자신에게 맡긴다면, 3년 안에 백성들을 풍족하게 만들겠습니다."고 하였으며, 공서화는 "재상이 되어서 임금을 돕겠습니다."고 하였는데, 증석은 "늦은 봄에 봄옷을 입고 친구들과 같이 기수(沂水, 온천)에서 목욕하고 무우(舞雩)에서 바람 쐬고 시를 읊다가 돌아오겠습니다."고 하니, 공자께서 칭찬을 하시며, "나도 너와 같이 하겠노라."고 하시었다.

위에서 공자의 제자 3인은 권력의 자리에 연연하는 모습을 보였지만, 오직 증석만은 권모술수가 만연하는 권부(權府)를 떠나서, 마음이 맞고 친하게 지내는 친구들과 같이 온천에 가서 목욕도 하고 나무가 우거진 시원한 곳에서 시도 읊고 비파도 타면서 여유 있는 시간을 갖겠다는 것이니, 이것이 피서가 아니고 무엇인가. 지금부터 2500년 전에도 이러한 여유 있는 생활을 좋아했는데, 현재에 사는 우리는 그렇지 못할 이유가 없다. 육체미의 자

랑과 권세의 욕심에서 벗어나는 것이 곧 피서이고 행복인 것이
다.

　그러므로 나이가 좀 든 사람들은 복잡한 곳에 가서 피서하기보
다는 가까운 곳이라도 물이 맑고 바람이 불고 나무의 그늘이 있
는 곳이면 좋은 것이다. 꽉 막힌 피서철의 고속도로보다는 뻥 뚫
린 시골 길이 더욱 좋고, 에어컨이 나오는 호텔보다는 시원한 선
풍기 바람이 나오는 민박집이 우리에게는 더더욱 좋은 것이다.

우박

성경의 요한계시록에 보면 "말세에는 우박이 내린다."고 하여, 우박이 말세의 재앙이라는 것을 적시하여 놓았다. 그런데 우박이 겨울에 내리면 재앙이 되지 않는다. 혹 주먹만 한 우박이 내린다면, 그 우박을 맞는 사람과 동물들이 죽을 수밖에 없겠지만, 지금껏 나는 주먹만 한 우박은 보지를 못했다.

우박은 주로 적란운(積亂雲)이나 강한 상승기류를 갖는 대류운(對流雲)에서 형성되기 때문에 종종 뇌우(雷雨)를 동반하기도 하고, 큰 우박은 불규칙한 동결속도 때문에 투명하고 불투명한 얼음층이 교대로 나타나는 특징이 있으며, 기온이 빙점보다 훨씬 낮은 곳을 제외하고는 동결이 천천히 일어나므로, 공기가 빠져나가 투명한 얼음을 형성한다. 그런 후 우박이 훨씬 더 기온이 낮은 지역으로 이동하면 동결이 급속히 일어나게 되고, 공기가 빠져나가지 못해 흰 얼음층이 형성된다고 한다.

지난 12일 해질 무렵에 집에서 저녁을 먹고 있는데, 갑자기 뇌성벽력을 치며 소나기 같은 강한 비가 쏟아졌다. 그리고 창문에서는 '탕탕' 하는 소리가 들렸다. 그 소리가 그치지 않아 창문을 열고 바라보니, 이건 우박이 창문을 내리치는 소리가 아닌가! 나는 순간 "밭의 작물에 피해는 없을까." 하고 생각하였다.

가문 날에 작물에 비를 뿌리므로 반가운 일임에는 분명하지만, 혹 이 우박이 내가 심어놓은 작물을 해치지는 않을까! 생각하지 않을 수가 없었다.

다음날 새벽에 운동을 하러 공원에 나갔는데, 나뭇가지들이 끊겨 떨어진 것이 나무 밑에 즐비하였다. 특히 자귀나무 밑에는 떨어진 가지가 더 많았다.

그래서 내가 운영하는 주말농장에 가봤다. 이곳에서 30분 정도 걸어가야 하는 거리인데, 어쩐 일인지는 몰라도 그곳의 작물들은 멀쩡하였다. 아마도 둔뱀이에는 우박이 내리지 않은 듯했다.

뉴스를 보니, 강원도 인제와 양구에는 우박이 많이 내려 작물에 많은 피해를 주었다고 한다. 강원도는 이곳보다 좀 더 추운 곳이라 우박이 더 내렸는가!

6월 12일이니, 곡식과 야채가 한창 자랄 때인지라, 땅콩의 크기보다 세 배는 될 듯한 크기의 우박이 내렸으니, 한참 자라는 고추, 상추, 배추, 무 등 야채의 잎은 포탄을 맞은 듯 찢기고 구멍이 났을 것이니, 이는 팔아먹을 수 없는 상품이 되고 만 것이다.

그래서 정부에서는 우박이 많이 내린 인제와 양구 지역을 특별
재해지역으로 선포함을 검토 중이라 한다. 엎친 데 덮치는 격으
로 강원도는 여름에 홍수의 피해도 많은 지역인데, 이번에 또 우
박의 피해도 입었으니, 정말 왜 이러는 것인가.

옛말에 "한 부인이 한(恨)을 품으면 5월에 서리가 내린다.(一婦
含怨 五月飛霜)"고 했다. 여기에서 말하는 오월은 음력 5월을 말
한다. 즉 음력 5월은 양력으로 6월쯤 된다. 그러므로 이번에 내린
우박은 오월비상(五月飛霜)과 같은 것이다.

생각해보라! 5월에 서리가 내리면 그 무성하게 자라던 식물이
모두 파김치처럼 될 터이니, 모두 죽고 말 것이다. 그렇다면 5월
에 우박이 잠시 내리는 것은 서리가 내리는 것보다는 좀 덜하다
고 생각할 수 있다.

어쨌든 이러한 재해는 왜 일어나는가! 우리 동양의 고전(古典)
에서는 세상에 사는 사람들의 행위(선행과 악행)가 하늘에 닿아
여러 가지 상서(祥瑞)와 재해(災害)로 나타난다는 것이다. 그러므
로 삼가고 조심하며 살아야 하는 것이 선비의 길인 것이다.

중국 사천성(四川省)의
대지진(大地震)

2008년 5월 12일 중국 사천성(四川省) 문천현(汶川縣)에서 진도 8.0의 대지진이 발생하여, 약 십만여 명의 사망자가 발생하였다.

대한민국 의정부에 사는 나는 지진이 나는 시간에 소파에 누워 있었는데, 육감에 약간 흔들리는듯한 느낌을 받았다. 그래서 작은 아들에게 "야, 집이 흔들린다."고 하니, 아들은 '저는 느끼지 못했습니다.' 고 하였다. 그날 저녁뉴스에서 중국에 대지진이 발생했다는 소식을 들을 수가 있었다.

작년에 나는 중국 사천성 성도에 있는 사천성 미술관장의 초청으로 "전규호 서법전"을 개최하고 돌아왔는데, 바로 그곳에서 1년 뒤에 이러한 대참사가 발생한 것이다. 그곳에서 만난 사람들의 안부가 궁금하지만, 내가 중국어를 못하니 전화로 물어볼 수가 없다.

　어떤 사람은 낮잠을 자다가 흙에 묻혀 죽은 이가 있는가 하면, 어떤 이는 하체가 무너진 잔해에 묻혀 빠져나오지 못하고 그냥 누워있는 사람도 있었고, 또 어떤 사람은 잔해에 눌려 있는 채 링-겔 주사를 맞고 있는 사람도 있었다.

　도로가 끊기고 산과 산이 움직여 서로 맞단 곳도 있고, 자연적 호수인 언색호가 생긴 곳도 여러 곳이나 된다고 하니, 엄청난 피해라고 해야 할 듯하다.

　학생들이 수업을 하는 중에 학교가 무너져 수백 명이 한꺼번에 묻혀 죽었다고도 한다. 이 무너진 학교는 안이 비어 있는 벽돌을 사용하여 지은 집이라고 하니, 너무 허술한 건축이 재해를 키웠다고 봐야 할 듯하다.

　어떤 마을은 산이 이동하여 길을 막아 서 있어서, 그 산을 넘어야 다른 마을로 통한다고 하며, 주민들은 살 수가 없어서 남아있는 가재도구와 냉장고를 묶어서 여럿이 메고 산을 넘어오는 것을 텔레비전 뉴스에서 볼 수가 있었다.

　어제(6월 14일)는 일본 동북지역 이와테, 미야기현에서도 진도 7.3의 강진(强震)이 발생하여 22명이 사망하고 많은 재산의 피해를 입혔다고 한다. 중국 사천성 지진(진도 8.0)은 일본 이와테, 미야기현 지진(진도 7.3)보다 불과 0.7 정도 강한 지진이라고 하지만, 강도 면에서는 중국의 지진이 16배나 강한 지진이라고 한다.

　여하튼 일본 이와테 미야기현의 지진도 상당한 강진인데도 불구하고 인명피해가 적은 것은, 일본은 원래 지진이 많은 나라이어서 건축물을 세울 때는 미리 내진 설계를 하여 건축을 하므로, 어지간한 지진은 충분히 견뎌내기 때문이고, 그리고 사람이 많이 살지 않는 시골에서 발생했기에 피해가 적었다고 한다.

어찌 되었든 우리나라는 아직까지 그렇게 큰 지진은 없으니, 다행한 일이다마는 그렇다고 완전히 안전지대라고 생각하지는 않는다. 작년 여름에는 강원도 인제에 홍수가 내려 산이 무너지고 강이 넘치는 일이 있었고, 올해에는 지난 5월 4일 충남 보령 앞바다에서 발생한 해일은 순간의 찰나에 바다낚시를 즐기던 사람 등 24명의 목숨을 앗아갔다.

왜 이런 일들이 계속되고 있는 것인가. 이는 사람들이 이 지구상에 너무 많이 살면서 지구가 산업쓰레기로 몸살을 앓고 있고, 공기는 온갖 매연으로 더러워져서 오존층은 파괴되었으며, 물은 물대로 오염되어 심한 악취를 풍기고 있으니, 지구가 못살겠다고 아우성을 치는 것은 아마도 당연한 일이 아닌가 하고 생각한다.

우리가 사는 이 지구에는 언제나 봄 햇살과 같은 따뜻한 날씨와 시원한 바람이 불어서 생명이 약동하는 날씨가 계속되어야 하는데, 그와는 반대로 매일 매연과 오물을 주입하고 있으니, 이변이 일어날 것은 명약관화(明若觀火)한 일이다.

한문번역

현대사회는 너무나 복잡한 사회라서 사람이 가지고 있는 직업이 수십만 가지라고 한다. 그 중에 내가 생활수단으로 일하고 있는 "한문번역(漢文飜譯)"이라는 직업도 있다.

나는 원래 20여 년간 서예한문학원을 운영하였는데, 어느 날 '영어'와 '컴퓨터'가 초등학교의 정식 교과서로 채택되면서부터는 학원생이 줄기 시작하였는데, 결국에는 수강료를 받아 월세를 내고 나면 남는 것이 없게 되었다.

그것도 그럴 것이 서예학원을 하려면 서예를 하는 책상이 있어야 하는데, 이러한 연습용 책상을 여러 개 놓으려면 넓은 자리가 필요하고, 그리고 자리가 넓으면 월세를 많이 내야 한다.

이러한 악순환에도 불구하고 서예연마를 계속하여 예술로 승화시키면, 노년에는 작품가격이 상승하여 생활하는데 큰 지장은 없을 것이라는 분홍빛 희망을 가지고 많은 세월을 노력하고 분발하였다.

맹자는 말씀하시기를, "성인(聖人)도 세상과 더불어 일을 추구한다.(聖人與世而推)"고 하였는데, 지금은 성능이 좋은 컴퓨터가 계속 몰려나와 사람들은 모두 컴퓨터 자판기로 글씨를 쓰고 있으니, 특별히 펜과 붓을 쓸 필요가 없게 되었다.

세상이 이렇다 보니 자연히 서예학원을 접게 되었고, 그렇다고 배운 기술이 없으니 생활에 타격이 옴은 불문가지이다. 그래서 노동을 하려고 하니, 그것도 알선하는 사람이 있어야 하였다. 그리고 나는 원래 몸이 왜소하고 병객(病客)이므로, 노동은 힘에 부친다. 그래서 할 일을 찾던 중에 잘 아는 지인이 왈, "한문번역"을 해보라고 하기에, '두렵지만 해보겠다.'고 하고 그때부터 한문번역의 간판을 달고 일을 하기 시작하였다.

한문이라는 학문은 워낙 역사가 깊고 학문은 높고 넓어서, 수년간 한문을 배웠다고 해도 이를 완전히 해득하기는 힘이 들고 어렵다. 본인 역시도 어려서 박정희 정권 초기에 한문공부를 했는데, 정부에서 갑자기 한글을 전용한다고 하였다.

사람들은 모두 말하기를, "폐기한 글을 배워서 어디에 쓰느냐!"고 하였다. 이런 말을 들을 때마다 힘이 빠졌고, 그리고 나에게 한문의 전도(前途)를 말해주는 사람은 한 사람도 없었다. 그도 그럴 것이 내가 살던 곳은 농촌 중에서도 벽촌이었으므로, 그렇게 앞날을 내다보고 이야기할 만큼 현명한 사람은 없었다.

처음에 일을 시작하기는 하였는데, 이제는 일을 맡기는 사람이 있어야 한다. 그러나 누가 나를 알아 일을 맡기겠는가. 그런데 지인을 통해 청주 한씨 정선군파 종친회를 통하여 "수사공 일기"라는 고서(古書)의 번역을 부탁받았다. 그것도 맡기는 사람이 300만 원에 책까지 만들어 달라고 하였으니, 실제로 내가 얻을 돈은 얼마 안 되었다. 그러나 책 한 권을 수주하였다는 기쁨에, 어려움을 모르고 번역을 하여 완성을 하였다. 내 생애 첫 번째의 번역본이 나오는 순간이었다. 이때의 기쁨이란 정말 말로 할 수 없는 대단한 것이었다. 그 뒤로는 큰아들이 인터넷에 홈페이지를 만들어 띄웠다. 그랬더니 전국에서 일거리가 찾아오고 이따금은 큰 건이 생겨서 가계에 조금은 보탬이 된다.

이 일도 오래하다 보니 이제는 서울대 규장각 한국학연구원에서 번역하는 "동궁일기"의 탈초(脫草)를 맡아 3년을 일하였고, 선조(宣祖)의 계비인 인목대비의 친정집 연안 김씨 원성종친회에서 발주한 《명륜록》과 《동각산록》도 번역을 맡아 많은 일을 하기에 이르렀다.

내가 한 일을 하나하나 말할 수는 없지만, 제주도에서 맡긴 문서도 번역을 하였고, 경상도에서 부탁한 문건도 하나 둘이 아니다. 그런가 하면 대학생, 대학원생, 그리고 대학교수도 나에게 맡기는 경우가 많아서 스스로 생각하길, "나도 하나의 기관이다."라고 생각하며 보람되게 살아가고 있다.

나는 원래 잠이 많지 않아서 새벽 5시가 되면 기상을 하고 저녁

12시쯤에 잠을 잔다. 이러한 잠버릇 때문에 일이 많이 밀리면 새벽부터 저녁 12시까지 일을 할 때가 많았다. 그리고 컴퓨터 자판을 두드리려면 의자의 높낮이를 나의 몸에 맞게 하고 일을 해야 한다고 하는데, 나는 그러한 상식이 전무한 상태에서 일을 많이 하다 보니, 어느 날 갑자기 목이 아프기 시작했다. 사진을 찍어보았더니, 혹 경추디스크인지도 모른다는 의사의 모호한 대답을 들었다. 전국에서 다섯째 안에 드는 명의(名醫)라 해서 가서 진료를 받았지만 그렇게 신통하지는 않았다. 그래서 요즘은 새벽에 일어나 팔을 많이 움직이며 걷는 경보를 한다. 어깨를 튼튼히 하려면 그렇게 하라는 명의의 의견을 받아들인 것이다.

이제는 아들들이 모두 서울에 있는 좋은 대학을 나왔으니, 나의 어깨가 좀 가벼워졌다. 그래서 짬을 내어 수필도 쓰고 한시(漢詩)도 짓고 작품도 만들면서 번역을 한다. 한문번역은 다른 외국어 번역과는 많이 다르고 매우 어려운 것이 사실이다. 왜냐하면 오천 년의 동양역사가 그 문장 속에서 꿈틀대고 있으니, 오천 년 동안 우리 조상들이 사용하던 단어들을 무슨 재주로 다 외우고 있겠는가! 그리고 한문문장으로 있으면 명문장인데, 그것을 풀어놓으면 명문장이 파괴되는 문구들이 많다. 이러한 문구들을 어떻게 번역을 하여 명문장을 유지하게 할까를 고민할 때가 많다. 그래서 옛적 유명한 선비들도 번역을 하라고 하면 그렇게 매끄럽게 하지 못하였던 것이다. 그러나 요즘은 참고서가 많아서 번역하기가 한결 쉬워졌다. 그리고 컴퓨터를 이용하여 고사(故事)를 점검

하고, 남이 한 번역문으로 나의 번역을 비교검토하면서 번역을 하니, 그렇게 과도한 오류는 없게 되었다.

　이렇게 병까지 얻으면서 번역을 하다 보니, 이제는 번역서가 책으로 출판한 것만 10여권이나 된다. 욕심을 내지 말고 그저 나의 남은 시간을 즐긴다는 여유로운 마음으로 번역에 임하려고 한다. 그래야만 나의 학문과 인생, 문학과 예술 등의 모든 분야가 제자리를 찾아 여유가 있을 테니까!

자동차 없는 거리,
"의정부 시민공원"

우리나라의 "문화의 거리"가 어디냐 하면 언뜻 생각나는 곳이 "인사동 전통의 거리"이다. 이 인사동에는 전시관, 화랑, 전통찻집, 도자기 판매점, 골동품 판매점, 고서화 판매점, 고가구 판매점, 필방, 표구사, 서실(書室), 화실(畵室), 화원, 전통 음식점 등 고풍 어린 점포가 즐비하게 들어서 있어서, 주말이나 저녁 퇴근 시간이 되면 이를 구경하려는 인파로 인산인해를 이룬다.

그래서 종로구청에서 생각해낸 것이 "인사동의 자동차 없는 거리"이다. 매주 토요일 오후부터 일요일 전 시간을 "자동차 없는 거리"를 만들어 시행하고 있다. 자동차가 다니지 않으니, 시민들은 편하게 이곳저곳을 구경할 수가 있어서 좋고 따라서 점포들의 매상도 쑥쑥 올라간다.

작년부터 경기도 의정부시가 중랑천 변을 공원화하면서 자동차 길을 막아 그곳을 시민공원으로 만들었다. 그래서 새벽부터 저녁까지 의정부 시민들은 이곳에 나와 자전거를 타기도 하고, 경보(輕步)로 걷기도 하며, 그냥 산책하는 사람들도 있다. 남녀노소 할 것 없이 모두 나와 운동을 한다. 자동차가 없으니 안전해서 좋고 그리고 매연이 없어서 좋다.

냇가를 걸으니 시원하여 좋고 커다란 잉어들이 유영(遊泳)을 하며 노는 모습을 볼 수도 있고, 황새들이 물 가운데에 서서 고기를 잡아먹는 모습도 보인다. 하늘에는 흰 구름이 둥실 떠가고 비둘기와 청둥오리가 하늘을 가르며 지나간다. 이러한 것을 《시경(詩經)》〈대아(大雅) 한록(旱麓)〉에서는 "솔개는 날아서 하늘에 오르고, 고기는 연못에서 뛰어오르네.(鳶飛戾天 魚躍于淵)"라고 하였으니, 천지의 일을 한 마디로 말한 것이다.

그리고 자동차가 서로 오갈 수 있도록 만든 다리가 여러 개 있지만, 다리와 다리의 거리가 멀어서 오가는데 불편이 많았다. 이번에 개천을 정비하면서 그 중간 중간에 징검다리를 놓아서, 양측에서 오가는 길을 편리하게 하였다. 어린 아이들이 엄마의 손을 잡고 징검다리를 건너면서 고기들이 오르내리는 것을 구경하고 관찰하니, 이만저만한 교육이 아닐 수 없다.

필자는 의정부시 신곡1동에 사는데 전철을 타려면 회룡역으로 걸어간다. 동막교를 건너면서 양옆 난간 위에 아름답게 피어있는 꽃들을 보면, 자연히 마음이 즐거워짐을 느낀다. 그런데 이러한 꽃 다리가 동막교에만 있는 것이 아니다. 의정부에 흐르는 중랑천에 놓인 모든 다리를 모두 이렇게 꽃을 피우는 아름다운 다리로 만들어 놓았다는 사실에 나는 행복함을 느낀다. 그뿐인가! 회룡역에서 롯데마트로 건너오는 다리는 아치형 다리로 밤에는 오색무지개가 떠있는 것처럼 아름답게 수를 놓고 있다. 이처럼 아름다운 거리를 볼 것 같으면, 마음은 한없이 편안해지고 행복해지며, 차 없는 거리에서 마음 놓고 운동을 하니, 육체는 점점 튼튼해져서 마음과 몸이 함께 건강하게 되는 것 같다.

동막교 아래에는 의정부시에서 만들어놓은 분수가 있다. 여름에 그 분수를 보면 가슴 속까지 시원해짐을 느낄 수가 있다. 그 분수 옆의 중랑천에는 팔뚝만한 잉어들이 자유롭게 유영을 한다. 어떤 때는 암컷과 수컷이 서로 물장구를 치며 사이좋게 유영하는 모습도 간간이 볼 수가 있다. 이렇게 자연이 숨 쉬는 자동차 없는 공원이 의정부가 시작되는 호원동에서부터 시작하여 중랑천을 지나 부용천까지 이어진다. 여기에 더하여 앞으로는 서울의 청계천처럼 맑은 물이 흐르도록 한다고 하니, 반갑기 그지없는 소식이다.

청양고추

고추는 매운맛의 상징이다. 맛 하면 오미(五味)가 있으니, "단맛, 신맛, 짠맛, 쓴맛, 매운맛"이다. 이 중에서 고추는 매운맛의 대표적 식품이다.

음식을 만들 때에는 이 오미(五味)가 들어가서 맛을 내는데, 사람마다 체형이 달라서 무슨 맛이 제일 좋다고 말하기는 어렵다. 그러나 대체로 우리 한국 사람들은 시고 매운 것, 즉 시금털털한 김치찌개를 다들 좋아한다. 뜨겁게 끓는 침치찌개에 지독히도 매운 청양고추를 조금 넣으면, 김치의 신맛과 고추의 매운맛이 함께 어울러져서 시금털털한 맛이 되는데, 여기에 소금을 조금 넣으면 싱겁고 밋밋한 맛이 없어져서 아주 환상적인 김치찌개가 탄생하는 것이다.

위에서 잠깐 언급한 오미(五味)는 인체의 오장(五臟)과 직접 연관이 있다. 즉 오미가 들어가서 오장을 보(補)하기도 하고 사(瀉)하기도 하는데, 그 연관되는 오장과 오미를 말한다면, 위장은 단맛, 간장은 신맛, 신장은 짠맛, 폐장은 매운맛, 심장은 쓴맛이 주관을 한다. 다시 말해서, 단맛은 위장으로 들어가서 위를 보하고, 신맛은 간장으로 들어가서 간장을 보하며, 쓴맛은 심장으로 들어가서 심장을 보하고, 짠맛은 신장으로 들어가서 신장을 보하며, 매운맛은 폐장으로 들어가서 폐를 보한다.

그렇다면 고추는 무엇 때문에 사람들이 그렇게 좋아할까! 물론 고추는 과학적으로 분석하면 비타민이 많이 함유되어 있다고 한다. 그러나 필자가 여기서 다루려는 것은 음양오행을 동양학적으로 분석하여보려는 것이다. 우선 매운 고추를 먹으면 땀이 난다. 왜 땀이 나냐면 매운맛은 발산시키는 작용을 하기 때문이다.

그런데 땀이 어디에서 나느냐 하면 인체의 피부에서 나온다. 그렇다면 피부는 어느 기관에 속하는가. 이는 즉 폐장이 밖으로 표출된 부분이 피부인 것이다. 그러므로 피부에 숨구멍이 있다. 이 숨구멍을 통하여 땀이 나오면, 안에 쌓여있던 노폐물이 밖으로 표출되면서 우리에게 시원한 감을 주는 것이고, 그러면서 피부가 좋아지는 것이다. 그러므로 매운 고추를 많이 먹으면 먹을수록 피부는 윤기가 나고 탄력을 받는 것이다.

경상남도 밀양시에 가면 이 고장에서 제일 이름난 음식점이 있는데, 그 음식점의 메뉴가 돼지고기 보쌈집이다. 돼지고기 보쌈에

얼큰한 청양고추와 맛있는 쌈장이 이 음식점의 대표적 메뉴이다. 청양고추를 약이 오른 것으로 쌈장을 찍어 먹기에는 너무 매워서 누구나 부담을 느낀다.

그러므로 이 집에서는 청양고추가 약간 덜 익은 것을 쓴다. 즉 애 청양고추를 따다가 반찬으로 내놓는 것이다. 그러면 약간 매우면서도 감칠맛이 있어서 누구나 맛있게 먹는 것이고, 땀이 나니 시원하니까 누구나 이 집을 좋아하는 것이다. 처음에는 한곳에서만 했는데, 손님은 밀려들고 시설은 좁아서 다 받을 수가 없으므로, 조금 떨어진 곳에 음식점 하나를 더 열어놓고 이쪽에서 받지 못하는 손님은 그곳으로 옮겨 음식을 대접하는 방법을 쓰고 있는 것을, 필자는 작년에 가서 먹어보고 왔다. 아마도 밀양의 돈은 거의 그 집으로 들어가지 않나 생각한다.

이렇게 고추는 맛의 마법사이다. 김치를 담글 때도 고춧가루가 들어가고, 된장찌개를 끓일 때도 고추가 들어가야 제 맛이 난다. 고추장을 만들 때도, 된장을 만들 때도 고추가 주제이다. 고추가 들어가야 느끼한 맛을 죽이고 상큼한 맛을 내는 것이다. 그러므로 음식을 잘 하려면 고추를 잘 활용할 줄 알아야 한다. 고추만 잘 활용하면 금방 음식을 잘하는 주부가 된다.

필자는 중국을 자주 다니는데, 중국음식은 모두 기름으로 튀겨서 만들므로 맛이 느끼하다. 그래서 그 사람들은 향채를 많이 먹는다지만, 필자는 고추장을 가지고 다니면서 음식이 입맛에 맞지 않으면 곧 고추장을 꺼내어 비벼서 먹는다. 그러면 밥 한 끼는 금방 먹어치운다. 이렇게 먹으면 입안이 상쾌하여 기분도 좋아진다. 이 모든 것들이 고추가 안에서 맛의 요술을 부리므로 가능한 것이다. 특히 여성들은 피부도 좋아지고 기분도 상쾌해지는 고추를 많이 먹기를 권한다.

울음소리

　운다는 것은 항상 슬프기 때문이라고 생각하지만, 꼭 그런 것만은 아니다. 왜냐면 기쁨이 극에 달해도 눈물이 난다. 즉 기쁠 때도 눈물이 나고 슬플 때도 눈물이 나는 것이다. 그러므로 동물들이 소리를 내어 우는 것이 슬퍼서 우는지, 아님 기뻐서 우는지를 우리들은 알지 못한다. 그냥 통상적으로 생각해서 "슬퍼서 운다."라는 보편적 논리를 대입해서 생각하는 것이다.

　한 해가 바뀌고 따뜻한 봄이 찾아와 우수(雨水)가 지나고 경칩(驚蟄)이 되면, 동면(冬眠)하고 있던 개구리들이 밖으로 나와 물웅덩이에 알을 낳는다. 그리고 아침, 점심, 저녁, 정한 시간이 없이 노상 울어댄다. 특히 비가 올라치면 더욱 거세게 운다.

　자기들이 까놓은 알이 혹시 웅덩이에서 떠내려갈까 봐서 그렇게 우는지는 몰라도, 그렇도록 거세게 울어댄다. 그러므로 농촌의 여름밤은 개구리들의 세상이다. 논에 물을 대어 벼를 재배하는데, 그 논의 물속에서 그렇게 울어댄다.

필자는 의정부에서 산 지가 벌써 10여 년이 되었는데, 회룡역에서 내려 집으로 돌아오는 길옆에 사패산에서부터 흘러내려오는 작은 개울이 있다. 이곳에서 개구리들의 울음소리를 자주 듣곤 한다. 그 소리를 들으면 어려서 시골에서 살 때의 추억이 떠오르고, 매우 정겨운 소리로 들린다.

그리고 여름이 되어 무더위가 극성을 부리면, 매미들이 여기저기서 울어대는데, 이 매미들은 시도 때도 없이 한쪽에서 어느 매미가 울기 시작하면 다른 매미들도 따라서 합창을 한다. 한여름 무더위에 정자나무 밑에서 낮잠을 자려면, 그 나무 위에서는 매미들이 자장가를 부르듯이 울어대는데, 이때의 울음소리는 더위를 식히는 시원한 자장가가 된다. 매미도 여러 가지 종류가 있고, 그 울음소리도 모두 다른데, 왕매미가 우는 소리는 정말 장관이다. 꼭 폭포수가 떨어지는 소리와도 같이 가슴이 시원하게 트일 정도로 운다. 이 왕매미는 매미 중에서 크기도 제일 크고 울음의 소리도 제일 크다.

항상 필자가 여름의 무더위가 극성을 부릴 때는 생각하는 일이지만, "그 왕매미의 울음소리를 녹음하여 무더위에 틀어놓으면 도시에 사는 소시민들의 무더위를 조금은 씻어줄 수 있을 것이다." 라는 생각은 지금도 예전과 똑같다.

가을이 되면 귀뚜라미가 우는데, 이는 정말 애절하게 우는 소리이다. 이 귀뚜라미는 풀숲에서 우는데, 우는 소리도 다양하고 우는 풀벌레의 종류도 다양하다. 가을이 가면 겨울이 찾아와 모든 만상(萬象)이 얼어붙기 때문에 이를 슬퍼하여 운다고들 한다. 그리고 가을은 숙살(肅殺)의 기운이 지배하므로, 곧 산천초목은 잎이 떨어지고 대지는 얼어붙는다. 그것을 미리 알고 슬피 우는지도 모른다. 그런데 희한한 것은, 높은 아파트에서 자고 있을 때에도 귀뚜리의 울음소리는 길옆에서 듣는 소리와 똑같은 크기로 들린다는 것이다.

필자는 12층에서 사는데 이 12층까지 귀뚜리가 올라와서 운다고는 생각하지 않는데, 똑같은 크기의 소리로 들리는 것은 아마도 귀뚜리의 소리는 가을의 소리이므로, 어느 누구에게도 다 같이 들려야 하는 가을의 소리인지라, 그런 것이 아닌가 하고 생각한다.

그런데 겨울에 우는 소리는 살아 있는 생물의 소리가 아니고, 기(氣)가 움직이는 바람의 소리이다. 즉 기(氣)의 소리인 것이다. 겨울이 오면 사람들은 문을 꼭꼭 잠그고 문에는 문풍지를 붙여 바람을 차단하는데, 바람이 불면 이 문풍지가 흔들리면서 그렇게 요란하게 울어댄다. 이 문풍지가 울어대면 북풍한설은 몰아치고 온도는 급냉(急冷)하여 온 천지는 그야말로 눈 속에 묻힌 세상이 되고 만다. 즉 죽음의 세상이 시작된 것이다. 왜냐면 다음 해의 생명의 계절인, 봄이 오는 것을 대비하려는 것이다.

이렇게 우는 소리도 상생(相生)과 상극(相剋)을 하면서 변화하는 세상을 따라 각각 다르게 울어대는 것이다. 즉 봄에 우는 개구리의 소리는 생명을 불어넣는 소리이고, 여름에 우는 매미의 소리는 더위를 식혀주는 소리이며, 가을에 우는 귀뚜리의 소리는 숙살(肅殺)하는 계절을 슬퍼하는 소리고, 겨울의 북풍설한에 부는 바람소리는 거만하고 교만한 사람들에게 겸손하라고 경고하는 소리라고 생각하면 어떨까! 그러므로 생명은 울음소리에서도 엄연히 존재한다고 봐야 한다.

한국 소, 미국 소

　지금은 2008년 7월이다. 농경사회는 지금부터 약 10,000년 전부터 시작되었다고 추측한다. 그렇다면 농경사회에서 가장 중요한 동물은 소와 말이다. 우리나라는 대체로 지금까지 소를 이용하여 농사를 지었다. 농기계가 등장한 것은 불과 30여 년에 불과하다. 그 이전에는 밭을 갈거나 논을 갈 때는 언제나 소에 멍에를 얹고 쟁기라는 기구를 이용하여 밭을 갈았다. 즉 밭을 갈 때는 극쟁이(따비)를 이용하였고, 논을 갈 때는 쟁기를 이용하였다. 그러므로 소가 없으면 농사를 지을 수가 없어서 남의 소를 삯을 주고 빌어서 썼다.

　그러므로 소는 사람과 한식구로 여겼고, 그 집이 생활하는데 없어서는 안 될 필수적인 동물이었던 것이다. 그래서 소에게는 매일 소죽을 쑤어서 주었고, 그리고 깔(꼴)을 베어 지게에 짊어지고 와서 밤에 잠이 들기 전에도 풀을 주고, 아침에 일어나면 제일 먼저 소에게 깔을 주었다. 그리고 소는 일 년에 한 마리씩 새끼를 낳는데, 이 송아지는 가격이 비싸서 그 집의 생활의 밑천이 되었으므로 그 송아지도 매우 귀중하게 취급하였다.

여하튼 농경사회에서는 소로 밭이나 논을 갈지 않으면 농사를 지을 수 없었는데, 그 기간이 무려 일만여 년이나 지속되었던 것이다.

요즘은 기계의 발달로 인하여 기계로 밭을 갈고, 제초제(除草劑)를 뿌려서 논의 잡초를 제거하며, 차를 이용하여 물건을 운반하므로, 소의 쟁기나 달구지가 필요치 않게 되었다. 지금은 혹 강원도나 경상도의 두메산골에서나 소를 이용한 밭갈이를 볼 수 있을 뿐, 이제는 농사에 이용하는 소나 말을 찾아보기가 어려운 세상이 되었다.

일만여 년이나 계속적으로 이용하여 농사를 지었던 소가 이제는 필요하지 않고, 다만 사람의 식탁에나 오르는 식용의 고기로만 쓰이게 되었다. 그리고 현대는 초고속시대이기에 비행기를 통하여 금방 미국의 뉴욕에 가고, 중국의 북경 정도는 단 두 시간이면 도착할 수가 있다. 조선시대에 사신이 중국의 북경을 가려면 무려 3개월이 걸렸다고 하니, 이 얼마나 많은 변화를 했는가! 그리고 화물의 운송도 빨라졌고, 저장방법도 발전하여 물건을 냉장시설에 넣어 운송하면 생물에 하등의 손상이나 변질이 없이 수송하는 시대가 된 것이다. 이러한 시대적 변화로 인하여 우리나라로 소고기를 수출하는 나라는 미국, 호주, 캐나다, 뉴질랜드 등 여러 국가들이 있다. 우리나라에 소고기를 수출하여 돈을 벌려고 야단이다.

얼마 전 이명박 정부가 들어선지 3개월도 안 된 시점에서 미국과의 소고기 수입문제를 타결지면서 촉발된 한국의 촛불시위는, 즉 미국 소고기를 먹으면 인간 광우병에 걸릴지도 모르는데, 왜 30개월 이상 된 소고기까지 다 풀어주어서 국민을 광우병의 불안에 몰아넣었냐는 문제를 가지고 많은 시민단체와 시민이 참가하여 대대적인 촛불시위를 하였던 것이다. 사실 이 사건은 MBC의 PD수첩에서 과장하고 왜곡 보도하여 국민을 광우병의 불안으로 몰아넣은 사건인데, 한 번 퍼지기 시작한 오보(誤報)는 걷잡을 수 없을 정도로 국민의 마음속으로 파고들어서, 금방 이명박 대통령의 지지도를 70%대에서 20%대로 끌어내린 커다란 사건임에는 틀림없다.

이렇게 하여 촉발된 미국 쇠고기 수입 타결은 엄청난 파장을 일으켰으며, 지금도 진행 중에 있다고 봐야 한다. 그러나 한국쇠고기는 너무 비싸서 서민들은 사먹기가 매우 어렵다. 보통 갈비 한 대에 35,000원~40,000원 정도 하는데, 둘이 먹으면 최소 갈비 2대는 먹어야 하니 갈비 값만 7, 8만원이 되고, 1대를 더 먹으면 100,000원이 넘으며, 밥값과 술값을 합하면 12만원은 넘게 드니, 서민들로서는 사먹기가 매우 어렵다고 봐야 한다. 대신 미국산은 그보다 3할도 안 되는 가격에 먹을 수 있으므로, 서민들의 입장에서는 환영할 수밖에 없다.

　여하튼 옛날 농사에 긴요하게 기여했던 우공(牛公)이 이제는 식탁에나 오르는 신세가 되었으니, 우공(牛公)의 격이 낮아졌음은 물론이고, 식탁에서도 미국이나 외국의 쇠고기와 가격으로 다투는 신세로 전락했으니, 우공의 입장에서 보면 매우 섭섭한 일이 되고 말았다. 더구나 미국의 축산농가에서는 한국의 쇠고기 시장을 겨냥하여 한국 소보다 더 질이 좋은 쇠고기를 생산하려고 연구에 연구를 거듭하고 있다고 하니, 한국의 축산 농가들도 정신을 바싹 차리고 더욱 질 좋은 쇠고기를 생산하여, 그렇지 않아도 품격이 떨어진 우공의 위신을 한층 높여주었으면 하는 바람이다.

살아 움직이는 글씨

인류의 역사는 글씨를 만든 뒤부터 발전하였다고 한다. 글씨가 있으면 사람이 한평생을 통하여 얻은 지식과 깨달은 것을 모두 기록하여 후대에 전달할 수가 있다. 그러므로 사람은 비록 늙어서 죽으나, 그 사람이 평생을 통해 얻은 지식은 모두 살아 있어서 후세를 밝힌다. 이렇게 수많은 사람들이 깨달은 바를 기록한 글이 쌓이면 이 사회와 국가를 발전시키는 밑거름이 되는 것이니, 이러한 기록들은 모두 글씨를 통하여 후세에 전해져야 함은 물론이고, 이 세상을 발전시키는 귀중한 자료가 되는 것이다.

그런데 후대로 내려오면, 글씨를 그냥 기록하는 기능으로만 보지를 않고, 살아 움직이는 글씨를 쓰려고 노력하였으니, 이는 그 글씨에 생명을 불어넣어 보는 사람으로 하여금 마음을 즐겁게 하고 아름다운 감정을 일으키게 하려고 노력하였던 것이다. 이렇게 하여 보는 사람의 마음은 순화되고 풍속은 교화되었으니, 일례로 남북조 시대에 왕희지라는 서성(書聖)이 나와 글씨를 잘 써서 온 세상에 커다란 영향을 끼쳤을 뿐만 아니라, 많은 사람들의 환영을 받았고, 그 뒤에 당태종 같은 제왕이 나와서 왕희지의 글씨를 천하의 제일가는 보물로 격상시켰다. 이에 글씨가 소중하다는 것을 온 천하가 알게 되는 계기를 만들었던 것이다.

우리나라도 고구려의 "광개토대왕비"는 천하에 하나밖에 없는 독특한 글씨이며, 비 역시 크고 장엄하여 그것 하나만으로도 고구려의 웅비하는 기상을 알 수가 있고, 신라의 김생은 신필(神筆)이라는 칭호를 받았으며, 국립 부여박물관에 있는 "사택지적비(砂宅智績碑)"는 육조해서로 된 백제시대의 비(碑)로, 비록 작은 비이지만 글씨가 정갈하고 굳세며 품위가 있어서, 이 작품 한 점만 보아도 당시 백제의 문화가 얼마나 훌륭했는가를 한눈에 볼 수가 있으며, 그리고 성주사 터에 있는 "낭혜화상백월보광탑비"는 최치원이 찬술한 비로 해서체로 되어 있으며, 국보 제8호로 보호하는 비인데, 글씨가 매우 유려하고 강건하다.

조선으로 내려오면 많은 서가(書家)들이 나옵니다만, 한 분으로 요약한다면 추사 김정희 선생을 꼽을 수가 있다. 추사는 글씨를 음양오행에 맞추려고 노력한 서가(書家)이다. 왜 오행으로 맞추려고 했냐면, 변화하는 글씨 즉, 살아 움직이는 글씨를 써서 그 속에 생명을 불어넣으려고 하였던 것이다. 추사의 "세한도(歲寒圖)" 같은 작품은 천하에 제일가는 작품이 될 것이다.

그러니까 선대에서는 그냥 기록으로만 쓰던 글씨가 후대로 내려오면서 아름다운 작품이라는 개념으로 바뀌게 되는데, 이렇게 되면서 서법의 이론도 세워지고 작품의 이론도 간간이 나오게 되었다. 그러므로 조선 후기에 오면 글씨를 크게 쓰다가 갑자기 작게 쓰기도 하고, 획을 아래로 쭉 빼내서 좌우에 공간을 남기는 방법도 시도하게 된다. 이렇게 다양하게 쓰다보니까 산자(算子, 젓가락) 같은 글씨는 즉 죽은 글씨라는 것을 알았고, 이를 변화시켜 살아 숨 쉬는 글씨를 쓰려고 노력하였으며, 이러한 노력의 덕분에 글씨의 한 획 한 획의 붓놀림도 다양하고, 한 자 한 자의 글씨도 각양각색으로 써서 변화를 시도한 것이다.

변화한다는 것은 곧 우주의 섭리를 말하는 것으로, 변화함으로 말미암아 이 세상이 살아 움직인다는 진리를 서법(書法)에 대입한 것이니, 그래서 요즘 서가들은 많은 변화를 시도하고 있다. "현대서예" 같은 유의 작품도 일종의 이런 유에 속하는 것이다. 그리고 글씨를 통통하게 쓰는 것, 또는 빼빼하게 쓰는 것 모두 일리가 있는 글씨들이다. 그리고 먹물을 많이 찍어 너무 축축하게 한다가나 붓이 너무 말라서 마른 장작개비 같은 것은 피해야 될 글씨들이다.

화선지에 빼곡히 글씨를 채워 여유가 없는 작품이나, 너무 성기어 통풍이 아주 잘되는 작품도 아름답지 않다. 소소밀밀(疎疎密密)의 원칙을 잘 지켜서 휘몰아칠 때는 휘몰아치고, 그 다음에는 바람이 잘 소통하게 여유를 주어 공백을 만든다면, 이러한 작품은 볼거리가 많고 음양이 잘 배치되어 있어서 보는 이의 마음에 쏘옥 들어오는 것이다.

한 가지 더 할 말이 있으니, 글씨는 굳세어야 힘이 있어 보이고 생명이 활발하게 움직이는 것처럼 보이는 것이다. 만약 글씨가 너무 연약하고 예쁘기만 하면 온실의 화초 같아서 혹 예쁘게는 보일지 몰라도 생명력이 넘치지 않아서 자연히 안 좋은 작품이 되는 것이다.

위와 같은 이론을 대입한다면, 살아 움직이는 글씨는 자연히 굳세어야 하고 소밀(疎密)이 있어야 하며, 조습(燥濕)이 있어야 하고 대소(大小)가 있어야 한다. 그리고 공간이 확보가 되어야 한다. 먹물의 농도도 너무 짙다거나 옅은 것은 안 된다. 그리고 제일 중요한 것은 자연과 잘 통해야 한다. 물론 중용(中庸)이라는 법칙이 적용되기도 한다. 아무리 좋은 글씨도 중용을 잃으면 안 좋게 보이는 것이다. 이상의 법칙과 원리는 우주 자연의 법칙에 서법을 대입한 이론이다.

문인화(文人畵) 장법(章法)

문인화는 원래 아마추어 작가의 그림이라는 말과 통한다. 왜냐면 옛적 선비들이 한가한 시간을 이용하여 화선지를 펴고 붓을 휘둘러 자기가 생각하거나 깨달은 바를 지면(紙面)에 표현하는 행위이었다. 그래서 문인화는 원래 사군자와 함께 서예에 속하는 장르이었다.

그런데 몇 년 전에 대한민국의 모모 문인화가들이 모여 회합을 갖고 문인화협회를 출범시킨 것으로 안다. 이렇게 자꾸 협회가 갈라지는 것은 그렇게 바람직한 일은 아니다. 왜냐면 서로 모여서 일을 해도 힘이 모자라는 판인데, 자꾸 쪼개어 나누는 행위는 분명 좋은 행위는 아니다. 더구나 자기들 몇 사람들의 밥그릇을 보전하기 위하여 수천 년을 이어온 장르를 나누는 행위는 결코 바람직한 행위가 아니다. 그러나 여기서는 분파를 말하려는 것이 아니고 문인화의 장법, 즉 어떻게 문인화를 치면 그림이 좋게 보일 것인가! 라는 주제를 가지고 수필의 형식을 빌어서 말하려는 것일 뿐이다.

다 아는 이야기이지만, 실제에서는 이 이론을 적용하지 못하는 화가들이 무척 많다는 것을 먼저 말해두고자 한다.

난(蘭)을 치거나 죽(竹)을 치거나 모두 정갈하게 쳐야 하고, 묵저(墨猪) 같은 것이 있어서는 안 된다. 물론 소위 작가라는 인사의 작품에 이러한 묵저(墨猪)가 된 작품도 간간이 볼 수가 있어서 하는 말이다마는, 이러한 작가는 엄밀히 말해서 작가라 말할 수가 없다. 그래서 여기서는 최소한 먹을 쓸 줄 아는 작가를 상대로 글을 쓰는 것이다.

얼마 전의 일이다. 필자가 속한 "동방서법탐원회전"에 우리 회원이 출품한 작품 중에, 소밀(疏密)을 넣지 못한 산만한 작품이 출품되었다. 물론 이 작가는 글씨도 잘 쓰고 사군자도 잘 치는 장래가 촉망되는 작가라 믿고 있었는데, 이번 작품은 엉망이었다. 이는 음양의 법칙을 충분히 이해하지 못한 때문이라 생각한다. 즉 문인화의 소품은 불과 4호 또는 6호 정도 되는 작은 화선지에 그림을 그리는 행위이므로, 무척 신경을 써야 한다. 물론 이렇게 작은 소품을 그리는 것은, 그 속에 그림을 그려넣는다는 것만으로도 대단한 것이다. 그만큼 소품을 만들기가 어려운 것이 사실이지만, 그래도 소품을 시도했으면 최소한 원근(遠近)과 소밀(疏密)과 조습(燥濕)은 넣어야 하지 않나 생각한다.

166

몇 년 전에는 안양에서 활동하는 문인화가인데, 자기가 그린 작품을 사진을 찍어 가져와서 본 일이 있다, 그래서 필자는 이렇게 물었다.

"이 그림은 아주 먹을 잘 써서 정갈하게 되었습니다만, 음양은 어떻게 구분하여 넣었나요."

라고 질문을 했는데, 그 작가는

"음양(陰陽)요! 음양이 무엇인가요."

이렇게 대답하는 것을 봤다.

도대체 한국의 문인화가들은 무엇을 배웠기에 그렇게 간단한 음양적 요소도 모른다는 것인가! 이러한 작가들을 배출시킨 한국 문인화협회의 원로들의 책임이 크다고 본다.

문인화라는 것은 첫째 그 그림 속에 사상이 들어 있어야 한다. 즉 추사선생이 친 "세한도(歲寒圖)"는 공자가 《논어(論語)》에서 말씀한 "세한연후(歲寒然後)에 지송백지취(知松柏之翠) 날씨가 추워진 뒤에 소나무와 잣나무의 푸름을 안다."라는 곳에서 취한 작품이다. 이 세한도는 여러 가지의 해석이 있습니다만, 추사선생이 적거(謫居)생활을 하면서 자신의 모습을 세한(歲寒) 연후의 송백(松柏)에 비유했는지도 모른다. 그리고 중국 송나라 말의 정소남(鄭召南)은 "노근란(露根蘭)"을 그려서 송나라가 금(金)의 기세에 눌려 멸망의 위기에 처해 있음을 단적으로 보여준 작품이다.

위에서 말한 바와 같이 문인화를 그리는데 있어서, 특별한 의미를 부여하지 못한다면, 그 다음에는 음양(陰陽)의 이치를 제대로 넣어서 살아 숨 쉬는 문인화를 그려야 한다. 특별히 소밀(疎密)의 법칙을 넣어 한군데는 모으고 한군데는 훤하게 하여 대비를 만들고 들쑥날쑥하여 참치(參差)의 멋을 살려야 한다.

낙관을 찍는 곳과 글자의 다과(多寡) 등에 있어서는 꼭 시의적절한 문구를 골라 써 넣어야 한다. 그리고 낙관이 그림의 뻗는 기상을 막으면 안 된다. 그림에는 뻗어나가는 기세가 있어서 생명을 표출하는 것인데, 그것을 낙관이 막아서면 그림의 기세는 단박에 꺾이고 만다. 그리고 공간이 너무 많아 기세가 그림 밖으로 빠지면 안 되니, 이럴 때는 유인(游印)을 찍어 달아나는 기세를 잡아매야 한다. 그림이 너무 습하여 추지면 안 되고, 너무 조(燥)하면 말라비틀어져서 안 좋다. 너무 습하면 조(燥)한 획을 가미하여 중화를 시키고, 너무 조하면 습한 획을 가미하여 윤기를 더해야 한다. 그리고 글씨도 잘 써야 한다.

그림에서의 낙관은 거의 행초를 겸하여 써야 한다. 혹 전(篆)이나 예(隷)의 글씨를 넣어 예술적 미를 더하는 방법을 써도 좋다. 이때에 쓰는 글씨는 반드시 작가 본인이 써야 한다. 왜냐면 작품 내에서의 작은 점 하나도 모두 그림에 포함되는 것이니까! 하는 말이다.

이렇게 문인화를 그리는데도, 여러 가지의 방법을 종합적으로 적용하여야 한다. 모두 기본적인 사항입니다만, 몰아칠 때는 사정없이 몰아치고, 그런 다음에는 기세를 쏙 빼내어 허(虛)하고 가냘프고 외로운 면도 보여주어야 한다.

이러한 형세에는 조습(燥濕)의 방법을 확실하게 보여주어야 보는 사람의 마음에 와 닿는 것이다. 즉 음양(陰陽)을 확실하게 넣어준다면 그림이 보다 확실해져서, 그 속에서 생명의 활동이 왕성할 것이니, 이렇게 하면 감상하는 사람의 눈에도 보다 더 확실하게 들어올 것이다.

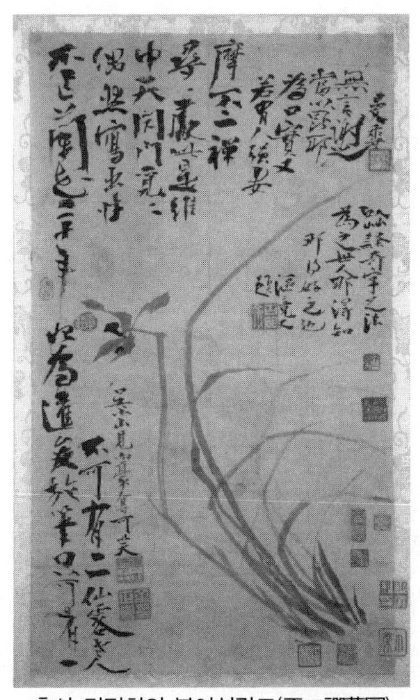

추사 김정희의 불이선란도(不二禪蘭圖)

수박

수박하면 즉시 떠오르는 것이 있으니, 가녀린 넝쿨에 커다란 과실이 열린다는 것이다. 이러한 현상은 풍수가들이 잘 원용하여 쓰는데, 한 가문에서 훌륭한 인물이 나오면, 그 다음에는 큰 인물이 또 나오기 어렵다고 한다. 왜냐하면 수박이 한 넝쿨에서 큰 것이 하나 열리면, 그 다음에는 작은 수박만 열리고 만다는 이론과 같다. 이렇듯이 가녀린 수박에 커다란 열매가 맺는다는 것은 경이롭다고 해야 옳은 표현일 듯싶다.

동의보감에 보면, "수박의 성질은 차고, 달고, 독성이 없다. 번갈(煩渴)을 해소하고 서독(暑毒)을 해독하며 마음을 편하게 하고 기운을 내리며, 소변을 잘 나오게 하고 혈리(血痢)와 구창(口瘡)을 치료한다."고 되어있다.

필자는 여름이 되면 수박을 무척이나 많이 먹는다. 그 첫째의 목적은 더위를 식힌다는 것이겠으나, 필자에게는 또 다른 목적이 있으니, 대변이 무르게 나오므로, 수박에는 이를 방지하는 기능이 있어서 치료 겸 해갈(解渴)하기 위해 수박이 나오는 첫 여름부터 수박이 끝날 때까지 우리 집 냉장고에는 수박이 떨어지지 않는다.

다시 말해서 필자는 대장(大腸)이 약해서 대변이 항상 무르게 나오는데, 이를 방치하면 설사로 변한다. 그러면 홍시(紅枾)나 곶감을 먹어 설사의 증세를 치료해야 하는데, 여름이 되면 이를 수박으로 대신한다. 수박은 이뇨(利尿)의 성질이 있으므로, 이를 많이 먹으면 대장에서 수분이 빠져나오므로, 대변의 무른 증세가 치료되는 것이다.

여름의 더위를 식히는 과실로는 수박이 으뜸인데, 그럼 이 수박은 어디서 생산하는 것일까! 또는 어디의 수박이 맛있고 유명한가! 충청북도의 음성에는 "꽃동네"가 유명한데, 그 옆 동네에서는 수박을 많이 재배한다. 나와 군대생활을 함께한 사람이 그 동네에서 제법 부농(富農)으로 농사를 지으며 살아간다. 나는 제대 후 35년 정도쯤 되던 재작년 봄에 그곳을 방문한 일이 있었다. 때는 한창 새싹이 돋아나는 어느 봄날이었는데, 그곳에 가보니 그 동네의 아낙들은 품앗이로 수박을 박에다 접목하는 일을 하고 있었다. 수박과 박의 묘목이 딱 두 잎 밖에 나오지 않은 것을 작을 칼로 반을 가르고 접목하는 방법인데, 일하는 손길들이 그렇게도 빠르고 숙달되어 보기에도 "참 아름답다."고 생각한 일이 있다.

그 친구의 말에 의하면 음성의 수박은 우리나라에서 제법 알아주는 수박이라고 했다.

수박의 종류를 대별하면, 접목을 한 박수박과 접목을 안 한 수박으로 나눌 수 있고, 씨가 있는 수박과 씨가 없는 수박으로 나눌 수도 있다. 그리고 수박을 과실로 먹는 수박과 과육을 절임용으로 쓰는 수박으로 나눌 수도 있다.

여기서 이야기 하는 것은 음성의 박수박인데, 이 수박을 칼로 반을 타면 수박 안의 과육이 터져 있어서 약간의 빈 공간이 있는 것이 특징이다. 즉 박 속을 닮아서 그렇게 갈라져 있는데, 당도는 높은 반면 수분(水分)은 약간 적은 것 같다.

요즘 생산되는 수박은 거의 다 당도가 높다. 어떻게 재배하여 당도가 높은지는 잘 알지 못한다. 그러나 필자의 추상적 생각은 수박을 재배하는 농부가 수박의 밭이나 또는 수박의 잎에 당분을 뿌려서 재배하는 것이 아닌가! 하고 추측만 할 뿐이다.

여하튼 필자의 병적인 요소와 체질에 딱 맞는 식품으로 생각하고 항상 즐겨 먹으면서, 재배하는 사람들에게 고마움을 느끼며 살아간다.

환갑(還甲)

　무상한 세월은 언제나 변천에 변천을 거듭하여 지나간다. 마치 시냇물이 쉴 사이 없이 흘러가듯이 말이다. 돌이켜보면 필자가 태어난 때는 1948년이니, 해방이 되고 미군정하에서 민주공화국인 대한민국을 세우려고 할 때다.

　그때는 조선 말엽의 혼란한 세상과 일제식민통치 36년을 거친 뒤였고, 그리고 1950년에 6·25동란이 일어나 그야말로 동족상잔의 쓰라린 아픔을 겪는 등, 매우 혼란하고 살기 어려운 시기에 어린 유년기를 겪었기 때문에, 그때는 참으로 어려운 세상을 살았구나! 라고만 기억한다.

　그 시절은 너나없이 어려웠기 때문에 지금처럼 쌀밥을 먹지 못하고 거의가 보리밥을 주식으로 하여 먹고 산 것으로 기억한다. 보리밥은 찰기가 쌀만 못하여 입에 넣으면 입안에서 떼굴떼굴 굴

러다닌다. 이것도 못 먹는 사람들이 많았기에 하루 세끼 굶지 않
으면 그날은 행운이었다.

옛적 우리 조상들은 생활여건이 좋지 않았고, 또한 후생시설이
열악하여 오래 살지를 못하였으니, 그러므로 환갑 즉 61세를 맞
으면 너무나 오래 산 것이므로, 경사로 생각하여 친지와 마을 사
람들을 초청하여 큰 잔치를 열었던 것이다. 그러나 지금은 61세
의 나이는 노인의 축에 들지도 못한다. 오늘 한국일보를 보니, 노
인에 대한 여론조사에서 적어도 70세는 되어야 노인이라 생각한
다는 사람이 가장 많더라는 기사를 본 일이 있다.

그러므로 필자는 61세의 환갑에 잔치를 하지 않겠다고 다짐하
였는데, 다행히도 자식들이 기념으로 외국에 다녀오라고 여비를
마련하여 주었다. 그래서 그 여비를 잘 보관하여 두었다가 그 다
음 해에 중국의 복건성에 있는 무이산을 여행하였다.

무이산은 주자(朱子)가 계시던 곳으로, 무이구곡으로 더욱 유명
한 곳이다. 우리의 퇴계선생께서 주자를 너무 사모하였으므로,
그곳 무이산을 여행하지도 않고 주자가 쓴 무이구곡(武夷九曲)이
라는 시를 차운(次韻)한 것을 본 일이 있다.

필자는 생각하기를, 현지를 답사하지도 않고 어떻게 시를 짓는
가! 하고, 나는 반드시 무이산을 유람한 다음에 차운(次韻)을 하
던, 시를 짓던 하겠다 하고, 이곳을 방문하였던 것이다.

막상 무이산을 방문하여 무이구곡에서 뗏목을 타고 2시간 동안
구곡(九曲)을 내려오면서 옆에 있는 바위를 보니, 한 굽이 한 굽
이마다 무이구곡의 시를 새겨 놓은 것이 보였다. 정말로 이곳은

신선이 살 만한 경승을 가지고 있는 승지였다. 그래서 무이구곡을 차운(次韻)하려 하니, 그 주위의 산과 계곡, 그리고 바위들의 이름을 알아야 차운을 하는데, 그것을 미리 알지 못하고 유람하였으므로, 도저히 차운이 나오지 않았다. 그래서 무이구곡의 차운은 다음으로 넘길 수밖에 없었다.

이렇게 하여 필자는 환갑에 그 흔한 손자 한 명 보지 못하고, 외국을 여행하는 것으로 끝을 맺었던 것이다.

중국의 무이산

경주여행

2008년 7월 30일, 아내와 나는 경주여행에 나섰다. 작은아들이 미리 토비스콘도에 방을 예약하여 주었다. 그래서 우리는 06시에 아침을 먹고 자가용을 타고 길을 나섰다.

경주에 도착하니, 낮 12시쯤 되었다. 원래는 토비스콘도에 여장을 풀고 나와서 관람을 하려고 하였지만, 토비스콘도는 경주시의 외곽에 있으므로, 시내에서 관광을 한 다음에 들어가기로 하고, 나의 지우(知友) 서예가 춘정(春庭) 이근우(李近雨) 형에게 전화를 하니, 우선 자기의 서실로 오라는 것이었다. 그래서 우리는 점심을 먹고 난 뒤에 "춘정서실"로 갔다. 막상 서실에 올라가니, 서실의 규모가 너무 컸다. 원래 아파트이던 건물을 헐어서 서실을 꾸몄다고 하였다.

춘정의 조상께서 쓰신 예(禮)에 대하여 손수 붓으로 쓴 책을 보고 이야기를 나누다가 춘정과 함께 차를 타고 여행길에 나섰다. 처음으로 간 곳은 석굴암이다. 토함산(吐含山)의 7부 능선쯤에 남쪽을 향하여 세워진 석굴암(石窟庵)은 정말로 장관이다. 신라의 김대성이라는 사람이 전생의 부모를 위해 창건하였다고 한다. 이곳에서 남쪽을 바라보면 끝없는 바다로 이어져 있는데, 이곳에서의 일출(日出)은 누구나 한 번쯤 보고 싶은 장관(壯觀)이었다. 밑으로 조금 내려오면 불국사(佛國寺)가 있다. 안으로 들어서니, 다보탑과 석가탑이 나란히 서 있다. 이곳도 신라의 김대성이 생전의 부모님을 위하여 창건하였다고 한다.

춘정과 함께 저녁식사를 하고, 우리는 날이 어두워지기 전에 토비스콘드에 찾아가야 한다고 생각하고 빨리 출발하였다. 그런데 가는 도중에 날은 어두워서 어디에 콘도가 있는지를 분간할 수가 없었다. 그래서 신호등에 걸려 서 있는 옆의 차 주인에게 길을 물었더니, 자기도 마침 외동읍에 가는 중이니까 자기 차를 따라오라고 했다. 그래서 그 차의 뒤를 따라가는데, 어느 지점에서 차를 세우더니, 앞차의 주인이 차에서 내려 우리에게 다가와 토비스콘도가 옆에 있는 것을 알려주고 갔다. 참으로 고마운 사람이었다. 요즘도 이렇게 고마운 사람이 있구나! 생각하고, 우리는 토비스콘도 408호실을 배정받아 들어갔다.

아침에 일어나 콘도에서 아침을 지어먹고 감포(甘浦)로 향하여 갔다. 삼국통일을 완성한 문무왕이 불력(佛力)으로 나라를 지키려고 짓기 시작하여, 그 아들 신문왕 때 완성한 절이 감은사(感恩

寺)에 왔다. 이제는 절은 훼손되어 없어졌고 집터만 남아있는 것을 관람하였다. 이 절의 기단에는 태극문양이 새겨져 있는데, 이 태극문양은 현존하는 태극문양으로는 세계에서 가장 오래된 것이라 한다. 내가 전에 태극기론을 쓸 때에, 이 태극문양이 세계에서 가장 오래된 태극문양이라고 썼기에, 직접 이곳을 방문하여 이 태극문양을 보고 싶었던 것이니, 오늘 그 숙원이 이루어진 것이다. 감은사지에는 현재 국보 제112호인 감은사지 3층 석탑이 서 있었다. 바다 쪽으로 조금 내려가니, 이견대(利見臺)가 있었다. 문무 왕릉을 바라보고 있는 이 정자는 원래 훼손되어 없던 것을 역사서를 고증하여 근래에 세웠다고 전한다. 이견(利見)이라는 말은 원래 주역의 건괘에서 나오는, "구이(九二)는 현룡재전(見龍在田)하니, 이견대인(利見大人)이니라."라는 말에서 따온 용어이다.

이곳에서 바다를 보면 대왕암(大王巖)이 보이는데, 이는 "내가 죽으면 화장하여 동해에 장사(葬事)하라. 그리하면 동해의 호국룡이 되어 신라를 보존하리라."고 하는 문무왕의 유언에 따라 유골을 감포 앞바다 바위(대왕암)에 뿌리고 십자형 수로(水路)와 화강암 판석 등의 인공장치를 만들어둔 곳이라고 한다.

우리는 다시 경주 시내로 돌아와, 춘정 형을 만나 안압지를 관람하였다. 이곳은 외국의 손님을 맞이하여 연회를 열던 곳이라 한다. 안압지 주위에는 연꽃을 심어놓았는데, 그 넓이가 엄청 넓었다. 지금 한창 꽃이 피어 있어서 장관을 이루고 있었다. 관람객

들은 사진을 찍기에 여념이 없었다. 이곳을 떠나 첨성대에 와서 관람을 하였다. 이 첨성대의 모형은 세계에서 그 모형을 찾아볼 수 없는 독특한 것이나, 이곳에서 어떻게 천문(天文)을 관찰하였는지는 잘 이해가 가지 않았다. 첨성대의 안에는 그냥 빈 공간으로 되어 있고, 그 안에서 천문을 볼 수 있는 장치는 전혀 없는 건축물이었다. 그러나 이 첨성대는 신라 선덕여왕 때 세워졌다고 하니, 지금까지 1370여 년의 세월을 버티고 서 있다는 것이 그저 경이로울 뿐이다.

신라의 왕실에서 제사를 지내던 곳이라는 포석정(鮑石亭)에 도착하였다. 이곳은 유상곡수(流觴曲水)의 모형만 남아 있는 곳이다. 유상곡수(流觴曲水)는 왕희지가 쓴 "난정서"에 나오는 말로 전국의 명사들이 모여 시를 읊고 노래를 부르며 놀면서 흐르는 물에 술잔을 띄우고, 그 잔이 아래로 떠내려가서 떠있으면, 손으로 잡아 올려 술을 마시는 일종의 유희(遊戲)이다.

포석정(鮑石亭)의 지(址)에는 정자와 다른 건물들은 모두 없어지고, 오직 유상곡수(流觴曲水)한 흔적만 남아 있는 곳이다. 비교적 남아 있는 모형이 양호한 편이나, 제사지내는 곳과 유상곡수(流觴曲水)는 잘 매치가 안 되었다.

필자는 원래 유람을 좋아하여 중국을 8번이나 다녀봤는데, 그렇게 다닐 때마다 우리나라의 고적(古蹟)인 경주를 관람하지 못한 것이 못내 아쉬웠었다. 그래서 이번에 큰맘을 먹고 아내와 같이 경주를 유람한 것이다. 우리나라의 유명한 유적지도 제대로 관람하지 못한 자가 외국을 다니려니 마음에 부담이 되었다.

그러나 이제는 경주를 관람하였으니, 그러한 부담은 덜게 되었다. 끝까지 우리의 안내를 맡아준 춘정 형께 감사를 드린다.

경주의 포석정

버섯

옛날 중국의 진(秦)나라 시황제는 이 세상에서 죽지 않고 오래 오래 살려고 삼신산에 가서 불로초를 캐어오라고 동남동녀를 삼 신산으로 보냈다고 한다. 그러나 이들은 불로초를 구하지도 못했 을 뿐만 아니라, 한 사람도 돌아온 사람이 없었다고 한다. 왜냐면 만약 불로초를 구했다면 자신이 그것을 먹고 죽지 않으려 했을 것이고, 만일 구하지 못하고 돌아갔다면 그 죄를 물어 엄벌에 처 할 것이니, 누가 진시황 앞으로 돌아가려 했겠는가!

우리의 민화에 나오는 십장생도(十長生圖)가 있다. "해, 달, 산, 물, 구름, 돌, 소나무, 거북, 사슴, 학, 대나무, 영지(靈芝)" 등을 그린 민화이다. 이 그림은 조선조에 임금이 신년을 맞아 신하들 에게 선물로 하사했다는 기록이 있다. 여기에 나오는 영지(靈芝)

는 상수리나무가 썩은 뿌리에서 나오는 일종의 버섯이다. 이 영지를 먹으면 불로장생한다 하여 예부터 이 그림을 많이 그린 것을 볼 수가 있다. 우리나라는 추사선생이 이 그림을 많이 그린 것으로 안다.

버섯에는 독이 없는 식용 버섯과 독이 있는 독버섯으로 나눈다. 필자가 어렸을 적에는 가정형편은 어렵고 돈을 벌 수 있는 산업은 부족했으므로, 노동력은 있으나 변변하게 일할 수 있는 일터는 없어서 자연히 돈을 벌어 쓸 수도 없었다. 시골의 위생환경도 엉망이어서 파리와 모기가 극성을 부려도, 모기약을 사다가 뿌린다는 것은 엄두도 못 내었고, 그저 모깃불을 피워 모기를 쫓았던 기억이 생생하다.

필자가 살던 부여군 내산면 삼바실에는 둥구재라는 곳이 있다. 그곳에 가면 파리버섯이 예쁘게 돋아났다. 우리 집은 늘 이 버섯을 따다가 밥과 함께 짓이겨서 여기저기에 늘어놓으면 파리들이 이것을 빨아먹고 모두 죽었다. 그래서 이 파리버섯이 유일한 파리약이었으니, 이는 아마도 독버섯이었을 것이다.

반면에 여름의 장마가 끝나고 나면 울창한 산의 음지에는 가지가지의 버섯들이 나오는데, 사람이 먹을 수 있는 버섯은 몇 종류에 불과하였다. 즉 싸리버섯, 능이버섯, 송이버섯, 오이버섯, 밤나무 버섯, 느타리버섯, 갓 버섯, 참나무 버섯 등이 있으니, 이를 따다 먹었다. 이 중에서 제일로 재미있게 따는 버섯은 싸리버섯이다. 이는 줄을 지어 나기 때문에, 하나를 발견하면 그 줄을 따

라가며 따면 많은 버섯을 따게 된다. 그런데 버섯이라는 것이 독
버섯이 많아서 자칫 잘못하여 독버섯을 먹으면 금방 불귀(不歸)
의 객이 되고 만다. 그렇다고 독이 있는 버섯과 독이 없는 버섯을
명확하게 구별하는 방법은 없다. 어떤 사람은 버섯에 결이 있으
면 독이 없다고 말하나, 나는 그 말을 믿고 결이 있는 버섯이라
해서 마음 놓고 먹지는 못한다.

　요즘은 긴 여름 장마가 내리는 중인지라, 등산을 가면 많은 버
섯을 볼 수가 있다. 어떤 아줌마들은 버섯을 따느라 야단이고, 그
것도 남보다 먼저 산에 올라가서 간밤에 나온 버섯을 따가지고
와서 먹는다고 한다. 이렇게 하는 사람이 많다 보니 버섯을 잘 알
지 못하는 사람들도 덩달아 버섯을 따가지고 내려오면서 이 버섯
이 먹을 수 있는 버섯이냐고 물어본다. 그래서 그것을 살펴보면
무슨 버섯인지 잘 알지도 못하는 버섯을 따가지고 오면서 하는
말, "우리 마을에 버섯 집이 있는데, 그 집에 이 버섯을 갖다 주고
살펴보아서 먹을 수 있는 버섯이면 음식을 만들어 팔게 하려고
한다."고 하는 소리를 보고, 그러지 말고 버리라고 하였다. 그러
나 그 사람은 기어코 가지고 가서 버섯 집에 주었다고 하니, 나는
앞으로 그 버섯 집에는 가지 않으련다.

　버섯이라는 것이 원래는 나무나 풀이 썩으면, 그 속에서 썩은
기운의 정수가 모여 지표(地表)에 솟아나오는 종균식물이다. 그
러므로 비교적 사람에게 이익을 주는 나무의 버섯은 사람이 먹으
면 몸에 보양이 된다. 즉 소나무에서 나는 송이버섯과 참나무에

서 나는 영지(靈芝) 등은 최상의 버섯이다. 그리고 뽕나무에서 나는 상황(桑黃)버섯은 암도 고친다고 하지 않는가! 밤나무 버섯도 그렇고 느티나무에서 나는 느타리버섯도 모두 좋은 버섯인데, 이들 나무들은 모두 사람들에게 열매도 제공하고 나물도 제공하는 좋은 나무들이 아닌가! 죽어서 썩어 없어지면서까지 살아 있는 생명을 위해 영양을 공급하여주고, 그리고 거름으로 화하여 살아 있는 생물에 양분을 제공하는 자연의 법칙에 찬사를 보내야 한다. 이것이 즉 생명의 순환이다. 살아 있는 이 세상을 위해 최선을 다하고 있지 않은가! 사람도 이를 본받아야 한다.

영지 버섯

자전거

20달러 안팎이던 유가(油價)가 어느새 150달러를 오락가락하더니, 오늘은 뚝 떨어져서 121달러를 한단다. 우리나라는 석유가 생산되지 않아서, 유가가 오르면 산업에 커다란 지장을 받는다. 그런데 어째서인지 우리나라의 현재 모습은 유가는 올라도 전기의 사용은 날마다 신기록을 세우고 있다. 필자는 수입이 많지 않기 때문에 그런지는 몰라도, 자동차는 항상 주차장에 세워놓고 걸어서 전철역에 가서 전철을 타고 출퇴근을 한다. 한마디로 말해서 자동차 타기가 겁이 난다. 휘발유 값은 1L에 1,880원 정도 하니, 작년보다 배는 오른 셈이다. 그러니 기름 넣기가 겁이 나지 않겠는가!

그런데 자전거는 기름으로 가는 차가 아니고 페달을 밟아 달리는 기구이다. 이 자전거는 이동을 빠르고 쉽게 해주는 데 반하여,

그것을 타는 사람은 전신운동이 되므로, 일석이조(一石二鳥)의 효과가 있는 아주 유익한 기구이다. 그리고 자전거는 시속 20km 정도 달리므로 바람을 맞으며 달리게 된다.

봄과 여름의 바람은 사람에게 매우 유익하다. 왜냐면 따뜻한 바람이므로 인체에 전혀 해를 끼치지 않고 오히려 더위를 식혀주는 유익한 바람이 된다. 그 바람은 인체의 속에까지 파고들어 체내에 있는 노폐물을 밖으로 배출시키는 역할을 한다. 그러므로 피부는 윤기를 찾고 심폐의 활량은 좋아진다. 그러나 가을과 겨울의 바람은 찬바람이므로 인체에 들어오면 몸을 상하게 한다. 찬바람으로 피부가 상하는 것을 상한증(傷寒症)이라고 하는데, 이것이 우리가 말하는 감기이다. 그러므로 가을과 겨울에는 두툼한 옷을 입어서 바람이 침범하지 못하도록 해야 한다.

동남아의 월남이나 중국에 가면, 자전거로 출퇴근을 하는 사람이 줄을 잇는다. 출퇴근 시간이 되면, 자전거 물결은 정말 장관이다. 남녀노소 할 것 없이 모두 자전거로 이동을 한다. 그러므로 중국 사람이나 베트남 사람들은 뚱뚱한 사람을 보기가 힘들다. 모두 검게 탄 피부에 반질반질한 탄력을 가진 건강한 피부들을 가지고 있다. 반면 우리나라는 대부분 자동차를 이용하기 때문에 운동을 따로 해야만 건강한 체구를 유지시킬 수가 있다. 그러므로 중년여성들을 보면, 거의가 뚱뚱한 체구에 뒤뚱뒤뚱하고 다니니, 보기에도 좋지가 않다. 이는 생활수준이 올라 잘 먹고 사는 반면, 노동이나 운동을 하지 않아 먹는 것이 모두 살이 된 덕분이다.

필자는 어느 날 자전거를 한 대 주워왔다. 누가 개천에 내동댕이친 것을 가져다 자전거포에서 38,000원을 주고 수리를 해서 집 앞에 세워놓았는데, 이따금 자전거를 이용하여 운동도 하고 주말 농장에도 가고 그리고 시장에도 간다.

요즘 자가용을 가지고 어디를 가면 기름값 때문에 다들 신경을 곤두세운다. 그러나 자전거는 이러한 걱정을 전혀 할 필요가 없다. 기름 한 방울 넣지 않아도 잘만 굴러가고 힘차게 페달을 밟아야 하므로 전신운동에도 아주 좋다. 그래서 그런지는 몰라도 야간에 중랑천 가에 나가 운동을 하노라면 자전거를 타고 운동을 하는 사람들이 많다. 어떤 사람은 온 가족이 자전거 하나씩을 타고 운동을 한다. 어린아이들이 부모를 따라 운동하는 모습은 정겹기 그지없다.

우리나라도 이제는 기름을 아껴야 발전할 수가 있다. 외국에 수출을 하여 번 돈을 기름을 사오는데 다 사용해 버리니, 남는 돈이 없다. 그러므로 가능하면 기름을 사용하지 않는 기구를 만들어 사용해야 한다. 자전거처럼.

새벽 등산

어느 신문보도를 보니, 어느 에베레스트산 등정대의 한국인 대원 3명은 조난을 당하여 사망했다고 하는가 하면, 어느 여성 산악인은 해발 8,000m 이상의 산을 8개나 올랐다고 찬사를 아끼지 않는 보도를 읽었다. 등산이라는 것이 이렇게 생사를 가르고 명예를 올리는 스포츠 중의 하나인가!

필자가 사는 의정부에는 "산악인 엄홍길 기념관"이 있다. 나는 전문 등산인이 아니기 때문에 엄홍길이 어느 산을 등정하여 그렇게 유명인사가 되었는지를 모른다. 어느 날 도봉산 망월사를 오르려고 보니, 전철역사 옆에 엄홍길 기념관이 있는 것을 보았다.

필자가 사는 의정부는 등산하기에는 아주 좋은 도시이다. 앞에는 도봉산이 떡 버티고 있고, 뒤에는 수락산이 엄호하고 있어서 마음만 먹으면 차를 타지 않고 걸어서 등산을 할 수가 있다. 필자는 1998년에 의정부에 이사를 왔다. 그 당시는 미군부대가 의정부에 많아서 사람들은 좋지 않게 생각하였지만, 나는 그런 것은 생각하지 않고 그저 지하철 1호선이 닿는 곳이어야 했으므로 이곳으로 이사를 온 것이다.

이사를 와서 처음으로 뒷산인 수락산에 올라가는데, 동막골 주민들이 산에서 내려오는 맑은 시냇물에 빨래를 하고 있었다. 그래서 생각하기를, "아직도 시냇물에 빨래를 하는 곳이 있구나. 정말 이곳은 서울의 외곽에 있는 도시이지만 청정수가 흐르고 그곳에서 빨래를 하니, 참으로 좋은 마을이다." 하였다.

이때부터 새벽이 되면 수락산에 올라 약수를 마시고 운동을 하고 돌아와서 출근을 하였는데, 지금도 여전히 새벽 등산을 한다. 어느 누구는 아침에는 기압이 내려와 지면에 깔리므로, 위생상 좋지 않다고 하는데, 그러나 나는 그런 말에 개의치 않고 매일 새벽에 일어나 등산을 한다. 왜냐면 요즘 의사들이 방송에 출연하여 하는 소리를 다 지키려고 하면 걸리는 것이 너무 많아서 살 수가 없는 세상이 되었다.

전에 어느 학자가, "고사리를 먹으면 정력이 감퇴한다."고 말해서 많은 사람들이 고사리를 먹지 않아 고사리 장사들이 큰 피해를 본 일이 있다. 그러나 지금은 언제 그런 말을 했냐는 듯 고사리를 잘도 먹는다. 이와 매일반으로 새벽공기가 조금 나쁘다고 해서 운동을 안 하면 오히려 더 손해가 오지 않겠나 생각한다.

그래서 나는 새벽이 되면 어김없이 일어나 새벽 운동을 한다.

새벽에 수락산 약수터에 오르면 땀으로 범벅이 된다. 아무리 추운 겨울이라도 일단 이곳까지 오르면 땀이 나서 내복을 다 적신다. 그러므로 나는 새벽 등산을 좋아한다.

그리고 한 달에 한 번쯤은 높은 산에 오른다. "서예인 산악회"에 가기도 하고, "도깨비 산악회"에 가기도 한다. 요즘은 사단법인 대한은빛문화재단에서 한 달에 한 번씩 높은 산을 등반하므로, 그곳에 합류하여 등반을 한다.

나이가 들어 어언 이순(耳順)이 되고 보니, 건강에 신경이 간다. 요즘은 목에 병이 생겨서 밤에 잘 때는 고생을 좀 하는데, 이러한 아픈 증세가 있으니, 자연히 운동을 더 많이 하게 된다. 장수(長壽)의 욕심은 없으나, 만년에 병은 없어야 하지 않겠는가! 그리고 필자는 아직 할 일이 남아 있어서 하던 일을 마무리해야 한다.

그리고 등산은 돈이 가장 적게 드는 스포츠이다. 자기가 먹을 점심을 배낭에 넣고 물 한 병을 넣고 산에 오르면 된다. 전에는 국립공원의 산은 입장료를 받았으나, 이제는 그도 받지 않으니 얼마나 좋은가! 어떤 이는 더운 물을 보온병에 넣고 컵라면을 가지고 와서 물을 넣어 먹기도 한다.

산에 올라 땀을 빼고 먹는 라면 맛도 천하의 일품이다. 어떤 이는 술을 한 병 넣어가지고 와서 먹는 이도 있고, 정말 가지각색의 사람들이 등산을 즐긴다.

정년퇴임한 사람들이 가장 많이 즐기는 곳이 등산이다. 물론 퇴임을 했어도 돈을 많이 버는 사람도 있을 것이나, 연금을 받지 못하는 사람들은 거의 어렵게 가정경제를 이끌어간다고 보아야 한다. 이러한 사람들을 무한히 받아주는 곳이 즉 산이다. 산은 이렇게 모두를 품어주는 어머니다. 누가 어머니의 품을 싫어하겠는가!

더위와 추위

우리나라는 4계절이 뚜렷하고 24절기가 정확한 정말 좋은 나라이다. 그런데 봄의 따뜻함과 가을의 서늘함은 온도의 차이가 근소하여 사람이 살기에 아주 좋은 계절이다. 반면에 여름의 무더위와 겨울의 강추위는 무려 60도가 넘는 차이를 보인다. 이는 변화가 어마어마하게 큰 것이다. 사람이 이러한 변화를 갑작스레 겪게 되면 우리의 몸은 견뎌내지 못하여 병에 걸리고 만다. 그러므로 날씨의 변화는 1년을 통하여 서서히 추워지고 서서히 더워지는 것이다.

오늘 서울의 날씨는 맑고 온도는 섭씨 33℃이다. 밖에 나가 길을 거닐면 더운 불덩이가 사람에게 달려드는 것처럼 무덥다. 요즘은 에어컨을 켜기 때문에 모든 건물에서 실내의 더운 공기를 밖으로 배출하므로 밖의 거리는 더욱 덥다.

재작년의 일이다. 필자가 중국 섬서성 미술관장의 초청으로 "전규호 서법초대전"을 열고, 4박 5일간 서안(西安)의 유적지를 유람하였는데, 날씨가 너무너무 무더웠었다. 진시황의 병마용과 양귀비와 현종의 궁전, 여산(廬山) 화청궁을 구경할 때는 온도가 39도라고 중국의 방송국에서 말했다. 이 얼마나 더운 날씨인가! 그런데 중국의 노동법에는 온도가 40도를 넘으면 모든 산업체는 가동을 중단하고 노동자를 쉬게 해야 한다는 것이다. 그래서 중국의 방송국에서는 아무리 40도가 넘는 날씨일지라도 방송의 발표는 언제나 39도라고 한다는 안내자의 말을 듣고, 속으로 웃은 기억이 난다.

지금은 여름이 되면 방학을 하지만, 옛날 조선시대에는 학생들이 공부를 하다가 여름의 무더운 날씨가 되면, 자신들이 배우던 책을 덮어놓고, 시냇가에 가서 시냇물에 발을 담그거나 정자나무 그늘 아래에서 풍월(風月)을 읊었다고 한다. 즉 한시(漢詩)를 배우기 위해 시집을 읽거나 시를 지으며 여름을 지냈다고 한다. 매미가 여름이 되면 나무그늘에서 계속 노래만 부르며 사는데, 옛 선비들은 꼭 이와 같이 여름을 지냈다고 해야 할듯싶다. 이 얼마나 멋진 생활인가.

그러나 무더위가 꼭 나쁜 것만은 아니다. 농작물은 거의가 봄에 싹을 틔워 여름을 거쳐 가을에 결실을 하는데, 여름에 일조량이 적으면 결실이 부실하여 흉년이 든다. 즉 여름에 사람들은 덥다고 부채를 부치고 에어컨을 켜고 야단법석이지만, 농작물은 그 무더운 날씨를 즐긴다고 봐야 한다. 왜냐면 이러한 무더위가 결실을 하는데 아주 유익한 것이니까. 농작물 뿐만이 아니고 산야의 초목들도 무더운 여름이 되면 모두 짙푸른 잎을 펄럭이며 햇빛을 열심히 빨아들인다. 그래서 그런지는 몰라도 8월의 나뭇잎은 유난히 반짝거린다. 사람으로 치면 이팔청춘이라고나 할까.

반면 겨울의 강추위는 삼라만상을 모두 죽음으로 내몬다. 산천이 얼고 우주가 얼어붙었으니, 그곳에서 무엇이 살 수가 있겠는가. 이러한 때에는 짐승들은 모두 굴 속으로 들어가고, 나무들은 모든 영양을 뿌리로 내려 보내어 겨울이 지나기만을 기다리는 것이다. 사람들도 매한가지로 문에 문풍지를 바르고 온돌에 불을 때고 방으로 들어가 봄이 되기만을 기다리는 것이다. 그러나 이런 겨울이 꼭 나쁜 것만은 아니다. 우주 순환의 법칙에 의하여 묶은 것은 모두 죽이고 새봄에는 새 생명을 낳으려고 이렇게 추운 겨울이 존재하는 것이다. 그리고 또 이러한 강추위는 가을에 까놓은 벌레의 알들을 모두 죽임으로 말미암아 새해의 농사에 풍년을 기약하게 되는 것이다. 만약 겨울이 춥지 않으면 벌레의 유충들이 죽지 않아 새해에 벌레가 극성을 부리는 것이다.

그러므로 풍년과 흉년은 하늘에서 내려준다고 믿었던 것이다. 하늘을 공경하고 사는 사람이 되어야 한다.

중랑천 물고기

중랑천은 의정부에서 발원하여 도봉구와 노원구를 거쳐 중랑구를 뚫고 흘러서 청계천과 합류하여 한강으로 빠져나간다.

이 내(川)는 작은 샛강으로 의정부, 도봉구, 노원구, 중랑구 시민들의 휴식공간이고 놀이공원이며 운동을 하는 아주 훌륭한 공간이다.

왜냐면 내(川)의 양쪽 가에 자전거를 타는 길과 사람이 다니는 길을 분류하여 건설하였으므로, 시민들이 마음 놓고 걷기를 할 수가 있고, 또 자전거를 탈 수가 있기 때문이다.

특히 의정부의 냇가는 전에는 자동차가 다니는 길이었는데, 2007년부터 자동차 길을 폐쇄하고, 오직 사람과 자전거만 다닐 수 있도록 하여, 시민을 위한 거리로 만들어서 공원화 하였다.

요즘은 장마가 지나간 지 얼마 안 되어서, 내에 물이 많이 흐른다. 물속에는 많은 고기들이 유영을 하며 사는데, 이따금 강태공들이 이곳에서 낚시질을 하는 것을 볼 수가 있다. 필자는 언제나 바쁘게 살아왔기에 낚시를 한 경험은 어릴 때와 군 생활을 할 때뿐이었다.

그런데 이곳 중랑천에는 커다란 잉어들이 많이 산다. 아침에 천변을 산책하노라면 잉어들이 유영을 하며 노는 모습을 볼 수가 있는데, 이들은 반드시 2마리 이상이 떼를 지어서 유영하면서 뛰어오르기도 한다.

이럴 때는 물을 차면서 유희를 하기 때문에 평온하게 흐르는 내는 금방 큰 파문을 일으킨다.

이러한 현상을 《시경(詩經)》 대아(大雅) 한록(旱麓)에서는 "솔개 날아 하늘에 이르고 물고기 못 속에서 뛰논다.(鳶飛戾天 魚躍于淵)"고 했다.

필자가 어렸을 때에는 "물고기는 잡아먹는다."라는 생각뿐이었으므로, 내에 물고기가 많이 있으면 물을 품어서 잡기도 하고, 또는 야간에 횃불을 켜고 물이 흐르는 방향으로 내려가며, 물고기가 나오면 톱날로 쳐서 고기를 잡기도 하였다. 이는 물론 매운탕을 해먹기 위한 고기잡이였다. 이때는 가난하게 살던 때였으므로 고기를 먹기가 매우 어려웠다.

그래서 그 대용으로 내에서 물고기를 잡아 노년의 부모님을 봉양하는 하나의 수단으로 활용하곤 하였다.

이러한 현상은 진(晋)나라 왕상(王祥)[19]의 고사에서 잘 나타난다. "겨울철에 그 계모에게 이어(鯉魚)를 잡아 봉양하려고 해서 강에 나갔는데, 얼음이 스스로 갈라지며 잉어가 나왔다."고 하는 유명한 효자 이야기가 있다.

그런데 중랑천의 물고기들은 사람들의 사냥감이 되는 염려는 안 해도 된다. 주민들이 생각하기를, 이곳에 사는 고기들은 청정수가 아닌 곳에서 살기 때문에 반드시 오염되었을 것이므로, 이곳의 고기를 잡아먹으려고 하지 않기 때문이다. 그래서 낚시꾼들도 고기를 낚는 손맛만 볼뿐 잡았다가 곧 놓아준다. 이러므로 이곳 중랑천은 고기들의 천국이 된 지 이미 오래이다.

이따금 백로와 청둥오리 등의 새들이 중랑천을 오가며 고기를 잡아먹는 광경을 목도할 수는 있다. 이렇기에 새들의 천국이기도 하다. 왜냐면 사람들이 물고기를 잡아먹지 않으므로, 그 많은 물고기들이 모두 새들의 식량자원이 되기 때문이다.

앞으로 의정부시에서는 이곳 중랑천을 서울의 청계천처럼 깨끗하고 맑은 물이 흐르는 내로 만든다는 것이다. 이렇게 되면 한층

---

19) 왕상(王祥) : 중국 24효(孝) 중의 한 사람으로, 자는 휴징(休徵), 시호는 원(元), 임기(臨沂) 사람. 자기에게 잔인하게 대하는 계모를 지극한 효성으로 봉양했다. 계모는 산 물고기 먹기를 좋아했다. 한번은 겨울에 계모에게 잉어를 대접하기 위해 강에 내려가 얼음을 깨려고 하자, 얼음이 절로 벌어져 한 쌍의 잉어가 뛰어 나왔다는 것이다. 그 밖에도 몇 가지 일화가 있다. 시에 나오는 당리(棠梨) 운운한 것은 그의 계모가 팥배나무의 열매를 지키라고 하여, 그는 비바람이 칠 때마다 그 나무를 부둥켜안고 울었다는 것이다.

더 좋은 내가 될 듯싶다. 서울의 청계천은 시내의 폭이 좁아 백로 등 새들은 찾아오지 않는다. 설사 찾아온다고 해도 양옆으로 많은 사람들이 돌아다니기 때문에 새들이 접근하기가 어렵다. 반면에 이곳 중랑천은 내의 폭이 넓어서 양옆의 도로에 사람들이 돌아다녀도 새들은 유유히 고기를 잡아먹을 수 있다. 그만큼 시내의 폭이 넓어 백로 등 새들이 안전하다고 생각하므로 가능한 것이다. 즉 사람과 물고기와 새들이 함께 어울려 사는 중랑천이 된 것이니, 이 아니 좋은 곳인가.

이러한 곳을 상생의 개천, 생명이 살아 숨 쉬는 낙원이라고 하는 것이다. 그 옆에서 사는 사람들도 행복한 사람들이다. 매일 천국과 같은 이러한 경광을 보고 사니까!

자리(位)

　자리(位)라는 것은 직위(職位)를 말한다. 이 세상에 많은 사람이 살고 있으니, 모든 사람의 자리가 똑같을 수는 없다. 위에 앉은 사람이 있고, 아래에 앉은 사람이 있다. 그러므로 《주역(周易)》에서는 "하늘은 높고 땅은 낮으니 건곤(乾坤)이 정해졌고, 낮고 높게 포진되어 있으니, 상하(上下)가 자리한다.(天尊地卑 乾坤定矣 卑高以陳 上下位矣)"고 하였다. 이와 같이 평등한 세상이라 하지만, 그 속에서도 엄연히 상하와 존비(尊卑)는 존재하는 것이다.

　그러므로 사람들은 모두 높은 자리, 귀한 자리에 앉으려고 노력한다. 조선시대 선비들이 모두 과거시험에 목을 맨 것도 다 이렇게 높은 자리에 앉아 잘 살려는 욕망이 있었기 때문이다. 이러한 현상은 요즘이라고 해서 없는 것은 아니다. 서울대에 다니는 수재들이 거의가 사법고시나 행정고시에 합격하려고 노력하는 것

도, 모두 존귀한 자리에 앉아 존귀한 사람이 되려는 욕망 때문이
다. 그래도 현세는 옛날보다 달리 존귀한 자리가 많이 생겼다. 직
장도 많아지고 자리도 많아졌으니, 옛날처럼 과거시험에 목을 맬
필요는 없어졌으나, 그래도 권력을 쥔다가나 돈을 많이 벌 수 있
는 자리는 서로 앉으려고 아귀다툼을 벌인다.

그렇다면 필자와 같이 글을 쓰고 번역을 하고 서예예술을 구사
하는 사람의 자리는 어디에 있는가! 항간에서는 "서예가, 번역가,
문인" 등으로 부른다. 꽤 듣기 좋은 호칭이다. 필자가 이런 호칭
을 듣기까지는 꽤 오랜 세월이 흘렀다. 남들은 놀러 다닐 때 나는
연마를 하였고, 남들은 골프나 낚시를 할 때 나는 책을 읽었다.
필자는 지금껏 골프 한번 치지 못했고, 낚시 한번 가지를 못했다.
늘 시간에 허덕이며 앞날의 발전을 위해 노력했다.

노력한 만큼 대접을 받는 사회는 아름다운 사회다. 그러나 현실
은 그렇지가 못하다. 현대는 문화와 예술의 시대라고 한다. 한 사
람의 예술가나 문학가가 한 나라를 대표하기도 하고, 수입 면에
서도 대기업을 능가하기도 한다. 일례로 영국에서는, "셰익스피
어를 인도와 바꾸지 않겠다."고 했다지 않은가. 그러나 우리나라
는 문학가나 예술가에 대한 체계적인 지원이 이루어지지 않고 있
다. 이는 왜인가! 첫째로 정치가 안정되지 않아서이다.

일전에 보건복지부에 근무하는 둘째 아들이 한국의 학생들을
이끌고 프랑스에 가서 청소년교류사업을 벌인 일이 있었다. 그런
데 그 나라는 공항에서 나오는 길가의 풀을 베거나 정리하지 않

고 자연 그대로 방치하고 있음을 보고, "왜 풀을 베지 않고 방치
하느냐"고 물으니, 대답하기를, "그 풀 속에는 곤충과 새들이 살
아야 하는데, 그것을 베면 되느냐"고 하더란다. 이렇게 프랑스는
남을 위한 배려가 금수(禽獸)에까지 이르는 나라더라고 하는 말
을 들었을 때, 필자는 큰 감명을 받았다.

　　조선시대에는 임금이 신하를 중책에 제수하면, 그 신하는 그 자
리를 덥석 받아들이지를 않고 일단 그 자리를 사양하는 상소를
올렸다. 이유인즉 자신이 그 자리에 앉을만한 사람이 못되니, 딴
사람을 제수하라고 하면서 일단 몸을 낮추는 겸양의 자세를 취하
였다고 한다. 이렇게 사양하는 상소를 세 번 정도를 올려도 왕이
계속 그 자리에 앉으라고 제수를 하면 마지못해 그 자리에 앉는
것이 신하가 취할 예의였다고 한다. 필자의 16대조 송정(松亭) 전
팽령(全彭齡) 선생께서도 말년에 강원도 관찰사와 예조참판에 제
수되었는데, 이를 각각 3번에 거쳐 끝까지 사양하였다고 하며, 그
사양하는 상소문이 문집에 기록되어 있는 것을 볼 때에, 요즘의
관료들과는 상당한 차이를 보인다.

　　요즘 전 정부(대통령 노무현)에서 임명한 한국방송공사(KBS)
사장 정모 씨가 아무리 자신의 임기가 남아있다고 하지만, 국민
의 수신료를 받아 운영하는 KBS를 방만하게 운영하여 많은 적자
를 내어 결국에는 국민의 세금으로 그 적자를 메우게 하였고, 그
리고 직원들에게는 너무 후하게 대접하여 일반 국민들의 월급보
다 너무 많이 차이가 나게 하여, 월급의 다과(多寡)로 인한 괴리

(乖離)적 현상을 만들고, 그리고 공정보도보다는 편파방송으로 흐르게 하는 등 해괴하게 운영한 자가, 차기 정부가 들어섰는데도 물러나지 않고 계속 그 자리에 연연하는 모습을 볼 때, 저자가 과연 국가에 막중한 영향력을 끼치는 KBS의 사장으로 적합한지 의문이 들었다. 이렇게 자기의 자리에 연연하는 자를 맹자는 소인(小人)이라고 하지 않았던가.

사람은 명예를 가장 중요하게 여기는 것이다. 아무리 나에게 이익이 온다고 해도 나의 명예가 훼손되는 자리에 앉아서는 안 된다. 대체적으로 대인군자(大人君子)는 소리(小利)를 초개처럼 여긴 반면, 하우불이(下愚不移)들은 돼지처럼 자기의 이익을 위해서는 자신의 성(姓)도 팔아먹을 정도로 저돌적으로 덤비는 것이니, 차이가 많이 난다.

그러므로 올바른 선비는 아무리 자신에게 큰 이익이 오더라도 의(義)가 아닌 자리에는 앉지 않았다. 이러한 선비를 많이 길러야 나라의 장래가 밝은 것이고, 살만한 세상이 되는 것이다.

건초(乾草)와 광우병

동물 중에는 초식(草食)동물과 육식(肉食)동물이 있고, 그리고 잡식(雜食)동물이 있다. 초식동물은 대체적으로 착한 성품의 동물이고, 육식동물은 포악하고 무서운 동물이다. 잡식동물은 돼지 같은 동물을 말하니, 대체적으로 욕심이 많다.

그중에서 소와 말은 사람과 가장 밀접한 관계를 유지하며 살아왔다. 대체적으로 말해서 소는 성품이 온순하고 힘이 세어 사람이 부려먹기가 매우 좋은 동물이다. 옛날부터 소와 말로 밭을 갈고 우마차(牛馬車)를 이용하여 물건을 운반하였다. 그렇기에 소는 사람들에게 매우 좋은 대접을 받았으니, 매일 끓여서 대접하는 소죽을 먹었고, 또한 깔(꼴)을 베어다가 소 우리에 넣어주면 소는 앉아서 이를 먹었다. 그리고 가을이 되면 건초를 만들어두었다가 이를 작두로 썰어 소죽을 만들어 겨울을 나게 하였다.

필자는 도회지에 살면서 등산을 자주하는데, 가는 길옆에 많은 풀들이 쑥쑥 자라서 숲을 이루고 있는 모습을 볼 때는 항상 이 풀들을 베어다가 소 등 가축에게 먹이면 얼마나 좋을까를 생각한다. 중랑천을 걸을 때도 그 넓은 천변에 많은 풀들이 쑥쑥 자라 있음을 볼 때는, 이 풀들을 가축에게 먹이지 못함을 항상 안타깝게 여기곤 한다. 우리나라에 있는 사료회사들은 도대체 어디에서 사료의 원료를 구하는지 모르겠다. 이렇게 삼천리 방방곡곡에 널려있는 풀들은 방치해두고 어디에서 원료를 구하여 사료를 만드는가!

요즘은 옛날과 달라 전국에 있는 한우 사육농가들은 깔(꼴)을 베어다 먹여 소를 키우는 사람은 한 집도 없는 줄로 안다. 모두 사료회사에서 사료를 사다 사시사철을 소의 양식으로 쓴다. 그런데 그 사료의 원료를 거의 외국에서 수입하여 쓴다. 그러나 그 사료는 무엇으로 만들어졌는지를 우리들 쇠고기 소비자들은 알지 못한다. 그리고 소를 항상 우리에 매어놓고 키우니, 자연히 운동량이 부족하다. 소가 성장하여 몸무게가 커지면 소의 다리가 그 몸무게를 지탱하지 못하고 쓰러지는 소가 많이 있다고 한다.

우리 이웃에 사는 어떤 부인은 평생 젖소만 키우며 살았는데, 그가 키우던 젖소가 어느 날 갑자기 쓰러져 일어나지 못하면, 소 장사가 와서 싼값에 사다가 시중에 유통시키는 것을 많이 보았다는 것이다. 이러한 일이 비일비재하다는 것이다.

그러므로 요즘처럼 광우병에 예민한 국민들을 달래기 위해서는 한우의 사료로 쓰이는 수입한 사료가 어느 나라 제품이며 어떤 성분을 가지고 있는가를 밝혀야 한다. 그래야만 한우의 고기가 안전하고 우수하다는 것을 인정할 것이다. 그리고 초식동물에게는 풀을 먹여 키워야 한다. 이는 공자가 말한 "천리를 따르는 자는 산다.(順天者存)"고 함과 맞아떨어진다.

유럽에서 광우병이 많이 발생하였는데, 공자의 "천리를 따르는 자는 산다.(順天者存)"고 하는 원리에 위반한 때문이다. 왜냐면 소는 초식동물인데, 이를 사육하면서 풀을 먹이지 않고 육류의 찌꺼기, 즉 짐승을 잡아서 팔 것은 팔고, 팔지 못하는 육류를 소의 사료로 썼기 때문에 광우병에 걸린 것이다. 임시 먹기는 곶감이 달다고 소에 육류를 먹이면 소가 빨리 살을 찌우니, 사육자는 그만큼 이익이 발생한다. 이익만 추구하는 요즘의 세상에서 이 얼마나 좋은 사육방법인가. 그러나 이는 천리(天理)를 어긴 것이니, 그것이 독이 되어 사람을 죽이는 쇠고기가 된 것이다.

금년에 이명박 정부가 들어서고 미국과 쇠고기 협상을 한 끝에 중단되었던 미국의 쇠고기를 다시 수입하기로 협상을 마무리 하였는데, 갑자기 MBC PD수첩에서 "미국 쇠고기를 먹으면 광우병에 걸릴 확률이 높다."고 왜곡방송을 하여 전국에서 이를 반대하는 촛불집회가 근 3개월 동안 연일 열렸다. 많은 사람들은 "우리는 미국의 쇠고기를 먹고 광우병에 걸리기는 싫다."라고 하여 이 촛불집회에 참여하였다. 심지어 중학생과 초등학생들도 참여를 하였고, 어떤 아기엄마는 갓난아이를 유모차에 싣고 집회에 참여한 이도 있었다.

그런데 사실은 미국의 소는 광우병에 걸린 일이 한 번도 없었고, 다만 캐나다에서 수입한 소가 광우병으로 판명이 난 일은 있었다고 한다. 그런데 이 촛불집회의 핵심 쟁점은 소의 나이가 3년 이상이 된 소를 수입하기로 하였는데, 3년 이상 된 소에서 광우병의 발병률이 높다는 것이었다. 실상 일본과 대만 등에서는 아직 3년 미만의 쇠고기만을 수입하고 있다고 하니, 이번 협상은 우리 편에서 너무 많이 양보했다고 하는 말은 맞는 말이다.

이제 2008년 8월 12일 저녁에, MBC가 왜곡보도에 대한 사과방송을 했으므로, 무려 석 달 동안 계속된 "미국산 쇠고기 수입반대 촛불집회"는 국민들이 MBC의 왜곡보도에 속았음을 보여주었다. 이렇게 일개 방송사 PD의 왜곡보도가 온 나라를 광우병의 열풍에 몰아넣고, 세계 최대의 강국인 미국에 대하여 반미(反美)하도록 유도하였으니, 과연 우리가 얻은 것은 무엇이고 잃은 것은 무엇인가. 냉철하게 판단하여 앞으로는 이러한 유의 방송이 있어서는 안 될 것이다.

막걸리

막걸리 하면 우선 시골의 농촌이 회상된다. 필자가 어렸을 적에는 지금처럼 산업이 발전하지 못했던 관계로 농민이 인구의 거반을 차지했다. 그래서 땅을 많이 가진 사람이 제일가는 부자였다. 공주의 부자 김갑순 같은 사람이 모두 이런 유이다.

이때는 논밭에서 일하는 것이 일상의 일이었는데, 품을 얻어서 일을 할 때는 반드시 양조장에서 막걸리를 사다가 대접했다. 이 막걸리는 곡식으로 만들었기에 이것을 한 대접 먹으면 배가 불끈 일어나서 허기진 배를 채워주곤 했다.

막걸리를 만드는 방법은 쌀을 시루에 찌어서 누룩과 혼합하여 항아리에 넣고, 그 위에 물을 부어서 따뜻한 아랫목에 놔두면, 그 안에 있는 쌀과 누룩이 발효되어 부글부글 끓는다. 이때에 용수를 항아리의 중앙에 박고 그 안에서 술을 떠내게 되는데, 이를 청주(淸酒)라 부르고, 이 청주를 다 받은 다음, 물을 약간 부어 휘휘 저은 다음, 체를 대고 걸러내는 술을 막걸리라 한다. 그러므로 이 막걸리는 온전히 쌀만으로 만드는 술이다. 지금은 여러 가지 기술의 발달로 밀가루, 보리, 조, 옥수수, 고구마 등 다양한 자료로 술을 만든다.

요즘 시중에서 판매하는 막걸리는 자연적으로 숙성을 하여 발효시키는 것이 아니라 약품을 넣어 속성으로 숙성이 되게 하여 생산을 한다고 한다. 그래서 그런지는 몰라도 막걸리를 먹으면 머리가 아픈 적이 많다. 그리고 숙성을 촉진하는 화학약품을 넣어서 만듦으로 자연히 천연적으로 숙성한 막걸리에 비해 맛이 떨어짐은 물론이다. 이러므로 현대사회는 빨리 다량으로 제조하는 기술은 발전하였으나, 옛날처럼 자연적으로 숙성한 술처럼 좋은 맛을 내기는 어렵다.

필자의 어머니께서는 평생을 농부의 아내로 사셨으므로, 농번기에 일꾼을 얻어 일을 할 때는 반드시 술을 만들어 제공하셨다. 그렇기에 수백 번의 시행착오를 겪으면서 얻은 비결이 있으셔서, 요즘에 술을 담그면 아주 맛좋은 훌륭한 술을 만드신다. 술이라는 것이 만드는 과정이나 실내의 온도 등 여러 요인에 의해 맛이 결정되므로, 자칫 잘못하면 술이 시어서 초가 되기도 한다.

그러나 막걸리는 도수가 낮으므로, 먹으면 위에 부담이 없어서 좋다. 그러나 먹고 난 다음에는 입에서 막걸리 냄새가 무척 많이 난다. 필자는 인사동에서 술을 많이 먹는 편이고, 집에 올 때는 반드시 전철을 탄다. 그런데 막걸리를 먹으면 냄새가 많이 나서 전철을 타면 옆의 손님들이 모두 고개를 돌리거나 코를 막는다. 차를 타고 이러한 광경을 보게 되면, 그 다음부터는 막걸리를 먹기가 겁이 난다. 전철을 타고 다니면서 다른 손님들에게 혐오의 대상이 될까가 두렵기 때문이다. 혹 냄새나지 않는 막걸리를 만든다면 먹는 사람도 좋고 파는 사람도 많이 팔게 되어 좋을 것이다. 이러한 현상을 "누이 좋고 매부 좋고"라고 한다.

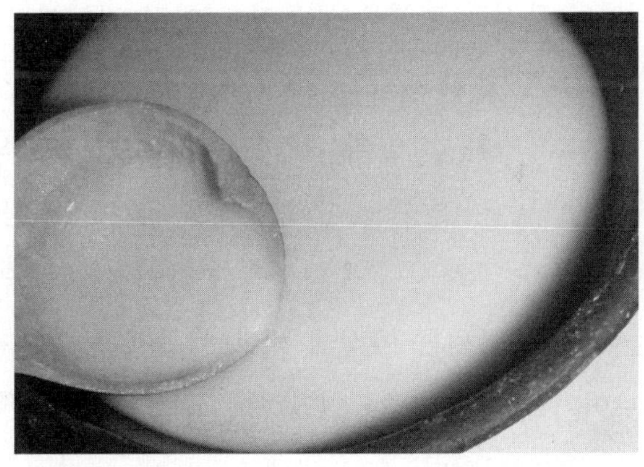

작은 깨우침과 작은 행복

우리가 세상을 살아가면서 얻는 지혜는 참으로 고귀한 것이다. 그래서 옛 선인들은 평생을 자신이 한 일을 기록하여 두었다가 죽은 뒤에는 그 제자나 자제들이 문집이라는 이름으로 간행을 하였다. 이 문집은 평생을 통하여 얻어진 지혜이고 깨달은 것이기에, 참으로 귀중한 자료가 되는 것이다.

사람이 자기가 한 일에서 얻은 지식은 어떤 지식보다도 현장감이 있어서 좋은 것이다. 이러한 것을 작은 깨우침이라고 하는데, 일례로 필자 같은 사람이 평생을 통하여 서예를 연마하고 작품을 만들어보면, 글씨를 어떻게 써야만 좋게 보인다거나, 아님 굳세게 보이기도 하고, 또한 연약하여 금방 쓰러질 듯이 보이기도 함을 많이 경험하였다.

실제로 작품을 만들어 남을 줄 때는, 위에서 말한 경험을 바탕으로 하여 굳세고 장엄하게 써서 준다거나, 아님 예기(藝技)가 넘쳐흐르게 하여 주면, 받은 사람이 그야말로 너무 기뻐하는 것을 본다. 이는 많은 경험을 통하지 않고는 나올 수 없는 귀중한 깨우침인 것이다.

깨우침이라는 것은 어느 분야에서나 있는 법이니, 일례로 농사를 짓다 보면 비료를 줄 때가 있고 주지 말아야 할 때가 있다. 그리고 거름을 너무 많이 주면 벼가 너무 무성하여 도열병에 걸려 농사를 버렸다거나, 아님 비료를 너무 작게 주어 작황이 좋지 않은 것 등, 실로 수많은 깨우침이 있어야 비로소 농사를 잘 지어 풍성한 수확을 얻을 수 있는 것이다. 우리들처럼 도회지에 살면서 돈을 주고 시장에서 사다 먹는 사람은 이러한 농사의 묘미를 느끼지 못하고 산다. 그렇기에 농작물에 대한 고마움도 없이 돈을 주고 사다 먹는 것쯤으로 알면서 살아간다.

이러한 사람들에게는 주말농장을 해보라고 권하고 싶다. 내가 재배한 상추로 삼겹살을 구워먹고, 내가 재배한 고추를 된장에 찍어 먹어보면, 금방 우리가 먹고사는 농사가 얼마나 많은 노력을 기울여야 하는가를 알 수가 있다.

그리고 요즘은 농약을 준 농산물 때문에 문제가 되는데, 이러한 농약의 문제도 주말농장을 하면 어느 정도 해결을 할 수가 있다. 그리고 토양이 사질토냐 점질토이냐에 따라 심는 작물도 달라지니, 어떤 토양이냐에 따라 재배하는 작물도 잘 선정하여 심어야 수확을 하는 것이다. 한 예로 습한 땅에는 토란을 심고, 비탈밭에는 옥수수나 고추를 심는다. 참외와 수박은 한초(旱草)이므로, 습한 땅에는 잘 되지 않고 또한 비가 너무 많이 와도 수확을 더는 것이다. 이와 같이 우리 생활에 기본이 되는 산물인 농사도 그 토양의 생리와 작물의 생리를 잘 조화시켜야 많은 작물을 수확하여 이익을 보는 것이다.

이보다 더 중요한 것은, 날씨의 변화를 미리 예측하여 우리 생활에 접목을 시키는 것이다. 일례로 "아침 하늘이 붉으면 날이 궂고 저녁 하늘이 붉으면 날이 갠다."고 하는 것 따위가 사람이 세상을 살아가며 얻은 지혜들이다.

옛날에는 지금처럼 치안이 좋지 못하여 여차하면 산 도적이 출몰하고 그리고 사나운 짐승이 출몰하여 세상을 살아가기가 그렇게 녹록하지 못하였다. 이러한 어려움을 헤쳐 나가기 위해 우리 선인들은 여러 가지 방법을 동원하였으니, 그 중의 하나가 음양 오행의 원리에 의해 점을 쳐보면서 살아가는 것이었다. 우리의 고전 《주역(周易)》이라는 책도 실은 점을 쳐보면서 세상을 슬기롭게 살아가는데 쓰이는 지침서이다.

그러므로 이러한 귀중한 깨달음은 사람이 일생을 통하여 얻은 귀중한 것들이다. 이를 자신만 알다가 죽는다면, 이보다 더한 손해는 없을 것이다. 그렇기에 옛 우리 선인들은 문집이라는 책을 만들어 후세에 전하려 했다. 그런데 이 귀중한 서적들이 모두 서고에 방치되어 있다. 왜냐면 지금은 세상이 달라져서 옛 서적을 판독할 수 있는 인력이 아주 드물다. 그 후손들도 자기 선조께서 남긴 서적을 읽을 수가 없다. 아니 읽지를 못한다. 읽지를 못하니, 그 귀중한 깨우침의 책들이 모두 사장되어 있다. 이 얼마나 큰 손실인가!

　지금 한국고전번역원에서 일부 번역을 하여 내기는 하였으나, 이는 아직 빙산에 일각일 뿐이다. 그러므로 무조건 "현대는 최고고 옛날은 미개하다."라는 등의 말은 그 말 자체가 어패가 있는 말이다. "옛날이 있으므로 오늘이 있다."라는 생각으로 접근하여 옛 선인들이 깨친 보배들을 모두 습득하여 오늘의 발전의 동력으로 삼아야 할 것이다.

　결국 우리와 같은 사람들은 옛 성인들처럼 온 인류를 살리는 큰 깨우침은 얻을 수는 없지만, 나름대로 평생을 살아가면서 깨우친 것이 많다. 이재(理財)에 밝은 깨우침을 얻은 자가 있는가 하면, 학문의 진리를 깨친 자가 있고, 그리고 필자처럼 서법의 장법에 나름대로 깨우침을 얻은 자도 있다. 어떤 이는 음악에 밝고, 어떤 이는 그림에 밝으며, 또는 농업에 밝아 많은 수확의 발판을 마련한 사람도 있다. 이들 모두 큰 깨우침은 못되지만, 나름대로 작은 깨우침의 희열을 느끼면서 살아가는 사람들이다. 이러한 작은 깨우침이 우리들에게 작은 행복을 준다.

봄의 역할

봄의 역할이란 【천자문(千字文)】의 제일 처음에 나오는 "천지현황(天地玄黃, 하늘은 검고 땅은 누르다.)"의 의미처럼 넓고 크고 포괄적인 의미가 있다. 봄은 우리가 살아가는 기본 원리인 천리(天理)에 생명을 부여하는 역할을 맡았다고 봐야 한다. 봄은 처음이고 시작이며, 따뜻한 사랑이다. 봄은 꽃으로도 표현된다.

1년을 원(○)으로 보면 겨울은 죽음의 계절이고 봄은 생명을 불어넣는 활력의 계절이다. 북풍이 몰아치고 온 땅이 모두 얼어붙는 겨울은 동지(冬至)에서 그 절정을 이룬다. 밤은 한없이 긴 반면에 낮은 한없이 짧다. 이 동짓날에 한 점의 양기(陽氣)가 생기는 것이니, 이 양기가 점점 자라 입춘(立春)이 되면, 남쪽에서 훈풍이 불면서 봄이 시작되는 것이다.

그러나 이때도 날씨는 춥고 매서운 바람은 불어 눈보라가 휘몰아친다. 봄을 경험하지 못한 사람은 언제나 겨울만 계속될 것이란 생각이 들 만큼 그렇게 추위는 쉽게 물러나지를 않는다. 그러나 땅속에서는 이미 봄이 시작되어 씨앗은 싹을 틔우고 뿌리를 내려 그 무겁게 짓누르고 있는 굳은 땅을 뚫고 올라오며, 나뭇가지엔 생명의 물이 올라 어느새 잎을 피우고 꽃을 피우는 것이다.

우리가 그렇게 곱고 예쁘게 여기는 꽃잎을 보면 한없이 여리고 가냘프게 보이지만, 그래도 우리 사람들보다 굳세고 힘차다. 아무리 꽃이 피는 봄이라지만 그때의 날씨는 아직 겨울의 잔재가 남아 있어서 밤이 되면 상당히 춥다. 사람은 따뜻한 방에서 이불을 덥고 자야만 감기에 걸리지 않는다. 그러나 보라! 꽃들은 그런 추위정도야 거뜬히 이겨내고 아름다운 자태를 드러낸다. 그리고 벌과 나비를 불러들여 열매를 맺을 준비를 한다.

이러한 과정은 모두 자연의 위대한 힘에 의해 이루어지는 것이다. 즉 생명을 잉태하고 키우기 위한 첫 단계로 봄이 생명의 역할을 하는 것이다. 생명을 잉태하고 부화하려면 새가 알을 품듯이, 자연적으로 천지(天地)의 따뜻한 햇살이 비추어주어 생명을 제공해주는 것이다. 이러한 계절이 오면 농부들은 어느새 밭에 나와 씨를 뿌리고 김을 매고, 어부들은 바다에 나가 그물을 던지는 것이다.

이 모든 과정이 봄의 역할이니, 봄은 무한한 활력이고 생명인 것이다. 만물의 시작이고 문화의 처음이 되는 것이다. 그러므로 봄은 인(仁)이고 자비(慈悲)이며, 도(道)이고 사랑인 것이다.

여름의 역할

　여름은 제2의 계절이다. 봄의 연장이다. 더위의 상징이고 무성함의 극치이다. 음력으로 4월부터 6월까지를 여름이라 하고, 계절로 말하면 입하(立夏), 소만(小滿), 망종(芒種), 하지(夏至), 소서(小暑), 대서(大暑)까지 여섯 절서(節序)를 여름이라 말한다. 여기에서 하지(夏至)는 동지(冬至)의 정반대 절후로 1년 중 낮의 길이는 가장 길고, 밤의 길이는 가장 짧은 시기이니, 일을 가장 많이 해야 하는 시기이기도 하다.

　중국 당(唐)나라 대문호(大文豪) 한유(韓愈)는 《송맹동야서(送孟東野序)》에서 "여름에는 뇌성벽력이 친다.(以雷鳴夏)"고 했듯이, 여름이 되면, 뇌성벽력이 치고 큰 비가 와서 땅을 적시고 강물을 불린다. 또 태풍이 불어 바다의 물을 뒤집어 정화(淨化)하고 그

바람으로 식물을 키운다. 좀 더 자세히 말하면, 봄에 모를 이앙(移秧)하고 그 위에 물을 대며, 그 논에서 벼는 착근(着根)하고 새끼를 쳐서 많은 벼 포기를 만들면서 자란다. 이렇게 자라는 벼에 여름의 무더운 폭염이 내려쬐고, 그 위에 세찬 바람이 불면 벼 포기는 어느새 훌쩍 자라 가을에 거둘 이삭을 준비하는 것이다. 다른 식물들도 물론 모두 이와 같은 과정을 거친다.

우리들은 물이 없으면 하루도 살 수가 없다. 그러므로 예부터 강이 흐르는 지역에 사람들은 모여 살면서, 그 물에 들어가 고기를 잡고 그 물을 대어 농사를 지었다. 그런데 이 물은 어디서 오는 것인가. 거의가 여름의 무더운 날씨에 태풍을 동반하여 쏟아진다. 태풍으로 피해를 보는 경우도 있지만, 이때에 비가 많이 내리면 그 물들은 땅속에 저장이 된다. 물론 나무들도 그 물을 빨아들여 저장을 한다. 그래가지고 남은 기간을 통하여 땅속에서는 물이 솟아나오고 나무뿌리에서도 계속 물을 흘려보낸다. 이 물이 강과 내를 이루어 사람과 동물들은 그 물을 먹고 사는 것이니, 이것 역시 대체로 여름을 통하여 공급되는 것이며, 이를 통하여 생명을 유지하고 보존하는 것이다.

여름은 무성(茂)한 계절인데, 이 무성한 것은 가을의 열매를 준비하는 하나의 과정으로 봐야 한다. 하나의 씨앗으로 치면 씨앗이 땅속에서 터져 싹을 틔우는 것을 "갑(甲)"이라 하고, 뿌리가 내리고 싹이 땅 밖으로 나오는 것을 "을(乙)"이라 하며, 병(丙), 정

(丁)을 지나 무(戊)는 천간(天干)의 다섯 번째로 초목의 무성(茂)한 계절을 가리킨다. 그래서 여름은 무성함으로 대별되는 것이니, 동물들은 이 무성한 초목을 먹고 생활을 하는 것이며, 어류(魚類)들은 무성한 계절에 내린 많은 물로 인해서 활력을 얻고 물줄기를 타고 올라가 생활의 터전을 넓히는 것이니, 이러한 하나의 현상들이 모두 생명을 불어넣기 위한 하나의 과정으로 보면 된다.

가을의 역할

　가을은 제3의 계절이니, 노성(老成)한 계절이고 결실의 계절이다. 죽음의 계절인 겨울을 준비하는 계절이기도 하다. 봄은 꽃을 피우고 여름은 성장하며 가을은 열매를 맺는 것이니, 봄과 여름에 한 일의 성과를 받는 계절이기도 하다. 또한 가을은 씨(자식)를 남기는 계절이기도 하다.

　작년에 나는 호박을 많이 심었는데, 호박은 여름에는 무성하게 자라지만 열매는 이 시기에는 잘 열리지는 않는다. 그러나 가을이 되면 호박이 많이 열린다. 이는 아무 생각이 없어 보이는 그저 식물에 불과한 호박도, 추위가 곧 닥쳐올 것을 미리 알고 빨리 열매를 맺고 씨를 익혀 많은 후손을 퍼지게 하려는 심리가 작용해서 그런 것이다. 그리고 늦게 연 호박은 빨리 누렇게 늙음을 알

수가 있다. 이 호박을 따다가 쪼개어 보면 여름에 연 호박은 육
(肉)이 두텁고 맛이 있는 반면, 가을에 늦게 연 호박은 육질이 엷
고 가볍다. 왜 이러한 현상이 일어나느냐 하면, 늦게 연 호박은
추위가 곧 닥칠 것을 미리 알고 호박의 육(肉)을 두텁고 튼튼하게
만들 여유가 없고, 단지 서리가 오기 전에 호박 속에 있는 씨앗을
빨리 익혀서 씨를 퍼지게 해야 한다는 생각이 앞섰기 때문이다.

  가을은 숙살(肅殺)의 기운이 주장하는 계절이기 때문에, 찬바람
이 불면 초목의 성장은 멈추고 서리가 내리면 초목의 잎들은 떨
어진다. 이 숙살의 기운은 칼날에 비유된다. 서릿발처럼 날카로
운 기운이 온 천지에 횡행한다. 그러면 천지의 식물들은 몸을 움
츠리고 겨울준비에 들어가며, 동물들은 가을의 결실을 갈무리하
여 겨울잠에 든다. 이를 오행(五行)으로 말하면, 가을에 해당하고
서쪽에 해당하며 색은 흰색이다. 서쪽에 뜬 해는 곧 바다에 빠져
버리니, 겨울로 가는 길목이 된다.
  사람으로 말하면 이때를 황혼기라 한다. 그러나 이때가 가장 많
은 지식을 저장한 황금기이기도 하다. 머리가 희끗희끗해지는 50
세는 "하늘에서 나를 이 세상에 태어나 살게 한 명령을 안다. (四
十而知天命)"고 하는 나이이고, 60세는 "귀로 들리는 소리가 모두
순하게 들린다.(耳順)"고 하며, 70세는 "무슨 일이던지 내 마음대
로 해도 천리의 법칙에 어긋나지 않는다.(從心所慾不踰矩)"고 하
니, 사실 이때가 인생의 황금기인 것이다. 내가 어려서부터 이제
까지 살아오면서 경험하고 깨달은 지식과 학문을 이 세상에 사용

하여, 이 세상이 아름답고 좋은 세상이 되게끔 해야 하는 것이다. 이것은 마치 나뭇잎이 땅에 떨어져 다시 거름이 되어 나무들을 키우는 것과 같은 것이다.

필자는 이 대목에서 옛날 어느 형제의 이야기를 하고 싶다. 일 년 동안 열심히 농사를 지은 어떤 농부가 벼를 모두 베어 볏단을 두렁에 세워놓고, 형이 생각하길 "내가 동생보다 농사체가 많으니, 동생에게 더 주어야겠다."고 생각하고 동생이 보지 않는 밤에 아무도 몰래 자기의 볏단을 동생의 논두렁에 가져다 세워놓았고, 동생은 생각하길, "형은 나보다 식구도 많고 부모님도 모시고 사니, 형이 나보다 어려울 것을 생각하여 형의 논두렁에 자기가 지은 볏단을 옮겨놓았다"고 하니, 요즘처럼 많이 배워 좋은 직장에 다니는 사람이 이들 형제보다 더 우애가 있을까!

이렇게 작은 미물들도 가을이 되면 자신의 씨를 퍼뜨리려 노력하고 또한 자기가 사는 이 세상에 이익을 주려 노력한다. 사람도 이를 본받아 자신이 살아가는 이 세상에 자식을 낳아서, 이 세상이 멸망하지 말고 계속 유지 발전되기를 위해 노력해야 하며, 그리고 자신이 이 세상에서 받은 것이 많으면, 국가와 사회에 더 많은 것을 돌리려고 노력해야 한다.

겨울의 역할

　겨울은 일 년 4계절 중 가장 끝의 계절로, 음력으로 10월, 11월, 12월 등 3개월을 말한다. 겨울의 중간은 동지(冬至)인데, 동지는 하지의 정반대로 일 년 중 밤이 가장 길고 낮이 가장 짧다. 그러므로 동지를 지음(至陰)이라고 하니, 지음이란 음기(陰氣)만 있고, 양기(陽氣)는 하나도 없음을 말한다. 오행(五行)으로 말하면 수(水)에 해당하고 방위로는 북쪽이며 색깔은 검정이고 팔괘로는 감(坎)이다.

　북풍이 휘몰아치면 천지는 모두 얼어붙고 기온은 영하로 내려간다. 생명은 온기(溫氣)에서 생기는 것인데, 온기가 전혀 없으니, 삼라만상은 모두 얼어붙어 죽음이 지배하는 세상이 되는 것이다. 그러나 이렇게 음기만이 지배하는 세상에서 동지가 되면,

하나의 빛 일양(一陽)이 생기니, 이 일양(一陽)이 생명의 씨앗인 것이다. 이때가 되면 초목(草木)은 생명을 땅속으로 보내어 겨울을 나고, 동물들은 굴속으로 들어가서 겨울을 난다. 사람들도 문을 닫고 불을 때어 온기를 공급하며 겨울을 난다.

그렇다면 이 세상에 고통만 주고 불필요한 겨울이 왜 있는 것인가. 조물주는 왜 겨울을 만들어 놓았는가! 그러나 그렇지가 않다. 겨울도 꼭 필요한 것이다. 이 세상이 계속 이어지는 원(○)의 원리에서 1년만을 꼭 집어 떼어내어 말하면, 겨울은 마지막이고 죽음이나, 이를 연결시켜보면, 겨울은 다음의 해를 준비하고 기운을 축적하는 계절로 보아야 한다. 다시 말하면 시작한다는 것은 매우 어려운 일이다. 우리들이 사업을 시작한다고 하면, 그를 준비하는 기간이 얼마나 길겠는가! 많이 준비해야 그가 하는 사업이 튼튼하게 자라는 것처럼, 일 년의 시작도 이렇게 준비하는 기간이 충분해야 아름답고 훌륭한 출발을 하는 것이다.

이를 하루로 말하면 밤이 겨울에 해당하는데, 밤에 잠을 잘 자야 다음날 몸이 가뿐하여 활동을 하는 것이다. 만약 밤잠을 설치면 다음날의 활동이 어려움은 말할 것도 없고, 꼭 낮잠으로 보충해야만 되는 것이다. 이렇듯 밤도 낮처럼 중요하듯이 겨울도 여름처럼 아주 중요하다는 것을 알아야 한다. 그리고 이 겨울 속에서 씨앗은 양분을 저장하고 봄에 피울 저력을 축적하는 것이니, 겨울은 죽음의 계절이지만, 그 속에서 생명이 움트는 봄을 기다리는 계절이기도 하다.

중랑천의 잉어

잉어하면 먼저 떠오르는 것이 있으니, 공자가 아들을 낳으니, 노(魯)나라 왕이 잉어를 선물했고, 이에 공자는 감사한 마음에 아들의 이름을 "리(鯉)"라고 지었다는 이야기이고, 옛날 중국의 왕상(王祥)[20]은 계모가 산 잉어를 좋아하므로, 겨울에 강가로 잉어를 잡으러 나가니, 얼음이 저절로 깨지면서 잉어가 얼음 위로 뛰어나오므로, 이를 잡아다가 계모를 봉양했다는 이야기가 유명하다.

20) 왕상(王祥) : 중국 24효(孝) 중의 한 사람으로, 자는 휴징(休徵), 시호는 원(元), 임기(臨沂) 사람. 자기에게 잔인하게 대하는 계모를 지극한 효성으로 봉양했다. 계모는 산 물고기 먹기를 좋아했다. 한번은 겨울에 계모에게 잉어를 대접하기 위해 강에 내려가 얼음을 깨려고 하자, 얼음이 절로 벌어져 한 쌍의 잉어가 뛰어 나왔다는 것이다. 그 밖에도 몇 가지 일화가 있다. 시에 나오는 당리(棠梨) 운운한 것은 그의 계모가 팥배나무의 열매를 지키라고 하여, 그는 비바람이 칠 때마다 그 나무를 부둥켜안고 울었다는 것이다.

필자가 어렸을 적 60년대에는 일제의 식민통치 36년을 거치고 6, 25동란을 겪은 뒤라서 너무나 못살던 시절이었다. 지금은 고기를 너무 많이 먹어서 몸이 살이 쪄서 살을 빼려고 야단이지만, 그 시절에는 하루 세끼 밥을 먹고 살기도 어려운데, 어떻게 고기를 사서 먹겠는가! 그래서 마을 앞을 흐르는 냇가에 나가서 물고기를 잡아다가 매운탕을 끓여서 먹는 것이 유일한 보양식이었다.

오늘처럼 비가 내리면 내에는 물이 넘실넘실 흐르는데, 이럴 때는 물고기들이 그 물줄기를 타고 상류로 올라간다. 그래서 우리들은 고기를 뜨는 체를 가지고 냇가에 나가서 물고기를 잡는 것이 하나의 일이었다. 한 번은 물고기를 잡아다 매운탕을 끓여서 할머니께 드렸더니, 할머니께서 하시는 말씀, "모처럼만에 고기를 먹었더니 든든하구나!"고 하시었다. 필자는 지금도 그 말씀을 기억한다.

아침 5시에 일어나서, 곧장 아침운동을 하러 중랑천의 가에 있는 조깅하는 길로 나간다. 이 길은 의정부시에서 운동하기에 적합하게끔 자전거 길과 걷기운동 길 등 두 개의 길을 나란히 만들어 놓았으므로, 많은 시민들이 나와서 운동을 한다. 이 길은 서울의 한천 길과 연결되어 있어서, 이 길로 상암동도 가고 잠실도 간다. 그러나 아침 조깅의 코스는 왕복 1시간에서 2시간 정도로 걷기를 한다. 내를 따라 가노라면, 청둥오리들이 물 위에서 고기잡이하는 것을 볼 수가 있고, 황새들도 이따금 보이는데, 이들은 항상 먼 산만 쳐다보고 서 있다. 그런데 이 냇물에 잉어들이 너무너무 많이 산다. 어떤 사람이 새우깡을 가지고 와서 고기에게 던져주노라면, 팔뚝보다도 긴 잉어들이 입을 쩍쩍 벌리고 받아먹는것을 볼 수가 있다. 필자는 이 잉어를 보면서 우리들이 어렸을 적60년대를 생각하곤 한다. "60년대 같으면 저렇게 큰 잉어가 있으면 잡아다가 보양을 할 텐데."라고 말이다.

그러나 지금은 중랑천에서 물고기를 잡는 것을 엄격히 규제한다. 그리고 지금은 시민들이 이 잉어들을 잡아다 먹는다고 생각하지 않는다. 혹시 이를 잡는 사람이 있으면, 야만인이라고 야유할 것이다. 그도 그럴 것이 지금은 고기를 먹고 너무 비대해져서살을 빼느라 야단이지, 먹을 것이 없어서 못 먹었다는 사람을 보지 못하였다. 이만큼 세상은 좋아졌으니, 60년대와는 천양지판(天壤之判)으로 달라진 좋은 세상이 되었다. 아마도 왕상(王祥)이지금 살아있다면, 잉어를 잡아다 계모를 봉양하여, 효자로 천하에 이름을 날리지는 못하였을 것이다.

226

무지하면 용감하다

　텔레비전에서 '동물의 왕국'을 보면, 동물들은 그야말로 철저하게 약육강식(弱肉强食)을 한다. 이들의 세계는 법과 규정은 없고 그저 힘이 센 동물이 제일이다. 그러므로 이들은 한쪽은 뒤에서 쫓고 한쪽은 죽어라 도망을 친다. 그도 그럴 것이 잡히면 죽는 것이고, 잡아먹지 못하여 계속 굶으면 쫓는 짐승이 죽게 되는 것이다. 그래서 이들은 별의별 꾀를 다 써가며 살아간다.

　동물은 크게 두 가지로 분류할 수 있는데, 즉 하나는 초식동물이고 하나는 육식동물이다. 초식동물은 소나 양, 코끼리, 기린, 토끼, 염소, 사슴, 말 등 비교적으로 성질이 순한 동물들이고, 육식동물은 사자, 호랑이, 하이에나, 개, 고양이 등으로 이들은 비교적 성질이 사나운 동물이다. 이들의 성격을 보아 알 수 있는 것이 있으니, 사람도 고기를 많이 먹으면 성질이 사나워지고, 초식을 많이 먹으면 순한 사람이 된다.

그래서 옛적에 우리 농촌에서는 모두 닭을 사육했는데, 닭 중에서도 수탉이 싸움을 많이 하였다. 그런데 닭싸움이 장난이 아니다. 서로 피가 터질 정도로 싸움을 한다. 나중에는 지는 닭이 꼬리를 내리고 도망을 치는데, 이를 본 주인은 대단히 기분이 나쁘다. 그래서 그 주인은 날마다 개구리를 잡아다가 절단하여 닭에게 먹이고 다시 닭싸움을 붙이면 개구리를 많이 먹은 닭이 그 싸움에서 이기는 것을 본 일이 있다.

당랑거철(螳螂拒轍)이라는 말이 있다. 무슨 말인가 하면, "사마귀는 너무 용감하여 사람이 수레를 타고 가도 앞에서 떡 버티고 서 있다."는 이야기다. 이 사마귀는 조그만 동물이지만, 무서워하지 않는 아주 담이 큰 동물인 모양이다.

그런데 동물들을 가만히 관찰해 보면, 용감한 동물들이 참으로 많은 것을 볼 수가 있다. 일례로, 꿀벌과 왕벌이 싸우는 것을 보면, 꿀벌 100명이 있어도 왕벌 하나를 당하지 못한다. 그래도 꿀벌들은 자기 집을 침범한 왕벌을 잡기 위하여 자기 목숨을 내놓고 방어하는 것을 볼 수가 있고, 그리고 어쩌다가 개미집을 건드리면, 그 작은 개미들은 일제히 나와서 사람을 공격한다. 이들은 작고 큰 것을 생각하지 않는다. 오직 나의 집을 침범했으니, 자기들은 이를 방어해야 한다는 일념에 사람이건 짐승이건 간에 불문하고 공격하여 싸운다. 참으로 용감무쌍한 동물들이다. 그래서 벌과 개미는 현대에서도 군신(君臣)간의 도리를 가지고 살아간다고 한다. 여왕벌이나 여왕개미의 명령이 떨어지면 무조건 나가서 싸워야 하는 것이다.

그런데 앞을 보지 못하고 그저 감각으로 살아가는 동물이 있다. 요즘처럼 장마가 지면 지렁이들은 땅속에서 밖으로 나온다. 왜 밖으로 나오는지는 알지 못한다. 그러나 예부터 맑은 날씨에 지렁이가 밖으로 나와서 기어 다니면, 어른들은 "내일은 비가 올 모양이다."라고 말씀하셨고, 그리고 그 다음날에는 꼭 비가 오는 것을 우리는 보아서 안다.

지금은 장마철이라 계속적으로 비가 오는데, 길에 나가면 지렁이들이 이리저리 기어 다닌다. 이들은 사람에게 한 번 밟히면 죽는다는 생각을 하지 못하는 모양이다. 그러므로 사람들이 많이 다니는 길에는 죽은 지렁이들이 많이 보인다. 이뿐이 아니고 달팽이도 비가 오면 숲에서 기어 나와 사람이 다니는 길에 딱 달라붙어 있다. 사람이 옆에서 지나가도 아는지 모르는지, 마냥 그 자리에 붙어 있으면서 꿈쩍도 하지 않는다. 그래서 나는 오늘도 아침에 운동을 하고 돌아오는 길에, 인도에 나와서 기어 다니는 지렁이와 달팽이를 풀숲 속으로 넣어주기를 여러 번 하였다.

그런데 하늘을 나는 새들은 이러한 지렁이를 먹이로 하여 살아간다. 그러므로 아침이 되면 새들은 모두 땅에 내려와 먹이를 찾아서 이리저리 돌아다닌다. 아마도 지렁이가 밖으로 나오는 것은 새의 밥이 되려고 그러는지도 모른다. 이렇게 천지자연을 하나하나 관찰해 보면 지혜가 생긴다. 그래서 송나라 학자 정명도(程明道)는 "추일우성(秋日偶成)"이라는 시를 읊어서 만물을 자세히 관찰하여 배운다는 시를 썼다. 아래에 소개한다.

閑來無事不從容　　한가하매 조용하지 아니한 일이 없고
睡覺東窗日已紅　　잠을 깨자 동창에는 해 이미 붉게 떴네.
萬物靜觀皆自得　　만물을 살펴보니 나름대로 삶 즐기어
四時佳興與人同　　사시의 좋은 흥취 사람과 똑같구나.
道通天地有形外　　형체 있는 하늘과 땅 밖으로 도(道) 통하고
思入風雲變態中　　변해 가는 바람 구름 속으로 생각 드네.
富貴不淫貧賤樂　　부귀해도 안 넘치고 가난해도 즐겁나니,
男兒到此是豪雄　　남아 일생 이 경지면 그게 바로 호웅(豪雄)이리.

이 얼마나 좋은 시인가! 나무 한 그루, 풀 한 포기를 보아도 우리의 지혜는 성장하고, 하늘을 나는 새나, 물속의 물고기를 관찰해도 지혜는 는다. 우리가 보면 멍청해 보이는 개미와 벌을 보아도 지혜는 성장하는 것이니, 지혜가 있는 사람이 되려면 여행을 많이 하여 많은 것을 보고 자세히 관찰할지어다.

눈꽃(雪花)

2001년 2월 23일.

어제는 온종일 비가 추적추적 내리더니, 저녁 때부터 찬바람이 불면서 눈으로 변해 내리기 시작했다.

24일 새벽 아침 등산을 위해 등산복으로 챙겨 입고 아이젠을 가지고 집을 나섰다. 아파트 현관을 나서는데 아직도 눈은 계속적으로 내리고 있었다. 날씨가 푹한 탓에 아파트 주위에는 눈이 내리자마자 금방 녹아서 물로 변했지만, 사람이 살지 않는 산기슭으로 가면서부터는 눈이 많이 쌓여 있었다.

가로등에 비친 봄눈은 마치 흰나비가 나풀나풀 춤추는 듯 너울대며 내리고 있었다. 산 입구에서 나무들을 바라보는 순간, 아! 하고, 내 마음은 마치 어린아이인 양 뛰기 시작했다. 모든 나무들이 갓 화장하고 예식장으로 들어가는 신부같이 아름답게 눈꽃을 피우고 늘어서 있었으니 말이다. 마침 조각달 빛이 그윽이 비춰니, 그의 아름다움은 나의 감정으로는 다 말하지 못할 정도로 더욱 아름다웠다.

차츰 산으로 올라가면서 가지각색의 나무들은 모두 개성있는 모습으로 뽐내고 있었다. 잎이 없는 앙상한 나무들도 그 나름대로 눈꽃을 피우고 있었는데, 더욱 신기한 것은 묵은 고목에도 나뭇가지마다 빠짐없이 눈꽃은 피어 있었다. 잎이 푸른 소나무 위에 소복이 앉아있는 눈은 마치 학이 소나무 위에 앉으려고 너울너울 춤을 추는 모습 그대로였으니, 이것이 천상의 선경(仙境)이 아니고 무엇이겠는가! 그것뿐이 아니다. 쭉 열 지어 서 있는 나무들의 모습은 말 그대로 장관을 연출했으며, 바위에 앉아있는 눈역시 마치 선인장에 핀 꽃처럼 아름답고 멋이 있었으니, 조물주가 아니고는 누가 이를 연출해 내겠는가!

같이 간 박 사장은 부인과 함께 다시 와서 봐야겠다고 야단이었다.

나는 지금부터 10여 년 전에 화서(華西) 이항로(李恒老)선생 사당이 있는 노산사(蘆山祠)에 갔을 때가 퍼뜩 떠올랐다.

그때는 한국사상문화학회(韓國思想文化學會) 회원들과 같이 갔었다. 그때도 지금과 같이 이른 봄이었는데, 마침 날이 궂으면서 눈이 내렸다. 그렇게 내린 눈이 나무에 착착 엉겨 붙으면서 눈꽃을 만들어 내었는데, 험한 길에 눈은 오니 버스가 미끄러워 조마조마했었지만, 그 아름다운 눈꽃의 모습은 10년이 지난 지금도 나는 기억 속에서 지을 수가 없다.

이렇게 만들어지는 눈꽃은 많은 눈이 내린다고 해서 모두 이루어지는 것은 아니다. 왜냐면, 추운 날에 내리는 눈은 아무리 많이 와도 눈꽃은 이루어지지 않는다. 추우면 눈이 얼어 있어서 서로 붙지 않는다. 오늘처럼 봄이 오는 길목의 포근한 날씨여야만 찰눈이 되어 나무에 착착 엉겨 붙으므로 이루어지는 것이다.

오늘 내린 눈은 반드시 서설(瑞雪)이 되어, 우리나라의 앞날에 서광의 징조가 되었으면 얼마나 좋겠나 하고 생각해 본다.

맨발 맨

사람이 이 세상을 힘차게 살아갈 수 있는 것은 욕심이 있기 때문이다. 권세를 얻기 위해서, 혹은 명예를 얻기 위해서, 또는 아름다워지기 위해서 등 많은 욕구들을 가지고 살아가기에, 삶에 탄력이 붙는다.

우리사회가 GNP 10,000불 시대로 접어들면서 우리들 모두가 삶의 기본인 의식주(衣食住)를 모두 충족시켰으며, 이제는 자신에게 잘 맞는 문화생활을 향유하며 살아가려고 노력한다. 50, 60년대의 보릿고개를 생각하면 격세지감이 든다. 어쨌거나 살기 좋은 세상이 되었으니, 먼저 간 사람들만 억울하게 되었다.

소위 개성시대라 하여, 요즘 젊은이들의 머리를 보면 노랑머리, 빨강머리, 파랑머리 등 가지각색의 염색을 하고 다닌다. 그뿐인가! 이것은 여성에게서만 볼 수 있는 일이지만, 옷은 몸에 찰싹 달라붙는 옷을 입고 다니므로 그 사람의 곡선미가 모두 드러나 보이니, 보일 곳 안 보일 곳 모두 드러내 보이고 다니는 세상이다. 또한 남자아이는 머리를 제비꼬리처럼 묶어 매고 다니는가 하면, 여자아이는 배(舟) 같이 커다란 신발을 신고 다니는 것을 많이 본다. 이와 같은 사회의 현상은 바야흐로 개성시대가 되었음을 선포하는 의미를 갖는다.

언제부턴지 모르지만 미인의 기준이 바뀌어 마치 병든 당나귀처럼 빼빼 말라 뼈만 앙상한 여성이어야 미인인 듯 인식하게 되었으며, 이 기준의 미녀가 되려는 미녀 후보들인 젊은 여성들은, 살을 빼려고 장기간에 걸쳐 음식을 먹지 않는가 하면, 뜨거운 사우나 탕에서 억지로 땀을 빼 몸무게를 줄이는 등, 별의별 방법을 동원하여 살을 뺀다.

이러한 시대의 흐름에서 무엇은 좋으니 장려해야 하고, 무엇은 나쁘니 하지 말아야 한다는 등의 이야기는 이제는 진부한 이야기가 되었다. 명실공히 고학력 시대인 오늘날에 있어서 옆에서 아무리 좋은 말을 해준다 해도 듣는 세상이 아니다. 자기 가정의 가장의 말도, 학교의 스승의 말씀도 모두 마이동풍(馬耳東風)의 시대가 되었다.

그러나 위에서 열거한 각 개인의 개성미는 건강을 전제로 요구되는 것이요, 건강을 잃고서는 성립될 수가 없는 것이니, 그러므로 건강한 삶이 무엇보다 우선하는 것이다.

그렇다면 과연 옷이 몸에 찰싹 붙어야 건강에 좋으며, 몸은 빼빼 말라야 건강에 좋은 것인가? 결론부터 말하면, "아니오."이다.

간단하게 말해서, 우리가 시장에서 채소를 살 때 살이 두둑하게 오른 싱싱한 채소를 사다 먹는 것이지, 결코 나무 꼬챙이 같이 빼빼 마른 찔깃찔깃한 채소는 사지 않는 것이다. 또 찰싹 붙는 옷에 대하여는, 사람의 살갖에는 수많은 숨구멍이 있어서 그 구멍으로 숨을 쉬면서 피부의 조직이 활동을 하는 것인데, 마치 고무줄로 나무를 동여매듯이 "스판"같이 조여드는 천으로 옷을 해 입으면 피부가 숨을 제대로 쉴 수가 없는 것이다. 그러므로 곡선미의 아름다움도 좋지만, 건강함의 아름다움이 우선하는 것이다.

내 나이 벌써 지천명(知天命)을 넘어 이순(耳順)을 바라보게 되니, 마음은 아직도 청춘이지만, 건강은 한해가 다르게 저하되는 듯하여 아침이면 일찍이 일어나서 등산을 한다. 약 400고지 정도 올라가는데, 길이 너무 험해서 땀이 많이 난다. 이렇게 땀을 쭉- 빼고 나면 운동을 했다는 자부심은 드나 몸이 가뿐해지지는 않는다. 이러한 현상이 나이 탓인지, 아님 건강상태가 좋지 않아서인지는 나도 잘 모른다. 매일 등산을 한다 해서 특별하게 건강이 좋아졌다고는 생각지 않지만 1년 전의 무릎의 신경통은 씻은 듯이 나았다.

어느 날 산에서 만난 사람 중에 맨발로 다니는 사람이 있어서 그에게 "맨발로 다녀보니 어디가 좋습니까?" 하고 물어봤다. 그 사람 왈, "맨발로 다녀보니 처음에는 단전(丹田) 부위가 뜨끈뜨끈해지고 좋은 것 같았는데, 지금은 그런 증세는 없어졌지만 건강에는 확실히 좋은 것 같습니다. 일 년 중에 맨발로 다닐 수 있는 기간은 봄과 여름뿐으로 날씨가 추워지면 발바닥이 차가워져서 못 다닙니다." 라고 했다.

전에 들은 이야기지만 대통령에 출마했던 백기완 선생께서 맨발로 등산한다는 이야길 들었기에, "에라! 나도 맨발로 등산을 해보자" 하고, 밤 9시에 우리 아파트 옆에 있는 발곡중학교 운동장에 가서 맨발로 다섯 바퀴를 돌고 돌아왔다. 그런데 이게 웬일인가! 잠을 자고 아침이 되어 일어났는데, 건강의 청신호(靑信號)를 느낄 수가 있었다. 속으로 생각하길, "어– 이거 보약보다 났네!" 이렇게 해서 다음날에도 역시 그러한 체험이 있었고, 그 다음날도 또 계속적으로 좋은 현상은 찾아왔다.

맨발 걸음에서 이러한 현상이 나타나는 것은 족심(足心)에는 신장의 기본 혈인 용천(湧泉)혈이 있어서 이를 자극해주니까 콩팥의 활동이 활발해져서 그렇도록 힘이 솟구친 모양이다. 또 한 가지 깨달은 바는 사람은 신을 신지 말고 자연의 신발인 맨발바닥으로 다녀야만 한다는 것이다.

그러므로 사람은 동물과 달리 사회적 활동을 해야 하니까 꼭 신을 신어야만 한다. 다만 운동하는 시간만이라도 신을 벗고 한다면 건강은 그만큼 좋아지고, 또한 자연에 그만큼 가까이 다가서는 것이다.

산모퉁이에 핀 외로운 꽃

90년 만에 찾아온 2001년의 봄은 말 그대로 혹독한 가뭄이었다. 옛말에 "칠년대한(七年大旱)에 비 안 오는 날 없었다."라는 말과 같이 7년간의 큰 가뭄에도 불구하고 이슬비 같은 비 같지 않은 비는 매일 왔다고 했는데, 올해는 웬일인지 1월부터 6월 15일까지 비다운 비 한번 내리지 않았으니 밭에 씨앗을 뿌린들 싹이 날 리가 없었다.

그럼에도 불구하고 산의 나무들은 하루가 다르게 푸르러서 어느새 녹음으로 변해 있었다. 아마도 깊은 뿌리가 있기에 땅속 깊은데서 물을 빨아올려 그 푸름을 지키고 있으리라. 뿌리를 깊이 박지 못하는 작은 풀들은 작열하는 태양과 마른땅의 습기부족으로 인해서 말라죽은 풀도 많았다.

건강을 지킨다는 이유로 나는 매일 새벽이면 일찍 일어나 뒷산

을 등산하는데, 바싹 마른 땅에 다니는 사람들이 많은지라 먼지
만 풀풀 휘날렸다. 나는 조용한 오솔길을 좋아하는 연고로 비교
적으로 사람들이 안 다니는 길을 골라 산책을 즐긴다. 어느 산모
퉁이를 지나는데, 험준한 벼랑 위에 한 송이 나리꽃이 피어 있었
다. 모진 바람이 몰아치는 곳, 아무도 찾아오지 않는 이곳에 뿌리
를 내리고 있다니, 한편 가엾기도 했지만, 한편으로는 자연에 순
응하며 살면서 때가 되면 꽃을 피우고 또 열매를 맺으며 불평 없
이 살아가는 그 꽃에 일종의 경외감이 일었다.

　주역에 보면 "천존지비 건곤정의 비고이진 귀천위의(天尊地卑
乾坤定矣 卑高以陳 貴賤位矣), 하늘은 높고 땅은 낮으니 하늘과
땅이 정해졌고, 낮은 곳과 높은 곳이 있으니 귀한 것과 천한 것의
위치가 정해졌다."라고 했다. 이 말을 부연하여 설명하면, 땅은
높은 곳도 있고 낮은 곳도 있듯이, 동·식물에도 귀한 것과 천한
것이 있다는 말이니, 사람도 이 법칙에서 예외가 될 수가 없는 것
이다.

　귀하건 천하건 간에 동물이나 식물들은 각각 부여된 자연적 여
건 속에서 열심히 살아가지만, 유독 사람만은 이러한 자연을 거
부하고 많은 욕심을 부린다. 어떤 자는 과분한 욕심을 부리다가
감옥에 들어가기도 하고, 또 어떤 자는 자기의 욕심을 다 채우지
못하는 실망감 때문에 자살을 하기도 한다.

　나는 오늘도 산을 오르며 산의 나무들을 바라본다. 키가 큰 소
나무들은 하늘을 찌를 듯이 솟아 있는가 하면 그 밑에는 도토리
나무, 떡갈나무, 산초나무 등이 자리하고 있고 또 그 밑에는 작은

풀들이 무리를 지어 살아간다. 높은 산의 정상 부근에 서 있는 나무들은 많은 바람을 맞으며 힘겹게 살아가기도 하고, 그런가 하면 산록(山麓)에 있는 나무들은 땅도 비옥하고 바람도 덜 타기 때문에 비교적 잘 자란다. 벼랑에 선 나무는 자칫 땅이 무너지면 나무도 덩달아 뽑히기도 하고, 사람이 다니는 길 옆의 나무는 사람의 편의에 따라 베임을 당하기도 한다.

이렇듯이 나무들도 어떤 곳에서 사느냐에 따라 수백 년의 수(壽)를 누리며 편히 사는 나무가 있는가 하면, 돌밭이나 벼랑 위에 사는 나무는 평생을 힘겹게 지낸다. 사람도 이와 같아서 일평생을 아무 걱정 없이 편안히 사는 사람이 있는가 하면, 어떤 이는 하는 일이 잘 안 되어 평생 고생하는 사람도 있는 것이다.

나도 지천명(知天命)의 중반의 나이지만 노력한 만큼의 수익이 없는 편이다. 어떤 때는 속상하기도 하지만 비교적 천명에 순응하며 낙천적으로 산다. 공자의 말씀에 "순천자존 역천자망(順天者存逆天者亡)"이라 했으니 산모퉁이의 외로이 핀 꽃처럼, 벼랑 위의 낙락장송(落落長松)처럼 그렇게 의연하게 순천(順天)하며 살아갈 것이다.

2001. 6. 23

노후를 준비하자

맹자가 말씀하시길 "성인(聖人)도 여세이추(與世而推), 성인도 세상과 더불어 유추한다."라고 하셨다. 부연하여 설명하면 성인 같이 이 세상일을 훤히 통달한 사람도 그 당시의 시대상황을 참 작하여 사건을 풀고 일을 한다는 뜻이니, 그 시대와 동고동락하 며 세상을 위해 일해야 하는 것이요, 세상을 훌쩍 떠나서 산에서 혼자 사는 것은, 자기 한 몸만을 위해서는 보신(保身)은 될지언 정, 어렵게 고생하며 살아가는 민초들을 위한 일은 되지 못한다 는 이야기다.

요즘을 불확실성 시대라 하기도 하고, 또는 초스피드 시대, 뉴 밀레니엄 시대라고도 한다. 어쨌거나 오늘날은 시대의 변화가 너 무나 빨라서 시대에 적응하기가 무척 어려운 것인데, 더구나 나 이가 많은 사람은 자칫 도태하기가 쉬운 세상이다.

우선 이 시대에 적응하려면 "세계가 한 가족"이란 말처럼, 세계의 공용어인 영어를 잘해야 하고 초스피드 시대로 이끌어준 컴퓨터를 잘해야 하는데, 나이가 든 자는 기억력과 순발력의 부족으로 젊은이를 따라가기가 매우 어렵다.

그러므로 나이가 들면 자연히 퇴물이 되어 물러나야 하는데, 사람이 늙었다고 해서 아무 일도 안하고 빈둥빈둥 놀기만 한다면 무료하기도 하거니와 하는 일 없이 시간을 보낸다는 것 또한 두려운 공포가 아닐 수 없다. 우리 회원 중의 한 분이 모 공사의 사장을 하고 퇴직했다. 그 분은 5.16의 주체로 예비역 삼성장군(三星將軍)이다. 그 분이 하는 말씀, "나는 월요일부터 토요일까지를 계획표에 의해서 소일을 하는데, 계획이 없는 날은 할 일이 없어서 시간 보내기가 제일 두렵다네."라고 했다. 나는 오늘도 박 장군의 이 말을 지금도 기억한다. 이렇게 노년(老年)의 시간 보내기란 참으로 지겹고 어려운 것이다.

난 젊어서부터 서예한문학원을 운영했으니, 돈을 벌면서 내가 좋아하는 예술을 한 셈이다. 또한 생각하기를 "이렇게 열심히 서예를 연마하면 늘그막에는 내가 하는 예술도 어느 경지에 이르게 되고, 그때쯤에는 작품도 잘 팔릴 것이니, 말년 걱정은 안 해도 돼!" 하며 열심히 예술연마에 진력했지만, 세상의 급속한 변화와 서구화로의 물결로 인해서 나의 전문인 서예나 한문, 문인화 등은 정규학교에서조차 교과목에서 제외되어 있고, 정부나 관련기관에서조차 이에 대한 아무런 대책이 없으니, 참으로 안타까운 일이 아닐 수 없다. 세계화란 내가 주체가 된 세계화여야 하는데,

지금 우리의 세계화는 주체를 망각한 세계화가 아닌가 생각한다. 그렇기에 우리의 전통예술인 서(書) 예술을 수십 년 연마하고도 가족부양의 호구지책도 못할 처지가 된 것 아닌가! 이것은 정상적인 사회가 아닌 것이다.

공연히 군자(君子)답지 못하게 넋두리를 늘어놓지 않았나 생각한다. 노년을 준비하는데 있어서는 꼭 금전적 이야기나 무료한 시간을 어떻게 보내느냐 등의 이야기 외에도 건강이라는 또 하나의 문제가 있다. 아무리 많은 돈을 가지고 있으며, 아무리 훌륭한 재주가 있다 해도 건강을 잃으면 끝장이듯이 건강이란 참으로 중요한 것이다.

나이가 들수록 건강은 나빠지고 병은 늘어난다. 무릎은 아프고 항문은 탈장(脫腸)증세가 있다. 머리는 어느덧 반백이요, 눈은 침침하다. 갑자기 늙는다는 생각에 요즘은 운동에 신경을 많이 쓴다. 아침에 일찍 일어나 뒷산인 수락산을 등산한다. 해발 300m 정도 올라가면 땀으로 범벅이 된다. 이럴 때에 약수 한 잔 쭉- 들이키면 그 시원함이란 보약보다 낫다.

이렇게 노년을 준비하기란 그리 쉬운 일이 아니다. "적당량의 돈도 있어야 하고, 일거리가 있어야 하고, 또한 건강이 받쳐주어야 한다." 그러므로 인생살이가 쉽지 않듯이 노년을 잘 보내기도 그리 쉬운 일은 아니다.

어느 종교인의 군대 이야기

「2002, 2, 11.」요즘 양심에 허락되지 않아 군대에 입대하지 못한다는 한 젊은이가 있다. 이름이 "오태양"이라는 불교 신자인데, 이 젊은이의 말을 빌려보면 "나의 신앙 양심으로는 도저히 총을 잡고 남을 죽이는 훈련은 받을 수가 없으니, 제발 군복무 기간을 다른 일로 대체해서 복무하게 해 달라"이다.

얼른 들으면 일견 타당성이 있는 듯하다. 그러나 이는 국가와 신앙을 깊이 파악하지 못한 괴변에 불과하다.

모름지기 국가라는 것은, 예부터 지금까지 군대가 없는 시대는 단 한 번도 없었다. 왜냐하면 군대가 없는 나라는 존재할 수가 없는 것이요, 국가가 없는 나 역시 존재할 수가 없는 것이기 때문이다. 국적이 없으면 국외로 나갈 수가 없는 것이요, 내가 태어난 나라에서 살려면, 그 나라의 법을 준수해야만 하는 것이다.

‘오태양’ 군은 “불교신자의 양심으로 군에 못 간다”고 했는데, 이는 오군이 불교를 잘 이해하지 못한데서 나온 행동이 아닌가 생각한다. 필자가 알기로는 불교의 궁극적 목적은 “견성(見性), 모태에서 태어날 때의 근본 마음, 즉 깨달음”에 있는 것이요, 총을 잡고 안 잡고는 곁가지에 불과한 것이다.

그러하기에 조선시대의 임진 난에 왜구가 파죽지세로 조선을 삼키려 하자, 당시 불교계의 고승인 서산대사는 승병을 조직하여 결연히 일어나 왜구와 맞서 싸웠던 것이요, 조선의 정책이 좋아서 그랬던 것은 아니다. 당시 조선은 숭유억불(崇儒抑佛)의 정책이었으니까!

이와 같이 국가는 종교뿐만 아니라 다른 어떤 이론보다도 상위에 존재하는 개념이다. 만약에 국가가 멸망하게 되면 그 백성들은 타국의 피지배자가 되어 지배자의 종이 되고 만다. 일례로 왜정 36년의 시절을 생각해 보자. 그때 우리의 조상들은 일제의 식민(植民)이 되어 그들의 지시에 의해 움직일 수밖에 없었다. 만약에 그들의 명령을 어기게 되면 곧바로 명령위반 죄로 감옥살이할 수밖에 없었다. 그뿐인가! 그들이 군대에 가라고 명령하면 가야 하는 것이요, 전쟁터에 가서 싸우라고 하면 싸울 수밖에 없었다. 심지어 정신대를 만들어서 14, 15세의 어린 여인들을 강제로 징발하여 종군위안부(從軍慰安婦)로 삼았다고 하니, 나라 없는 서러움이 어떠한가를 짐작하고도 남음이 있다.

이러므로 위 ‘오태양’ 군의 양심상 총을 잡고 사람을 죽이는 훈련을 받을 수 없다는 말은 국가와 신앙을 정확히 파악치 못하고 응석을 부리는 어리석은 행위에 지나지 않는다. 지금 오군이 그런 말을 한다는 것 자체가 국가의 커다란 혜택 속에서 응석을 부리는 행위로 밖에 안 보인다. 만약 오군이 무국적의 떠돌이 난민이었다면, 이런 따위의 말조차 할 수 있는 곳이 없다.

그러므로 오군은 신성한 국방의 의무를 다하고 있는 60만 장병들에게 고마움을 느껴야 함은 물론 오군 역시 국민의 신성한 의무인 국방의 의무를 다해야 한다.

한마디 덧붙인다면 우리나라의 국민으로서 국방의 의무를 금권(金權)의 무기를 가지고 나 한 사람만은 군대에 가지 않겠다고 하는 사람이 있다면, 이 사람은 이 나라에서 살아갈 자격이 없는 사람이요, 후안무치(厚顔無恥)하고 몰염치(沒廉恥)한 어리석은 자이다. 이러한 자는 국가를 운위함에 있어서 아무 쓸모없는 쓰레기에 불과한 자요, 나아가 현재 복무하고 있는 국군장병들의 사기만 떨어뜨리는 행위가 되니, 다시는 이러한 자가 나와서는 안 된다.

말이 나왔으니 하는 말이지만, 나 같은 경우는 35개월의 기간 동안 군대생활을 했다. 황금같이 귀중한 시기에 35개월이라는 긴 세월을 국가에 봉사한 것이다. 무슨 혜택을 받으려고 군대생활을 한 것은 아니지만, 가끔씩은 허탈에 빠질 때가 있다. 국민의 최소한의 기본적 의무도 하지 않은 자들이 국가의 장 차관 등 지도급 인사가 되어있는 것을 왕왕 보게 되는데, 물론 정당한 사유가 있어 군대에 입대하고 싶어도 입대하지 못한 자야 말할 수 없겠지만, 사지가 멀쩡해가지고 군대는 안 다녀오고 관계의 요직을 차지하려는 자들이 많다. 과거 김영삼 정부에서는 장 차관의 33% 이상이 군의 의무를 수행치 않은 인사들로 채워져 있었던 것을 기억한다. 막말로 말해서 군대도 못 가는 병약자가 건강하여 신성한 국방의 의무를 다한 대다수 국민의 지도자가 된다는 말이 되니, 아이러니가 아닐 수 없다. 그것도 3분의 1 이상이라니…

이렇게 되면 민심은 동요하고 기강은 해이해져서 국가의 운용이 잘 되지 아니한다. 국가의 지도자는 이를 간과해서는 안 된다.

환원(還元)하는 세상

요즘은 장마철이라 중랑천에 많은 물이 흐른다. 비가 오면 금방 흙탕물이 흘러가고, 하루가 지난 뒤에는 맑은 물이 흐른다. 중국 황하의 지류(支流)인 이천(伊川)을 가 본 일이 있는데, 그 강물은 언제나 황토색이다. 그 주변이 모두 황토로 이루어진 땅이기 때문에 그렇다는 것이다. 황토물이 넘실넘실 굽이치며 흐르는 것을 보면, 맑은 물이 흐르는 것보다 훨씬 무섭게 보인다.

공자는 개천 위에 올라서 물을 보고 말씀하셨다. "가는 것은 이와 같으니, 주야로 그치지 않는다.(子在川上曰 逝者如斯夫 不舍晝夜)"고 하였으니, 이는 천지우주의 도체(道體)를 말한 것이니, 하늘의 운행이 그치지 않아서, 해가 가면 달이 오고 추위가 가면 더위가 오며, 물은 흘러서 쉬지 않고 물체는 끝이 없이 태어나는 것이다.

그러므로 이를 원(圓)의 원리로 말하면, 물은 끝없이 흘러가나, 도중에 태양의 열을 받으면 기체로 화하여 하늘로 올라가 구름이 되었다가 다시 비가 되어 내리는 것이다. 이러한 환원의 원리는 사람에게도 적용되고, 만물에게도 적용된다. 일례로 봄이 되면 나무는 잎을 피지만 가을이 되면 그 잎은 떨어져서 그 나무의 양분이 되고, 그 다음 봄에는 다시 잎이 되어 이 세상에 나타나는 것이다.

필자가 비행기를 타고 하늘에 올라가 보면, 하늘이 둥근 원으로 보이는 것을 경험하였고, 바닷가에 나가서 멀리 수평선을 바라보면, 맨 끝이 둥글게 원으로 보이는 것을 체험하였다. 이는 만물이 모두 환원하는 것과 마찬가지로 우주도 원으로 이루어진 것을 볼 수가 있는 것이다.

사람의 몸에서도 피는 순환한다. 심장에서 동맥으로 빠져나간 피는 정맥을 통하여 심장으로 되돌아온다. 이를 반복하므로 사람이 살고 있는 것이다. 우리의 눈으로 보이는 피가 있는 반면, 그 피를 실어 나르는 기(氣)도 순환을 한다. 이 기(氣)가 에너지가 되어서 피를 운반한다. 그리고 인체에는 12경락이 순환한다. 이 순환하는 것이 멈춰서 오르고 내리지를 못하면 병이 나는 것이고, 이것이 더욱 심하면 죽게 되는 것이다. 인체는 기(氣)의 상승과 하강이 원활하게 이루어져야만 건강한 것이다.

또한 사람은 영과 육으로 이루어진 물체이다. 이를 선인들은 "혼백(魂魄)"으로 표현하였으니, 사람이 죽으면 혼은 하늘로 올라가고 백(魄)은 지하로 내려간다는 것이다. 그러므로 사람은 혼과

백(魄)이 서로 만나면 몸이 되는 것이고, 헤어지면 각각 나뉘어서 자기가 온 곳으로 돌아가는 것이니, 이를 유가(儒家)에서는 해체 된다고 했던 것이고, 불가(佛家)에서 말하는 "환생(還生)"이라는 것은, 원(圓)의 원리를 적용하여 갔다가 다시 오는 것을 말하는 것이 아닌가!

그러므로 이 세상의 모든 것은 순환하는 것이다. 아침이 되었다 가 다시 아침이 되면 환원이고, 다시 돌아가는 것을 순환이라고 하는 것이니, 봄이 와서 꽃이 피면 살맛이 나는 것이고, 겨울이 되어서 추위가 오면 죽을 맛이 나는 것이다. 그런데 겨울에서 그 치고 마느냐 하면 다시 봄으로 돌아가니, 이렇게 세상은 환원하 고 순환하는 것이다. 재미있는 세상이 아닌가!

장시(長詩) 1수

성균관대학교 유학대학원생도들 전주 일원(一圓)을 답사하다.
(成大儒學大學院 外遊全州一圓) 2011. 4. 9

　필자가 하는 일이 많지만 문학적 측면에서 보면, 수필(隨筆)과 한시(漢詩)뿐이다. 수필집에 무슨 한시냐고 할 테지만, 아래에 소개하는 장시(長詩)는 운자(韻字)만 넣어서 쓰는 칠언장시(七言長詩)로, 약간은 수필적 성격을 띠기에 소개하는 것이다. 왜냐면 정형시가 아닌 장시이므로, 운자를 작자 마음대로 넣을 수가 있기 때문이다. 아마 고려 충렬왕 때의 이승휴(李承休)가 쓴 제왕운기(帝王韻紀)를 생각하면 될 듯싶다. 기행을 하면서 특이한 곳이나 이색적인 이야기를 칠언이나 오언으로 엮는 시이니까! 이는 수필을 간략하게 쓴 글이나 다름없다. 그러면 아래에 칠언장시 한 수를 소개한다.

解氷春日樹嫩新　해빙한 봄날은 새싹이 새로운데
踏査生徒友好親　답사하는 대학원생들 좋은 친구 된다네.
金堤萬頃大野波　김제만경은 바다 같은 평야인데
扶安防潮新路巡　부안의 방조제 새 길을 순회하네.
東學農軍望新天　동학의 농군은 새 세상을 바랐는데
全州鄕校導明倫　전주의 향교에선 명륜(明倫)으로 인도하네.
馬耳彌勒奇妙處　마이산의 미륵 기묘한 곳에 있는데
群山路邊櫻花春　군산의 길가에는 벚꽃이 만발했네.
城邊三禮基大學　성변의 삼례에는 대학이 터를 잡고
寺下小村居農民　절 아래 작은 마을 농민이 산다네.
酒店酌婦纖手美　주점의 작부(酌婦)는 섬섬옥수가 아름다운데
答問童子應對純　물음에 답하는 동자 응대가 순진하다오.
師弟詩論連終夜　사제 간의 시(詩)의 논의 밤이 마치도록 이어지고
學庸論孟皆寶珍　대학, 중용, 논어, 맹자는 다 보배로운 책
梧木太祖勝戰臺　오목대는 태조가 승전을 알린 대(臺)이고
梨木穆祖舊址塵　이목대는 목조(穆祖)가 살던 터라네
韓屋鄕里骨董多　향리(鄕里)의 한옥에는 골동품이 많이 쌓였는데
案內二婦解說淳　안내하는 두 부인 해설이 진진해
連丘松樹誇常靑　언덕에 연한 소나무는 상청(常靑)을 자랑하고
百日紅木羞裸身　백일홍 나무는 나신(裸身)을 부끄러워한다오.
殿洞聖堂拜耶蘇　전동의 성당에는 예수께 예배하는데
慶基正殿奉御眞　경기의 정전(正殿)에는 어진(御眞)을 봉안했다오.
豐沛客館迎外賓　풍패의 객관에는 외빈(外賓)을 맞이하고

剛庵書舍展藝身　강암의 서예관은 예술의 자신을 펼쳤다오.
古物賣店玩蘭菊　고물 매점에서 난초와 국화를 구경하는데
古城絕壁蕭蕭筠　고성의 절벽에는 대나무가 소소(蕭蕭)하다오
自古湖南肯穀倉　자고로 호남은 곡창을 자랑하는데
今時工業遠農人　요즘은 공업으로 농민을 멀리 한다오
堯舜聖時不知帝　요순의 성시(聖時)에는 백성들이 임금을 알지 못

했는데
今世我輩唯義仁　요즈음 우리들은 인의(仁義)만 말한다네.
儒學書法路雖異　유학과 서예과는 길이 비록 다르나
修鍊後日報國彬　수련한 뒷날에는 국가에 보답함이 빛을 발하리.

※ 이하는 필자가 사단법인 은빛문진흥회의 월간 회보에 연재한 내용들이다.
　비교적 간단한 내용으로 우리들에게 피와 살이 될 듯하여, 아래에 싣는다.

낙마(落馬)

낙마(落馬)는 새옹지마(塞翁之馬)의 주인공인 새옹(塞翁)의 이야기로 유명하다. 새옹의 아들이 말에서 떨어져서 다리가 부러지니, 동네 사람들이 와서 위로하였다. 그러나 새옹은 "이것이 혹 복이 될는지 어떻게 알겠소." 하였다. 그 뒤 오랑캐들이 쳐들어와 젊은이들이 모두 전쟁터에 나가 전사했는데, 노인의 아들은 다리가 불편해서 무사할 수 있었다.

《춘향전(春香傳)》에서도 춘향이가 변 사또의 수청을 거부하고 옥에 갇혀서 지내는데, 어느 날 저녁에 거울이 찰싹 깨지는 꿈을 꾸었다. 너무나도 불길하여 해몽가를 불러들여서 해몽(解夢)하라고 해보니, "길몽입니다. 거울이 깨졌으니 어찌 소리가 나지 않겠소.(鏡破豈無聲)"라고 하였는데, 과연 며칠 뒤에 암행어사 이몽룡이 와서 춘향이를 구해주었다.

이와 같이 우리들이 세상을 살아가는 동안에 길하고 흉함의 사건들이 연이어 일어난다. 그럴 때마다 우리들은 희비가 엇갈려서 좋아라, 환호를 부르기도 하고 슬퍼서 눈물을 흘리기도 한다. 그

런데 중요한 것은 차면 기울고 기울면 다시 회복한다는(日月盈
昃) 이치를 달에서 배울 수가 있다. 달은 한 달에 한 번씩 차고 기
울지 않는가! 우리 인생도 이를 반복하는 것이니, 군자(君子)는
늘 깨어있어서 전전긍긍(戰戰兢兢)하라고 하였다.

일전에 김태호 국무총리 후보자가 국회의 청문회 과정에서 덫
에 걸려 낙마(落馬)하고 말았다. 안타까운 일이지만 김 후보가 사
퇴한 것은 잘한 일이다. 혹시 아는가! 이보다 더 좋은 소식이 다
음에 찾아올지…

우리 인생은 이렇게 선악의 업보로 화복(禍福)이 연하여 이어지
는 것이니, 새옹(塞翁)처럼 멀리 바라보는 안목이 필요한 듯하다.

꽃의 역할

칼바람이 몰아치는 겨울이 가고 어느새 훈훈한 봄바람이 불면
나무와 풀들은 꽃을 피우기에 여념이 없다. 온 산야(山野)가 온통
꽃밭이다. 벌과 나비들은 좋아라고 꽃을 찾아다니며 양식을 얻기
에 바쁘다. 이것이 봄의 풍경이다.

그런데 사람들은 그 꽃을 보고 감상하면서 환호할 줄은 알지만,
정작 왜 꽃이 피는지는 생각하지 않는다. 어쩜 이렇게 단순하게
사는 것이 골치 아프지 않고 좋은 생활인지도 모른다. 그러나 우
리가 한 가지 놓친 것이 있으니 그것은 다름 아닌 생명인 것이다.

우리들이 이 세상을 살아가는 것은, 나의 생명을 유지하고 연장

하기 위해서이다. 그렇다면 죽음의 계절 겨울을 넘어서 봄이 오는 것도 생명을 불어 넣으려는 의미가 있고, 초목이 꽃을 피우는 것도 모두 생명을 유지하고 연장하려는 의미가 있는 것이다.

필자가 몇 년 전에 봄의 가뭄이 심했을 적에 주말농장에 메밀을 심은 일이 있었다. 가뭄이 너무 심해서 풀이 말라 죽는 지경이니, 메밀이 정상적으로 싹을 틔울 일이 없는 것이다. 그 뒤에 비가 내려서 싹은 틔웠지만, 그러나 이때는 이미 시기를 놓친 때인지라 메밀이 정상적으로 자라지 못하였다. 그러므로 메밀은 자라다 말고 꽃을 피우기 시작하였다. 자라지 못하였으므로 많은 꽃은 피우지 못했지만, 그래도 한두 송이의 꽃을 피우면서 일생을 마치는 것을 보고, 필자는 초목에 경외심을 갖게 되었다. 왜냐면 이 메밀들은 자기의 생명이 얼마 남지 않은 것을 알고 빨리빨리 꽃을 피워서 자신의 후세를 남기려는 자신의 본성을 유감없이 발휘하였기 때문이다.

이렇게 미물들도 이 세상에 나오면 자기의 소기의 목적을 향하여 열심히 사는 것을 본다. 이러한 것이 소위 생명을 이 세상에 불어넣는 행위인 것이다. 우리나라가 세계에서 출산율이 제일 적다고 한다. 이는 인간의 많은 이기심의 발로이다. 순리(順理)가 아닌 것이다.

공자님의 말씀에 "자연을 따르는 자는 살고 자연을 어기는 자는 죽는다.(順天者存 逆天者亡)"라고 하지 않았는가! 우리도 자연을 따르며 생명을 이 세상에 불어넣는 산소 같은 사람이 되어야 한다.

만초손겸수익(滿招損謙受益)

《서경》〈대우모(大禹謨)〉에 "가득참은 덞을 부르고 겸손함은 보탬을 받는다.(滿招損 謙受益)"고 했다. 부언하면, 보름달이 둥글게 되면 그 다음부터는 조금씩 이지러져서 초승달이 되는 것을 상징한 것이니, 이를 사람으로 비유하면 사람이 하는 일이 잘 되어서 사장이 되거나 장관, 그리고 대통령이 되면, 그 다음에는 달이 이지러지는 것과 같이 하향하여 내려온다는 것을 말한다. 이와 반대로 사람이 둥근달처럼 만사가 형통했더라도 언제 추락할지 모른다는 심정으로 겸손하게 근신하면, 그 자리를 오래도록 지키게 되는 것이니, 이를 "겸수익(謙受益)이라 하는 것이다.

요즘 중동의 사태, 곧 리비아를 보면 42년의 철권통치를 한 가다피가 시위하는 국민들을 향하여 총과 미사일을 난사하고 사제 용병을 고용하여 시위하는 군중을 마구 죽이는 사태를 보면서, "대통령은 국민이 있음으로로써 그 자리가 있는 것인데, 국민을 향해서 총을 마구 난사하니 이제는 끝이로구나!" 하고 생각을 했다.

맹자의 양혜왕장에 보면, 여민동락(與民同樂) 즉 "백성과 더불어 즐거워한다."라는 말이 있다. 이는 군주(君主)는 백성과 더불어 즐거움을 같이 하고 괴로움을 같이 해야만 훌륭한 군주가 된다는 민본(民本)사상이 깔려있는 것이다. 또한 백성은 물이고 군주는 배라고 한다. 물이 잔잔하면 배는 순항하지만, 바람이 세게 불어서 파도가 일면 배는 앞으로 잘 나가지 못하며, 잘못하면 전복이 되는 것이다. 그러므로 임금이나 군주는 모두 백성과 국민의 마음을 잘 헤아려서 정치를 해야 성공한다는 것이다. 그러므로 겸손해야 유익함이 오는 것이다.

서울과 한강의 옛 이름

대한민국의 수도 서울은 이제 세계에 내놓아도 일점 손색이 없는 대도시이며 아름다운 도시이다. 조선조 왕궁이 있는 곳이니, 좌측은 낙산이 있고 우측에는 인왕산이 팔을 벌리고 있으며, 앞에는 관악산이 있고 뒤에는 북한산이 감싸고 있는 너무나 아늑한 도시이다. 그리고 앞에는 청계천이 서쪽에서 동으로 흐르고, 그리고 한강은 동에서 서쪽으로 흐른다.

조선시대 우리의 선인들은 이곳을 한성(漢城)이라 불렀는데, 문헌에 보면 이칭(異稱)이 아주 많다. 그때는 대체로 중국의 문물을 많이 받았고 학문 역시 중국의 유학을 받아서 발전했으므로, 중국 서울의 이름을 따다가 부른 이름이 많다. 즉 낙양(洛陽)은 중국의 동주(東周)와 한(漢)의 수도인데, 이 낙양에서 낙(洛) 자를 따서 낙경(洛京)이라 하고, 양(陽)자를 따서 한양(漢陽)이라 하기도 한다. 당(唐)의 수도는 장안(長安)인데, 여기서 장안이란 이름을 빌려와서 그냥 서울을 장안이라 부르기도 했다. 또한 서울 경(京) 자를 넣어서 경사(京師)라 부르기도 하였고, 왜정 때에는 경성(京城)이라 부르기도 하였다. 지금 중국에서는 서울을 음차(音借)하여 수이(首爾)라고도 한다. 이 외에도 위례성, 한주(漢州),

남경(南京), 양주(楊州) 등으로 부르기도 하였다.

한강은 우리말로 큰 강이라는 이름인데, 이를 한수(漢水)라 부르기도 하고, 낙양의 낙(洛)자를 따서 낙수(洛水)라고 부르기도 하고 낙강(洛江)이라 부르기도 한다. 전에 필자가 고서(古書)를 번역하면서 낙강(洛江)을 낙동강인줄 알고 번역한 일이 있는데, 나중에 이를 알고 정정한 일도 있다. 또한 열수(洌水)라 부르기도 한다.

의리와 실용

사람이 이 세상을 사람답게 살아가는 요소 중에 '오상(五常)'이라는 것이 있다. 즉 인의예지신(仁義禮智信)이다. 인(仁)은 사랑하는 마음, 즉 온화한 인간성을 말하고, 의(義)는 옳은 일, 즉 의리가 있는 행위를 이른다. 예(禮)는 예의(禮儀)가 있어야만 사람이라 할 수 있는 것이고, 그러므로 남들의 존경의 대상이 되는 것이다. 지(智)는 지혜니, 슬기로운 사람이 되어야 이 험난한 세상을 잘살아갈 수 있는 것이다. 또한 지식을 온축하여야 후인을 지도할 수가 있는 것이다. 신(信)은 신용을 말한다. 사람은 신의가 있어야 남들이 나를 믿어주게 된다. 믿음이 없는 사람은 존재할 수가 없다. 즉 외톨이가 된다.

이상에서 말한 오상(五常)에서 의리는 옳은 일을 하는 것이고, 실용은 우리의 실제생활에 보탬이 되는 요소이니, 이를 국가적으로 본다면 모든 국민들에게 유익한 정책을 펴야 한다는 것이다.

병자호란 때에 국가적 사상의 대세는 '척화(斥和)'였다. 척화파의 대부는 청음 김상헌 선생으로, 이들의 주장은 임진란 때 명나라의 도움을 받아 우리나라를 지켰으니, 우리는 명나라의 편에만 서야 하고, 야만인이고 오랑캐인 청나라와는 외교조차도 끊어야 한다는 극단적 논리이다. 그리고 주화(主和)파의 대부는 지천 최명길 선생으로, 전에는 설혹 명나라의 도움을 받았을지라도 현실을 감안하여 더욱 강성한 청나라를 외면할 수 없으니, 외교관계를 정상화해서 그 세력을 인정하자는 논리이었다.

그런데 척화파가 득세를 하여 청의 요구를 무시하였으므로, 결국 청에 침략의 빌미를 제공하였다. 결국 청이 침입한 10일 만에 한양에 들어올 수가 있었다. 이때 인조는 막 몽진 길에 올라 남대문도 채 빠져나가지 못한 상태였다. 정세가 너무 급박하게 돌아가자 조정에서는 주화파의 대부인 최명길 대감을 벽제관으로 보내어 협상을 요청하게 하고, 그 시간을 이용하여 강화도로 몽진하려던 길을 남한산성으로 바꾸어 몽진하게 된 것이다.

결국 국왕이 항복하는 비운을 맞고 백성들은 적군의 포로가 되어 심양으로 잡혀가서 노복으로 팔려나가는 참담한 비운을 맞는다. 이때에 척화파가 한 일은 아무것도 없다. 국가를 지킬 힘도 없으면서 부질없이 입만 가지고 척화를 한 것이다. 백성들이 적의 창칼에 쓰러져도 구해내지를 못했다. 이렇게 무능한 척화파를 기개가 있다고 하여 지금도 서원에 모시고 제사를 지내고 그들의 기개를 기린다.

이는 모두 중용의 도를 모르고 한쪽으로 치우친 사상 때문에 이런 엄청난 비극을 맞은 것이다. 그리고 결국에는 주화파의 힘을 빌어서 전쟁을 끝내고 처리하였던 것이다. 그러므로 이곳에서의 실용은 당시의 상황을 잘 읽은 주화파의 생각이 실용이 된다. 처음부터 실용을 사용했더라면 국왕도 항복할 필요가 없고 백성들도 주륙을 당하지 않았을 것이다.

지금의 현실에 있어서도 매한가지이니, 위에서 말한 인의예지신(仁義禮智信) 이 모두 훌륭하고 없어서는 안 될 말씀들이지만, 어느 한쪽에만 치우치게 되면, 병자호란과 같은 엄청난 대가를 치르게 되는 것이다. 지금 정치권의 화두인 세종시 문제도 국가의 100년 대계를 생각해서 슬기롭게 실용적으로 처리하기를 바랄 뿐이다.

인의(仁義)에 대하여

유가(儒家)의 사서(四書)는 대학(大學)·중용(中庸)·논어(論語)·맹자(孟子)이다. 그런데 대학의 제일 첫 장은 명덕(明德)을 말했고, 중용의 첫 장은 인성(人性)을 말했으며, 논어의 첫 장은 학습(學習)을 말했고, 맹자(孟子)의 첫 장은 인의(仁義)를 말했다. 모두 중요한 말씀이지만 첫 장에 언급했다는 것은 그만큼 중요하기 때문이라 생각한다.

그럼 인의(仁義)는 무엇인가! 인(仁)은 인자한 마음이고, 의(義)

는 의리(義理) 즉 옳은 행위이다. 그러므로 안중근의사는 견리사의(見利思義)라 하여 이익을 보거든, 이것이 옳게 들어온 이익인가를 살피라고 하였다. 옛적 요임금 때에 9년간 홍수가 내렸던 시절이 있다. 이때에 우(禹)라는 사람이 홍수를 다스리는 총책이 되었는데, 온 세상이 다 물에 잠겨있어서 백성들이 모두 죽어가는 지경이었다. 우(禹)가 잠시라도 쉰다면 그만큼 많은 백성들이 죽어가기 때문에 '삼과기문이불입(三過其門而不入)'이라 하여, 9년의 홍수를 다스리는 동안 세 번 자기 집 앞을 지나가면서도 집에 들어가지 않았다는 설(說)이 서경(書經)과 맹자(孟子)에 전한다. 자기 집의 처자(妻子) 입장에서는 혹 야속하다 할 수 있겠으나, 대의(大義)를 생각하고 우(禹) 자신이 잠깐이라도 지체하면 많은 백성들이 죽게 되고 쉬지 않고 열심히 일을 하면 그만큼 많은 사람을 살릴 수 있다는 대의(大義)의 입장에서 우(禹)는 그렇게 행동을 한 것이다.

우(禹)는 이러한 인자한 행위로 덕을 쌓았기 때문에 나중에 순(舜)의 뒤를 이어 제왕이 되었고, 하(夏)의 왕조를 이룩할 수 있었던 것이다. 인의(仁義)의 씨앗은 그만큼 큰 것이니, 우리들이 생각해볼 일이다.

착한 실의 보상

세계 4대 성인(聖人) 중에서 우리가 살아가는 현세와 현실을 가장 중요하게 본 성인은 아마도 공자(孔子)일 것이다. 공자의 철학은 '수신제가치국평천하(修身齊家治國平天下)'의 말씀 안에 다 들어있다. 즉 처음에는 자기 자신을 수련하고, 다음에는 집안을 잘 다스리고, 그리고 국가의 일에 참여하여 내가 지금까지 공부한 지식을 가지고 온 백성들이 잘 살 수 있도록 노력하고, 그 다음에는 천하의 모든 사람들을 위해 일을 해서 그 사람들이 잘 살 수 있는 세상을 만들어주는 것이니, 이것이 군자(君子)의 해야 할 일이라고 하였다.

이렇게 현실을 중시하고 남을 위해 자신의 정열을 불태워서 일해야 하는 것이 군자의 임무인데, 이렇게 사는 사람을 '대인(大人)'이라 하여, 이를 유학(儒學)의 기본 이념으로 삼은 공자께서 《주역(周易)》곤괘(坤卦) 문언(文言)에 "착한 일을 많이 쌓은 집안은 반드시 자손에까지 경사(복)가 미치고[積善之家 必有餘慶] 악한 일을 많이 쌓은 집안에는 후손에게 반드시 재앙이 돌아오게 된다.[積不善之家 必有餘殃]"라는 말씀을 하였다.

그래서 유학의 경전(經傳)을 제대로 공부한 유학자들은 위의 말씀이 무서워서 죄를 짓지 않으려고 무척이나 노력했다. 그도 그럴 것이 가령 자신이 악한 일을 했으면 자신만 죄를 받는 것이 아니고 자신의 자손에게까지 그 악의 재앙이 미친다고 했으니, 이 말씀을 아는 사람이라면 누가 악한 일을 하여 자기 자손이 화를 당하게 하겠는가. 반대로 착한 일을 하면 자신은 물론 자신의 자손에게까지 복이 돌아온다고 하여 착한 자에게 희망의 메시지를 주었다 할 수 있다.

사람이 젊었을 때는 자식들을 가르치고 키워야 하기 때문에 남에게 봉사한다는 여유를 누릴 겨를이 없는 것이 사실이다. 그러나 착한 일을 하는 것이 반드시 여유가 있어야만 하는 것은 아니다. 조금만 눈을 돌리면 우리 주변에는 착한 일을 얼마든지 찾을 수가 있다. 처음부터 너무 큰 것을 생각하지 말고 작은 일부터 차근차근 해 나가면 이것이 자신의 자손들이 잘 살 수 있는 보험이 된다. 공자의 말씀이 이를 증명하고 있지 않은가! 그러므로 착한 일은 그냥 없어지고마는 봉사가 아니고 자신과 자손을 위한 보험이 되는 것이다. 이 얼마나 행복한 말씀인가!

침(針)의 역할

침(針)은 우리 동양의학에서 가장 오래된 의술 중의 하나다. 침의 기록은 중국의 서책인 《황제내경(黃帝內徑)》의 영추(靈樞)에 가장 먼저 기술되어 있는 것으로 안다. 《황제내경》은 기원전 475년에서 기원후 221년경에 쓰여진 책이니, 약 2000년은 족히 되는 책이다.

필자가 영추(靈樞)를 읽을 때에 위산과다로 위에서 산(酸)이 올라온 일이 있었다. 이럴 때에 영추에서는 위중(委中)에 침을 놓으라고 되어 있어서 위중에 침을 놓았는데, 조금 있으니 위산과다의 증세가 신기하게도 말끔히 없어지는 것을 체험한 일이 있다. 이렇게 2000년 전의 의술이 현대에도 잘 맞는 것을 체험하고 필

264

자는 놀랐다.

인체에는 12경락과 임맥(任脈)과 독맥(督脈)이 흐르고 그 흐르는 길에 정류장 역할을 하는 혈이 있는데, 우리 인체에는 360개 정도 있다. 이 경락에는 우리 눈에는 보이지 않는 기(氣)가 흐르고 혈(血)은 이 기의 에너지를 이용하여 흐르는 것이다. 여하튼 12경락의 기의 흐름에 이상이 생기면 그 이상이 생긴 곳이 아프게 된다. 이 아픈 곳을 침을 놓아서 기의 흐름을 원활하게 도와주는 것이 침의 역할인 것이다. 즉 막힌 곳을 침이라는 기구로 뚫어주는 것이 침인 것이다.

우리의 인생사도 12경락에 기가 흐르는 것과 똑같다. 그 흐름이 원활해야 세상이 잘 돌아가는 것이지, 만약 원활히 돌아가지 못하면 병이 생기고 일이 일어난다. 이럴 때는 침의 역할이 꼭 필요하다. 그러나 침을 놓으려면 침을 놓아야 할 혈(穴)을 찾아야 하는데, 인생사에서도 이것이 꼭 필요하다. 먼저 어디가 막혔는지를 조사해서 그곳을 정확하게 진단한 다음에 치유책을 마련해야 원활한 치유가 되는 것이다. 이를 국가에 적용해도 정확히 맞는다.

피서(避暑)

바야흐로 피서철이 돌아왔다. 무더운 여름은 북풍설한(北風雪寒)의 추위와 더불어 1년 중 가장 견디기 어려운 계절이다. 피서하는 방법도 연령의 차이에 따라 많이 달라진다. 가사 이팔청춘의 젊은 사람들은 너나없이 바다에 나가서 해수(海水)와 해풍(海風)을 쬐며 자신들의 육체미와 곡선미를 마음껏 뽐낼 것이다. 그러나 우리같이 나이가 50에서 60이 넘은 사람들은 젊은 사람들처럼 육체미를 자랑하지도 못할뿐더러, 늙은이가 수영복만 입고 젊은이들의 틈에 낀다는 것이 영 쑥스럽고 부담이 됨은 물론이다.

그리고 젊은이들은 노인들을 부담스러워 한다. 그도 그럴 것이, 맹자는 "성인(聖人)도 세상과 같이 추구한다."고 했듯이, 젊은 사람과 늙은이는 세대가 다르지 않은가! 세대가 다르면, 말이 통하지 않고 마음이 통하지 않는다. 더욱이 나이가 든 사람들은 꼭 나잇값을 하려고 한다. 그러므로 젊은이들은 이러한 사람들은 싫어하는 것이다.

그래서 《논어》에 나오는 공자와 제자들 간의 대화 한 토막을 소개하려고 한다. 선진편(先進篇) 25장에 보면, 자로와 증석과 염유와 공서화가 공자를 모시고 앉았다. 공자께서 "나를 어려워 말고 너희들이 하고 싶은 이야기를 해봐라"고 하니, 자로는 "나에게 천승(千乘)의 나라를 맡긴다면, 3년 안에 백성들이 용맹하고 의리를 아는 나라로 만들겠습니다."고 하였고, 염구는 "조그만 나라를 자신에게 맡긴다면, 3년 안에 백성들을 풍족하게 만들겠습니다."고 하였으며, 공서화는 "재상이 되어서 임금을 돕겠습니다."고 하였는데, 증석은 "늦은 봄에 봄옷을 입고 친구들과 같이 기수(沂水, 온천)에서 목욕하고 무우(舞雩)에서 바람 쐬고 시를 읊다가 돌아오겠습니다."고 하니, 공자께서 칭찬을 하시며 "나도 너와 같이 하겠노라."고 하시었다.

위에서 공자의 제자 3인은 권력의 자리에 연연하는 모습을 보였지만, 오직 증석만은 권모술수가 만연하는 권부(權府)를 떠나서, 마음이 맞고 친하게 지내는 친구들과 같이 온천에 가서 목욕도 하고 나무가 우거진 시원한 곳에서 시도 읊고 비파도 타면서 여유 있는 시간을 갖겠다는 것이니, 이것이 피서가 아니고 무엇인가. 지금부터 2500년 전에도 이러한 여유 있는 생활을 좋아했는데, 현재에 사는 우리가 그렇지 못할 이유가 없다. 육체미의 자랑 권세의 욕심에서 벗어나는 것이 곧 피서이고 행복인 것이다.

그러므로 나이가 좀 든 사람들은 복잡한 곳에 가서 피서하기보다는 가까운 곳이라도 물이 맑고 바람이 불고 나무의 그늘이 있는 곳이면 좋은 것이다. 꽉 막힌 피서철의 고속도로보다는 뻥 뚫린 시골 길이 더욱 좋고, 에어컨이 나오는 호텔보다는 시원한 선풍기 바람이 나오는 민박집이 노인에게는 더더욱 좋은 것이다.

하루는 두 번 오지 않는다

盛年不重來　　나에게 성대한 해는 다시 오지 않고
一日難再晨　　하루에 두 번 새벽은 오지 않는 것이니
及時當勉勵　　그때그때 응당 힘써야 하느니
歲月不待人　　세월은 사람을 기다리지 않는다.

이상은 도연명의 시 일부분입니다. 너무나 우리들을 채찍질하는 문구입니다. 사람은 한 번 이 땅에 태어났다가 돌아가면 다시 오지 못하는 것이기에, 이 세상에 살 적에 힘쓰고 노력해서 후회 없는 삶을 살아야 한다는 이야기입니다.

경기도 양평에 있는 용문산 은행나무는 수령(樹齡)이 1100년이라고 합니다. 이렇게 오래 산 나무이지만, 지금도 결실을 맺어서 나무의 구실을 톡톡히 하고 있습니다. 무엇을 말하는가 하면, 이 지구상의 생물이나 동물은 이 세상에 살면서 열매를 맺고 혹은 새끼를 낳아서 후손을 남기고 돌아가라는 것입니다. 그래야만 자신의 역할을 다한 것이고, 그래야만 이 지구가 멸망하지 않고 계속 생명을 생산하는 낙원이 되는 것입니다.

사람도 예외는 아닙니다. 사람이 계속 생산이 되어야만 이 지구상에 사람이 존재하게 되는 것이지요. 사람들은 흔히 이기적인 생각을 가지고 생산을 인위적으로 줄이거나, 아예 결혼을 하지 않는 경우를 혹 봅니다만, 이러한 현상은 결코 아름다운 일은 아닙니다. 성경에서도 "번성하라."고 하였듯이 생산을 하는 것이 자연에 부합하는 생활입니다.

그리고 위의 시에서 말했듯이, 사람은 만물의 영장(靈長)으로서 이 세상을 아름답고 훌륭하게 살아야 할 의무가 있는 것입니다. 공자의 말씀, "일 년의 시작은 봄에 있고, 하루의 시작은 새벽에 있다.(一年之計在於春 一日之計在於晨)"라고 하였는데, 이는 하루 한시를 살더라도 계획을 세우고 그 계획을 토대로 하여 아름답고 훌륭한 삶을 영위하라는 메시지가 아닐까요.

학문의 3단 논법

공자는 동양의 사상을 주도한 대성인이다. 공자가 십익(十翼)을 붙인 《주역(周易)》은 불교인과 도교인도 연구하여마지 않는 경전이다. 그 책 속에는 철학적으로 해석해야 하는 《주역(周易)》이 들어있고, 점술적으로 풀어야 하는 《주역(周易)》이 들어있다. 이 《주역(周易)》을 한마디로 말하면, 첫째는 미래를 미리 예측하고 살아가라는 것이고, 두 번째는 천지우주가 이러한 것이니 사람은 천지우주의 운행에 순응하며 살아야 한다는 것이다.

《논어(論語)》의 학이장 첫머리에 보면, 사람은 이 복잡한 세상을 살아가려면 배워야 한다는 것인데, 그 단계가 3단계로 되어있다. 첫째는 '배우고 익히면 즐겁지 않은가!(學而時習不亦悅乎)' 이니, 이는 처음에 학문에 들어선 자에게 반복하여 배우고 익히라는 말씀이다. 그리고 즐겁게 공부하라는 것이다. 공부를 즐겁게 생각하지 않고 지겹게 생각하는 사람은 학문으로 성공하기는 어려운 것이다. 두 번째는 '벗이 먼 곳에서 나를 찾아오니 또한 즐겁지 않은가.(有朋自遠方來不亦樂乎)' 이다. 이는 내가 학문을 깊이 하여 이름이 인근에 자자하니 먼 지방에서 나같이 공부를 깊이 한 자가 학문을 논의하기 위해서 찾아오니, 즐겁다는 말씀이다. 공부를 많이 한 선비가 먼 곳에서 찾아왔다는 것은 그만큼 공부를 많이 한 사람이 적으므로, 먼 곳까지 찾아가서 천지우주같이 넓고 바다같이 넓은 학문의 세계를 논의하니, 즐겁다는 것이다. 세 번째는 '사람들은 나를 알아주지 않아도 나는 화내지 않으니 이 사람이 군자가 아닌가! (人不知而不慍不亦君子乎)' 이다. 이는 나는 공부를 수십 년 동안 하여 천지우주를 몸 안에 품고 있는데, 세상에서는 나를 알아주는 사람 없다. 그래도 나는 화를 부리며 성질을 내지 않으니, 이 사람이야말로 진정한 군자(君子)라는 이야기다.

전에 어떤 전직 장관이 텔레비전에 나와서 왈, '나 같은 사람을 이 나라에서 쓰지 않으면 결국 나라가 손해다.' 라고 말하는 것을 필자는 똑똑히 봤는데, 이러한 사람은 덜 익은 과실과 같은 사람이다. 수련이 덜 된 사람은 자칫 과오를 범할 수가 있어서 위험한 인물이라 말할 수가 있다. 그래서 공자는 《논어(論語)》의 첫 머리에 학문을 하는 단계를 3단계로 구분하여 조리 있게 설명하고 있다. 이 말씀이 《논어(論語)》 전체의 핵심 내용이 된다. 그래서 《논어(論語)》는 학문하는 책이라 할 수 있다.

| 전규호 수필 제 2집 |

안경 쓴 장승

초판 발행 ‖ 2011년 9월 15일
초판 발행 ‖ 2011년 9월 20일

지은이 ‖ 전규호
편　집 ‖ 이명숙 · 양철민
발행자 ‖ 김동구
발행처 ‖ 명문당(1923. 10. 1 창립)
주　소 ‖ 서울시 종로구 안국동 17~8
　　　　우체국 010579-01-000682
전　화 ‖ 02)733-3039, 734-4798(영), 733-4748(편)
팩　스 ‖ 02)734-9209
Homepage ‖ www.myungmundang.net
E—mail ‖ mmdbook1@kornet.net
등　록 ‖ 1977.11. 19. 제1~148호

ISBN 978-89-7270-991-6 (03800)
정가 ‖ 9,800원

* 낙장 및 파본은 교환해 드립니다.
* 불허복제

하담(荷潭) 전규호(全圭鎬) 선생의 서첩 시리즈

영종동궁일기(英宗東宮日記) ❶

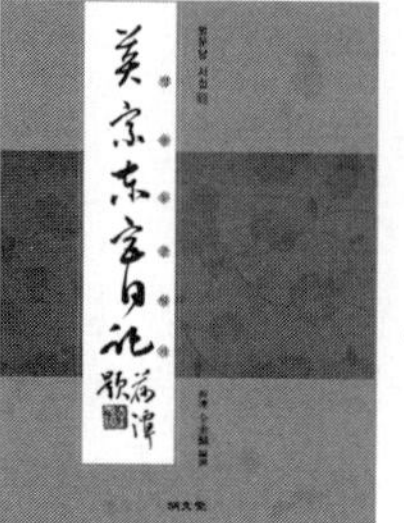

'동궁일기'는 조선조 세자 시강원에서 매일 세자의 행적을 기록한 국가의 기록 문서이다.

全圭鎬 編譯
A4판형 / 72쪽 / 값 12,000원

한간당시자첩(漢簡唐詩字帖) ❷

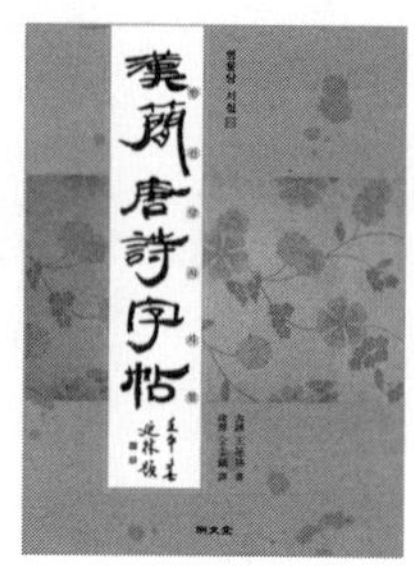

한간(漢簡)의 서체는 매우 예술적으로 구성된 글씨로, 서가(書家)가 작품을 쓸 때에 아주 적합한 서체라 할 수 있다.

王延林 書 · 全圭鎬 譯
A4판형 / 128쪽 / 값 12,000원

추사행서첩(秋史行書帖) ❸

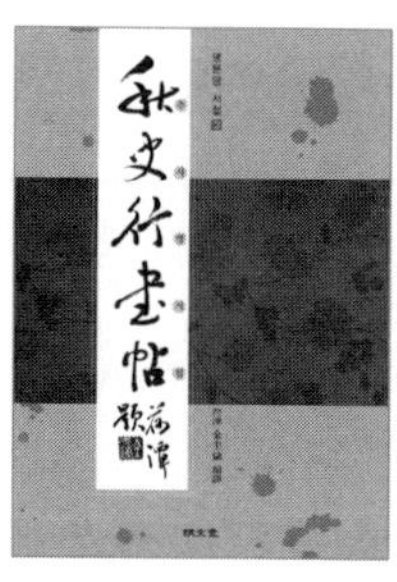

'추사행서첩'은 추사 김정희 선생의 행서를 모은 책으로, 국역을 넣어서 그 글의 뜻을 이해할 수 있도록 만들었다.

全圭鎬 編譯
A4판형 / 136쪽 / 값 12,000원

추사해서첩(秋史楷書帖) ❹

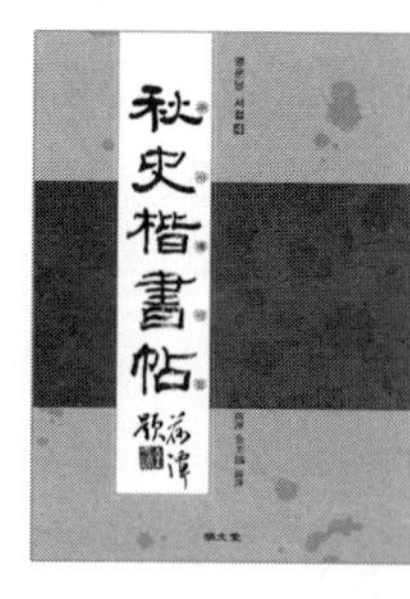

'추사해서첩'은 우리나라 고유의 아름다운 서첩과 한국적 정서가 돋보이는 서예 예술을 이해할 수 있도록 만들었다.

全圭鎬 編譯
A4판형 / 152쪽 / 값 12,000원

추사예서첩(秋史隷書帖) ❺

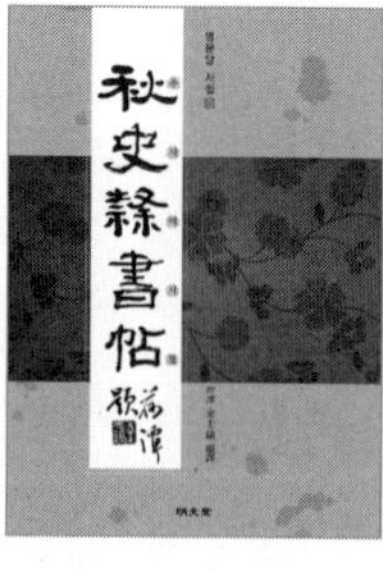

예서는 전서 다음에 출현한 서체인데 횡으로 길게 늘여서 빼내는 글씨이기 때문에 서가들이 작품을 하기에 아주 아름답고 이상적인 서체이다.

全圭鎬 編譯
A4판형 / 88쪽 / 값 12,000원

추사간찰첩(秋史簡札帖) ❻

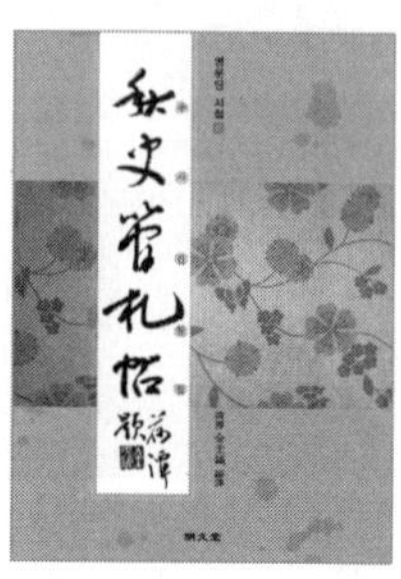

간찰은 그냥 자연스럽게 쓴 글씨이기 때문에 더욱 작품성이 있고 생명이 있는 글씨가 된다. 추사 김정희 선생을 찾는 것은 그곳에 예술성이 있다는 것이다.

全圭鎬 編譯
A4판형 / 96쪽 / 값 12,000원